徐铸成作品系列 09

新闻丛谈

〔增编本〕

◎

徐铸成 著

生活·讀書·新知 三联书店

徐铸成（1906—1991）。

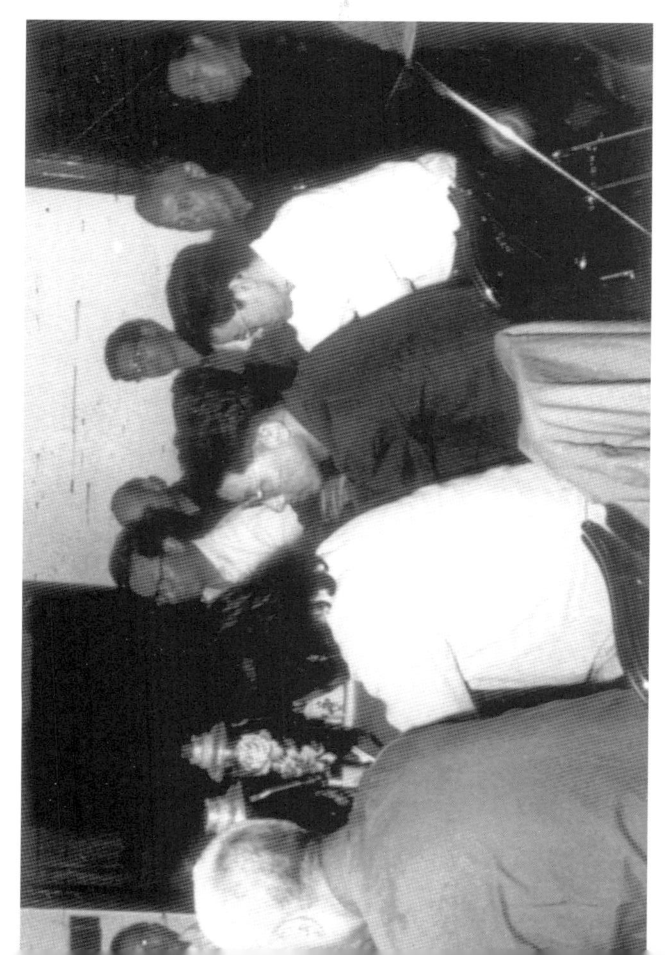

1986年4月，作者在厦门大学新闻传播系主持会议并讲课。

《新闻丛谈》初版书影，
浙江人民出版社，1983年11月。

前 言

徐铸成先生是著名的记者、新闻评论家和新闻学家。他先在国闻通信社和《大公报》工作，从记者、编辑到担任地方版总编辑；其间和后来又主持《文汇报》笔政，实践了自己的办报理念。他青年时期经历内忧外患中的流徙和辛劳；中年被划为“右派”，历经屈辱和磨难；晚年回首前尘，笔耕不辍，有大量著作行世。

在《大公报》和《文汇报》期间，徐铸成写下了三百余万言的新闻、通讯、游记、评论等，其中部分文章收入了他的学生贺越明编选的《徐铸成新闻评论选》（1984）、《徐铸成通讯游记选》（1986）和《徐铸成政论选》。与他人合撰了《朝鲜纪行》（1952），还编写了《与教师谈第一个五年计划》（1955）。60年代初为香港《大公报》撰写旧闻掌故，后编为《金陵旧梦》（1963）在香港出版。

1978年后，徐铸成陆续撰写了二百余万言的回忆史料、小品掌故、人物传记和新闻学术论著，已出版的有：回忆掌故三种：《报海旧闻》(1981)、《旧闻杂忆》(1982)、《旧闻杂忆续篇》(1983)；新闻学术二种:《新闻丛谈》(1984)、《新闻艺术》(1985)；人物传记三种:《杜月笙正传》(1982)、《哈同外传》(1983)、《报人张季鸾先生传》(1986)；杂感、随笔、游记等合集四种：《海角寄语》(1980)、《旧闻杂忆补篇》(1984)、《风雨故人》(1985)、《锦绣河山》(1987)。

徐铸成去世后，其生前完成而因故未能问世的《徐铸成回忆录》（1998）出版，部分旧著重编为《报人六十年》（1999）、《徐铸成传记三种》（1999）和《旧闻杂忆》（2000）印行。除上述著作外，徐铸成遗留的文字，还有日记、讲稿、政治运动中的思想检查和活动交代以及一些未发表的文稿。

在这次编辑徐铸成作品系列的过程中，除将有关新闻学术的著述单独结集，并把收入已出版文集中经他生前认定明显相关的文章重新归类编选之外，其他的则未做变动。这样处理，或可最大限度地保留原貌，使读者易于了解和研究作者的思想脉络、作品成果和发表意图。这既是编者的初衷，也与三联书店的一贯风格相吻合。

《新闻丛谈》（增编本）主要汇编了反映作者的新闻观点和办报思想的文字。

作为毕生从事新闻事业的报人，作者在长期的办报实践中，形成了一系列新闻观点和办报思想，诸如主张办独立、自由的同人报；报纸编辑要讲究艺术，要重视独家新闻，形成独特的风格；新闻工作者要有胆识，等等。作者晚年在从事新闻教育的过程中，较为系统地总结并阐发了有关我国新闻出版事业发展的看法，产生了较大的影响。

1983 年，作者在浙江人民出版社出版了《新闻丛谈》，书中第二部分的文章专门论述其新闻观点；1986 年，作者在湖南人民出版社出版了《锦绣河山》，书中“传播篇”也是表述新闻观点的。此外，作者还有一些表述新闻观点的文章散见于报刊文章，本书选取了有代表性的六篇。

1983 年，应钱伟长先生之邀，作者在民盟中央主办的“多学科学术讲座”作了题为“新闻艺术”的专题讲座，全部内容经扩充和整理，由知识出版社于 1985 年 9 月出版。

整个 80 年代，作者在高校和新闻出版单位做了多次演讲。本书从这些演讲的讲稿或记录中，选取了 1980 年在香港《文汇报》的“怎样办好一份报纸”、1981 年 5 月在复旦大学的“摸索中国社会主义报纸的道路”和 1985 年 10 月在厦门大学授课时的“关于新闻采访”。

1957年，作者被错误地划为“右派”后，中国人民大学新闻系和中华全国新闻工作者协会研究部共同编纂了《右派分子徐铸成的言论作品选》供批判。本书从中选取了集中反映作者新闻改革思想的一些讲话和发言稿。

作者在办报实践中撰写的发刊词和终刊词及有关文章，也表露了他的办报理念，因此也一并收入。

为将作者的新闻观点全面而集中地向读者介绍，上述内容编为一册，以《新闻丛谈》（增编本）名之。

编 者

2011年2月13日

目　录

第一辑　散论

第二辑　讲稿

第三辑 发言

第四辑 专著

第五辑　专论

第一辑　散论

漫谈新闻和新闻评论

报纸亦称新闻纸。顾名思义，是以刊载新闻为主，其他内容，如标题评论乃至副页等等，都应和新闻有联系，是新闻派生出来的。

什么是报纸上的新闻？中外新闻学者对此有许多不同的定义。我个人以为，社会上（国际的、国内的、本市的）新发生的、为大多数人们所关心的、有意义的事实，就是新闻。事实是第一性的，虚构的自然不是新闻，新发生的事实，如不为大多数人们所关心而又无意义的，也不能算是新闻。

中国是有悠久的、优良的新闻传统的。广义地说，从有文字以来，我国就有新闻记载了。记得钱玄同先生在大学里给我们教文字学时，说“六书”中最早的是象形，大多是先民在记载当时的自然现象时发明创造的。比如，他们看到森林上空腾起了火焰，发生火灾了，就刻画描记下来，成为“灾”字和“焚”字，可见，从那时起，就有新闻记者，当然是业余的。

也有职业的记者。从传说中的尧舜时代起，统治者左右就有两个史官，“左史记言”——记录君臣间的应对；“右史记事”——记载朝廷的一举一动。他们虽然都是“官报记者”，但所记载的，从不让皇帝审改。我们今天看到的古代史，主要就是靠这些“官报记者”记录下来的珍贵史料。

古人说“六经皆史”。六经中的一半——“三传”——全是当时的“大事记”，有些刚发生的大事，记者——史官就“秉笔直书”了。比如“赵盾弑其君”这个有名的故事，惨案刚发生，就如实地记了下来，而且加了一个这样大胆的“标题”，几千年来，一直被称为威武不能屈的一个典型。其他三个“经”，《易》是记录朝廷占卜吉凶、丰歉的，《书》记载当时的典章大事，《诗》则专门收录各地民谣，等于我们现在的报纸副刊刊载民间诗歌一样。所以，我们也可以狂妄一点说，六经皆报，不过时间性差一点，是像《新华月报》、年刊、《时事手册》那样的新闻汇编罢了。

司马迁是我国古代卓越的史学家、断代史的鼻祖，也是极优秀的新闻工作者。《史记》里有相当大的一部分，就是记载当时——汉武帝时的朝野大事，包括汉武帝腐化的私生活，以及宫廷间的秘闻和名将如李广父子被压受害的情况，都大胆直书，忠实记载。

他还在每篇“本纪”、“世家”、“列传”的后面，写一段“太史公曰”，对此人此事，作简要概括的评议，这也可说是为后代的史论、新闻评论开创了先例，树立了典范。

新闻要注意客观性，不许虚构，不能“客里空”，也不可实用主义——为达到宣传效果而夸大、片面。但也不应客观主义，有闻必录。报纸记载总带有一定的倾向性，有它的立场、观点，现代社会如此，古代社会也如此。比如，前面所引述的“赵盾弑其君”，很客观，很真实，鞭辟入里，但这个真实，是从忠君爱国这一观点出发的。

所以，从来的新闻，都伴随着一定的新闻评论性质，《春秋》为人称道的一字之褒、一字之贬，就是站在一定的立场，评断新闻的是非曲直。至于近代报纸的标题、导语，倾向性就更加明显了。

司马迁以后的“正史”，大抵是后一朝修辑前一朝的史，虽为时不远，内容毕竟都是旧闻了。史家与新闻记者有了明显的分工。有不少关心时政的有识之士，把当时见闻写成笔记或野史，怕触时忌，宁可当时不发表，“藏之深山，传之后世”，也不愿掩饰事实真相。

那些正史，一般都还保持《史记》的传统，每篇记述以后，写下简短的“赞曰”，为扼要的评议。

司马光编写《资治通鉴》，开编年史的先河，把千余年的历史，删繁就简，去伪存真，态度极为严正。写的虽是旧闻，着眼则在“资治”，使读者以古为鉴，借古喻今。所以，他还不失为一个卓越的新闻工作者。特别是他运用夹叙夹议的手法，在紧要处写上一段“臣光曰”，发挥了史论——旧闻评论的传统优点。

明末的王船山撰写《读通鉴论》，就《资治通鉴》所载的重要史事，逐条加以评论，每篇都有新见解，而又不是标新立异。内容之精辟，文字之简练，都为史论增一异彩。

近代的名记者、卓越的新闻工作者，如梁启超、黄远生、邵飘萍，大抵都接受了这些先辈的优良传统，而加以发扬。我在中学时代，曾如饥似渴地细读邵飘萍的北京特约通讯，并反复阅读《饮冰室文集》和《远生遗著》，对于他们敏锐的眼光、大胆的议论，不胜倾倒。后来我挑选新闻工作作为终身的事业，主要是受了他们的影响。

我曾和朋友们谈过，我们新闻业这一行，如果也要从历史上找开山祖师，像建筑业推崇鲁班一样，那么，两位“司马”先生——司马迁和司马光应是我们的祖师爷，而王船山则是新闻评论家杰出的代表。

从上面的简单叙述看来，我国的新闻工作，的确是有悠久的优良传统的，绝不是近百年来才抄袭照搬外国的——英美的或苏联的经验和模式。

我们的优良传统该总结些什么呢？简单说，我以为至少有以下两条：

一是忠于事实，“秉笔直书”；眼光可能有局限，但绝不屈于权势，颠倒黑白，歪曲事实。

二是敢于发议论，绝不人云亦云，或哗众取宠。

而归结为一点，对历史负责，对人民负责，保持立言者的良心，坚持正义，“富贵不能淫，贫贱不能移，威武不能屈”。所以，新闻记者是光荣的称号，新闻事业是崇高的事业。

（选自《新闻丛谈》1983 年版）

我是怎样开始写新闻评论的

1920年，我刚十三岁，从初等小学升入高等小学。开始沉迷于读古典小说，关羽、张飞、赵云、李逵、武松、鲁智深的影子，经常在脑海里闪现着。那年，发生了直皖战争。大概由于一般人民对皖系军阀段祺瑞的憎恨，新起的直系将领（那时还未成“阀”）吴佩孚好作豪言壮语，他从湘南防地撤兵北上，指挥这次战争，推翻了皖系政府，一时成为英雄人物，报纸上渲染了很多关于他作战的神奇故事。我听了长辈们口传、加工的这些故事，在印象中，他俨然是赵云、武松再世，而且似乎要加上吴用的“用兵如神”。这就使我热切地要求知道关于他的“下回分解”，于是我就开始每天看报。

认真读报是十六岁进了中学以后，最吸引我的，是署名飘萍（邵飘萍）、彬彬（徐凌霄）和一苇（张季鸾）的北京特约通讯，文笔流畅，消息灵通，分析内幕如数家珍。那时，我也开始看梁启超的《饮冰室文集》，特别欣赏他的政论文章，爱国忧民，真知灼见，而又“笔锋常带感情”（他的自评语）。在这些影响下，我向往这种“文人论政”的工作，立志以记者为终身的职业。

1926年考进北京清华大学，接触中外报纸更多了。不久，以家贫转入不收学费的师范大学，并竭力想寻找一个职业，半工半读。曾为上海的几家通讯社多次试稿，稿子先后在上海的《申报》、《时报》上刊登出来，而没收到通讯社的分文报酬。

我第一篇通讯《东陵盗宝记》，写的是土匪军阀孙殿英盗掘乾隆、慈禧坟墓的新闻，就是学习、模仿飘萍等前辈记者的笔调试写的。

那时，南北报纸有些新闻评论吸引了我的注意，如《申报》署名“心史”的文章（后来知道是名史学家孟森写的）和天津《益世报》所载颜旨微的时评，结构严谨，思路细密，立论鲜明，使我十分心折。

1927年下半年，我终于闯进了新闻界的大门，进入天津《大公报》的姊妹事业国闻通信社北京分社，先当练习记者。两年中由正式记者调任《大公报》编辑，由体育、教育版编辑而后经济、各地新闻版编辑，一切工作都未经过正规学习和亲身实验，都是自己预先摸索出来的。因为平时就注意报纸的编排、标题和标题的字数，开始编辑工作时，只要了解一下铅字的号数以及排字房习惯用的符号，工作就可以上路了。

在《大公报》内，总编辑张季鸾先生成为我学习的榜样。他的言谈风采、编写技巧以及思维、推论方法，都被我视为楷模，亦步亦趋地向他学习，特别是他写的社评，通顺晓畅，言之有物，而且时间性极强，密切配合当天发生的主要新闻，常常在评论中带出不能公开发表的新闻，把中国报纸的新闻评论，推向了一个前所未有的高度。

他往往在深夜重要新闻截稿后才开始执笔，编辑室内的繁嚣声和窗外电车汽车的轰鸣，都阻碍不了他的凝神构思、奔放行文，常常是写好一段即裁下付排，最后细细通篇润色，而看来依然通篇畅晓，一气呵成，如同宿构。

当时《大公报》正在初创（改组复刊）时期，社评为一大特色，由他和胡政之、吴鼎昌三人轮流撰写（由张最后润色），从不让其他人插手，我这个初出茅庐的年轻编辑，当然更无由问津。但我抱着先练习基本功的决心，常常在业余试写，和他们所写的对照，从中量出我和他们在目光、推断、学识、文笔上的差距，作为进一步努力的指针。

1932年春，被调到汉口去当特派记者，白天采访新闻，撰写电讯，晚上比较空闲，可以多进修。每月的薪给有二百多元，有力购置些书籍，有计划地顺序学习；我开始细读《资治通鉴》，并推及《史记》、《汉书》等前四史及《晋书》，以后，还逐篇读了王船山的《读通鉴论》和《宋论》，从而理解到读这些书籍，是新闻工作者的必修科目，因为历史知识也像地理、国际、政治、科学知识一样，是记者知人论世必备的常识。而且，历史，是昨天、前天的“新闻”，史论，则是对昨天、前天“新闻”的评议，和新闻工作更有密切的关系，并可从中借鉴，吸取他们推理、论断的方法，学习他们精练的笔法。

当然，我也没有忽略多阅读各地报纸和杂志，也没有中断对新闻评论的习作。对文艺书籍，我也有广泛的兴趣，古典小说如《红楼梦》、《三国演义》、《水浒》、《儒林外史》、《聊斋志异》，近人如鲁迅、茅盾等的作品，尤为喜爱。

大约在 1933 年左右，汉口的《大中报》、《大光报》先后创刊，约我撰写社论，因为过去有些准备，所以就大胆地答应下来，而且不慌不忙地应付得下了。这两个报，经济困难，稿酬极为菲薄，我还是认真地写，作为尝试、练笔的机会。

1936 年初，《大公报》创刊上海版，我调沪任要闻编辑，还兼任《国闻周报》编辑，每星期编写一篇“一周时事述评”，要夹叙夹评，把一周国内外发生的大事，逐条结合评述，这要我更细心调查研究时局的发展，注意每周大事发生、发展的来龙去脉，然后加以条理化，简要叙述真相，分析内幕，议论其是非、得失。

《国闻周报》主编杨历樵兄总鼓励我多写专论。从 1937 年起，我几乎每期为《国闻周报》写一篇专论，那时起，我才正式成为一名新闻评论工作者。这一阶段，也为我以后经常写报纸社论，进一步打下了基础。

1938 年 1 月《文汇报》创刊，那时上海经“八一三”战役，刚刚沦为孤岛，《大公报》和《申报》、《时事新报》等均自动停刊，

《文汇报》则以洋商招牌问世，坚决宣传抗战。我是在它创刊一个月后正式参加、主持编辑部工作的。在此以前，该报请我写社论，每月三十篇，我和杨历樵兄约定，接下这笔"生意"，他写十篇，其余归我"包干"。那时我刚满三十岁，年轻力壮，自《大公报》停刊后，不觉甲胄生虮虱，连写几篇文章，也感到气力使不尽。不久入社抓全部编辑工作，写社论以外，还有时写一两段短评，以文字和敌伪作针锋相对的斗争。在炸弹、暗杀的腥风血雨中，甘于冒险，也不感到疲惫。这样，坚持了一年零四个月。

《文汇报》被敌伪封闭后，又到香港，回《大公报》主持编务，依然是每星期写三四篇社评，每天写二三则短评，还要审阅各版小样，写主要标题。1941 年香港沦陷，转往桂林、重庆，胜利后回上海主持《大公报》，不久又回《文汇报》，1947 年《文汇报》再次被封，又赴香港创刊，综计从 1938 年入《文汇报》以后，直至 1957 年被迫搁笔，先后当了二十年总编辑或总主笔，平均每月要写十篇以上的社论，加上其他专论、新闻特写，二十年中，大约总不下两千篇三百多万字吧。

正如张季鸾所常说的，报纸文章，是急就篇，生命很短，不值得敝帚自珍。他是死后才由《大公报》编辑出版《季鸾文存》的。我写的文章，自己事后翻阅，也往往不满意，所以从不留底，也不剪下保存。而且在香港、桂林时期，社论也有杨历樵、李纯青诸位写的，胜利后复刊的《文汇报》，宦乡、陈虞孙、张锡昌一起主持"笔政"，香港《文汇报》初期，则有梅龚彬、陈此生、千家驹、吴茂荪、胡绳、狄超白等同志参加社论撰写，虽行文各有风格，而社论代表报社，例由总编润色，使主论的态度前后一致，文风也大体保持一致。今天如查阅旧报，很难一一辨认究竟哪些篇是我自己执笔的了。

总的来说，这二十年，该算是我写作新闻评论的旺盛时期，而狂妄地说，也是“文人论政”、“文章报国”最充分发挥力量的阶段吧。现在回顾前尘，恍如一梦，但我并不“悔其少作”，更不感到内疚、脸红，虽然在极左时期，曾不断被批判为“资产阶级方向”。

在旧社会，新闻评论要争时间，不可避免地是急就章，推敲、考虑的余裕很短；而另一方面，总该力求其立论正确，月旦公正，使它经得起时间的考验。尽管有当时当地具体情况的局限，而绝无违心之论。司马迁、王船山乃至梁任公等前贤之所以值得尊重，首先是“威武不能屈”的精神，其次是立言态度严肃认真，而文笔的生动流畅，犹其余事。

（选自《新闻丛谈》1983 年版）

新闻烹调学

谈四个方面的问题。

一、新闻要讲究“烹调”

“新闻烹调学”这个词，在中国，甚至在国际的新闻学上，似乎还从未有过。这是我给“发明创造”的。实际上就是说如何把新闻写得生动、编排得活泼些的意思。它并不关联到所宣传的内容。

我们知道，新闻无非要传播两种不同思想，一是无产阶级的，二是资产阶级的。但这些仿佛是菜肴的原料。我所说的这个“烹调”，就是：不管是资产阶级的或无产阶级的，写出来的东西要经过加工，像厨师进行烹调一样，使它具有色、香、味，使这些东西更加吸引人。假使写出来的东西不引人看，那么，再好的思想，人家也不会欣然接受，那就失去了传播的意义，不能发生影响和树立威信。因此，我就借这个“烹调学”的名词，来强调编写新闻的技术性、艺术性问题。

我 1980 年到香港，住了近三个月，感慨颇深。

香港的《文汇报》是我于 1948 年去创办的。那时创办不到半年，销量就接近三万份。现在我去看了看，还是三四万份，而且听说在“文革”期间，曾经跌到一万多。这是什么道理呢？国家威信高了，海外同胞更加关心祖国，为什么正确传播国内新闻的所谓左派报纸，销路反而相对的低了呢？电影也是这样。台湾的电影销行量在南洋一带几乎占了这个地区电影总销行量的百分之六十到七十多。原因何在，我看这个问题值得我们很好地研究。

香港的《文汇报》、《大公报》、《新晚报》、《商报》等左派报纸，合起来的销路不到二十万份，而香港报纸的总销路是七十万到八十万份，其中接近台湾的和态度“中间”的中右报纸的销路超过了百分之五十。这说明我们在香港的宣传还处于劣势。在美国或别的地区，这种劣势也同样存在。台湾的报纸在美国也很有市场，一些进步的华侨或华裔美国人想看我们的报纸，可还是看了他们的报纸。我们应当承认与人家在整个的宣传艺术质量上有差距，应该努力加以改进。

办报搞宣传就如办菜馆子一样，特别像香港这种资本主义的竞争激烈之地，尤其要注意这一问题。我们过去不是很明白这一点，往往是不管今天的饭菜好不好，可口不可口，就像一些大食堂办伙食一样，老是那几样菜，没有选择的余地，而且在“四人帮”时期只懂得拼命加辣，辣得使人口都发了麻。现在我们尽管原料都是选上等的，蔬菜也是新鲜的，但是好像还不大注意“烹调”。当然，主要是由于我们受了十年动乱的破坏和影响，以致也把这些条条框框的东西搬到海外，不考虑人家的口味，像“白开水煮鸡”，尽管鸡肉鲜得很，汤也好，但人家老是吃这一种，久了就讨厌。

香港《文汇报》在“四人帮”垮台前夕曾经改为横排，用简体字，而香港人对简体字不认识，也不习惯看横排，这样做不是等于宣告不要读者看吗？因此销售量跌到了只有几千份。“四人帮”垮台后又慢慢转了过来，恢复了竖排和繁体字，改进了内容编排，销售量才上升到三四万份以上。

过去我们讲报纸要有趣味化、知识化，不要生硬，不要公式化。我认为这还不是问题的症结。问题是要讲究，要像一盘做得很好的菜摆在你面前，使你垂涎欲滴非吃不可。如果能办到这种程度，那我们办报宣传党的方针政策的效果和作用就更大了。

关于报纸在新闻学的概念方面，目前还有一些不同的意见。有的说是阶级斗争的工具、无产阶级专政的工具。但无论如何，我们的报纸应当是为人民大众服务的，为党的政策服务的，这是根本的。报纸不是一般的公告，也不是通令，它依靠新闻来宣传党的方针政策。这一特点，是我们搞新闻工作的同志应当注意到的问题。

什么是新闻？新闻就是社会上所发生的新的事实。这个社会包括本省、本地区的，国内和国际的，甚至指宇宙空间的范围。这些新的事实又是人民大众所关心的、有典型意义的东西。比如，市场上的副食品供应改善了，我们从中摄取出一个典型事实例子报道，以它来代表市场改善的新情况，这才是新闻。

资产阶级讲狗咬人不是新闻，人咬狗才是新闻。这种追求稀奇古怪的新闻理论当然不对。我们应该讲与人民大众有关的、普遍关心的新闻。党要通过新发生的事实来宣传党的思想、政策、路线。比方说，我们现在讲要搞精神文明建设，要讲文明礼貌，就不能像其他的宣传工具那样专门讲道理，要通过新的事实，比如说，反映社会上的交通秩序怎样从乱到治的典型事例，来使群众自觉领会到讲社会主义文明礼貌的重要性。要不要加以评论？可以搞，但我认为这是次要的，主要的是通过事实的手段来达到启发教育的目的。因此，所谓新闻，事实是第一位，其他是第二位，不能脱离事实来搞宣传。

1957 年，复旦大学新闻系主任王中同志曾经提出过一个理论，他认为，新闻报纸有两重性，一是党的宣传工具，二是本身就是一种商品。我同意这个说法。

因为报纸不是每家派送的，而是需要用钱买的。既然是种商品，这就有买和不卖的权利，就有卖和不买的自由。你不能强迫人家看，就要有吸引人的内容。电视广播也是如此。内容差，人家就有不听、不看、不信的自由。

这些东西既有它的一定的商品性，那就要十分注意质量。一方面要注意传播方法，注意宣传实效，使它具有吸引力，另一方面又要充分发挥党和人民群众沟通思想的作用，最终使读者、观众衷心地同意党的方针路线，拥护党的政策。毛主席也讲过，思想工作不能压服，要说服。因此我们所讲“烹调”的意义也就是如何艺术地运用好这种说服的手段。

这几年，由于我们在经济工作中讲求了实效，形势就有了很好的改变。像赵紫阳同志所讲，要挤干水分，要实事求是。我们搞新闻宣传工作也同样要挤干水分，要讲求实效，把我们的报纸办得充实，使读者喜欢看我们的文章，使群众把我们的报纸当成他们的知心朋友。解放前，我们党许多搞宣传工作的同志就很注意这些问题。在敌占区，为什么人民群众敢冒着生命危险去看我们的报纸呢？由于我们的报纸版面编排得好，说理清楚，和读者推心置腹，使当时的进步力量得到了正确的引导，同时又团结和争取了许多中间力量。

文章的口气要平等待人，不能用自己的观点强加于人。因为我们的党代表了真理，用不着欺骗，用不着说套话，而是采取了以诚待人的说理方法，群众接受了，拥护了。因此，办报首先要了解读者的水平、基础，尤其要注意不能用我是教育者，你是被教育者那种居高临下的态度。

报纸要有品格，首先要敢于宣传真理，同时深入地了解读者的心理，比如他们有什么甘苦之处，思想上有什么疑难之处，有什么具体痛苦、困难，报纸上要努力为他们反映，给他们解答。以诚待人，群众就会接受，就爱看，就会逐步把我们的报纸当作知心朋友，当作自己的报纸。

标题也不能搞绝对化。一个题目最好是提问式的，使读者爱看下去，使读者自己下判断。而这样做的效果恰恰是最好的。记得在和谈阶段，孙科与蒋介石产生矛盾，孙科拂袖而去，当时《文汇报》的标题是《孙科何事消极?》，即是一例。这个题目，使读者发生兴趣，一看就会自己得出结论：孙科因为跟蒋发生矛盾才消极了。一个好的标题会给人留下很深的印象，令人几十年不忘。

广播电视也是如此。如日本的电视连续片《姿三四郎》，其实内容并不怎么样，主要是讲明治维新时代爱国和提高民族自尊心。但它就是通过很好的“烹调”，使观众自然对它发生极大兴趣，爱看，看了就会受到影响。这部电视片在上海播放的时候风靡到什么程度呢？到放《姿三四郎》的那一天，上海许多家电影院停了放映，原来票卖不出去；工厂里头，工人宁可不要奖金，晚上也得去看。

我国最近也有较好的电视剧，如《武松》、《秦王李世民》。

“四人帮”时代的文艺作品往往是坏人一出来，我们一眼就把他给认出了，好人就一直好到底。这样的作品人家就不爱看，看了会头痛。

二、新闻写作

新闻应该怎么写，要注意什么？

一般的新闻工作者应该过三个关。一是文字关。文字上要表达得好。二是常识关。不能有常识上的错误。比方引用些材料，引错了，那影响就很大，新闻记者因此有“万金油”之称，也就是要有丰富的常识，特别是对中外名著、历史地理、党史、马列主义的理论、国际法以及一般的科学知识有一定的了解。三是政策关。这当然是最重要的一关。要把握住政策。我们写文章发表，分量上应该侧重什么都要讲究。除此以外，一个成熟的、有经验的新闻记者还必须具备两个基本功。一就是要掂分量，特别是一个报社的总编或负责一个版面的人，手上一拿到新闻，就要先掂一掂分量，掂出它的价值，再安排它的版面位置。哪一条应放在头条，哪一条可以放在末了，哪一条可以作为一般处理。有的新闻似乎有轰轰烈烈的场面，但价值可能一般，有的虽看上去似乎不怎么样，但价值很大，生命力很强。比如前几年南京大学一个教师写了一篇实践是检验真理的唯一标准的文章，《光明日报》登了这篇文章，这是及时掂出分量。如果看它是篇普通文章，看不到它的强大生命力，你就发表不出来。这个要凭经验，凭自己识别的本领。这可以打一个比方，上海的苏州河口，过去农村运来一船船西瓜，要搬上岸，上面有老师傅在接下面抛上来的西瓜，然后一个个装进筐内，装满一筐接着装第二筐。你把每个筐过秤一下，基本上每筐都是一百斤装。为什么会这么准？他就是靠经验，靠接每个瓜的时候，他就把这个瓜的分量掂出来了。这就是掂的功夫，特别是在当今传播新闻技术越来越新、速度越来越快的情况下。将来我们中国也要更新设备，到那时编报不会给你细细琢磨。那时编报是从屏幕上看，各种新闻一一映过去的，要采用的新闻，把那个电钮一揿，新闻就录了下来，然后再加工。考虑的时间是越来越短。你如没有好的掂分量的功夫，很可能把大新闻给漏掉了，小新闻或不重要的新闻反而给你夸大了。这对党的工作是一个损失。所以，这个掂分量是基本功。还有一个基本功就是要掌握分寸。这个消息怎么发？发到什么样的程度？就要能掌握得好。比方说林彪在温都尔汗死了，这样的特大新闻，何时发表，如何发表？当然要由中央掌握。但是有些新闻，要由编辑自己斟酌，把分寸掌握好。宣传要恰到好处，符合政策，尤其要掌握好这个火候。编写人员要能看出新闻稿件的“成色”。老的同志都知道，过去用的那些“袁头”，有的是哑板，伪造的，因此过去铺子里就一块块倒敲着“听”着，听发出来的声音，好的就用，不好的就是假的，就剔在旁边。有经验的，比方每个钱庄都有一个师傅，五十块钱一摞，他拿在手上往下一倒，就能从这一摞中看出哪一块是假的，是“哑板”。我们也要有这个功夫。有些新闻，我们也要会看出这里面哪些有水分，哪些是假的。

前两个月，上海发生过一个笑话，有一家药厂出了一种药到香港去销售，叫美什么宝吧，他们写信来讲这个药是什么美青春啦，什么梅兰宝，说这个药是梅兰芳先生生前经常服用的，所以他在年老的时候还能保持健康。结果梅兰芳的子女梅葆玖、梅葆玥在另外一家报纸上登了一个声明，说他父亲从来没有吃过这种补药。你搞这种宣传有时就会失去信誉。这个就叫做新闻的真假、水分能够看得出来。假如你的功夫不好，就多问多请教人家一下，掌握好尺寸，掌握好火候。大家知道，炒猪肝、炒腰花要火很旺，烧过火候就“老”，要刚刚好，这是一个功夫。写作不注意尺寸，讲过头话，过去我们常犯这种毛病。过头话往往会起相反的效果，会使读者对你的报纸失去信任。林彪、“四人帮”时期，报上都是用最大最大最大、最好最好最好，你越是最大，人家越是怀疑，因为是过头话嘛。我前几天到厦门，听到台湾的广播，他们的宣传也有些过头话，我就引了一个例子，给香港《新晚报》写了一篇小文章。台湾宣传说我们大陆北方由于严重缺水，田地枯干，人民吃水很困难，怎么办呢？有两个民主党派的领袖到中南海去找胡耀邦、邓小平争吵，说为什么没有水呀？邓小平说有，我们南水北调。问那怎么田还是干啊，人民吃不到水啊？胡耀邦说，没有关系嘛，我们中南海有水。台湾这种宣传好像是一种方式，实际上笨得很。我写给香港《新晚报》的文章里就讲，虽然我们北方发生了干旱，但是没有干到这么个程度，过头了就没人相信。他们这样宣传，无非也是要大陆人民听，但大陆人民知道并不是这种情况。另外会给人一种印象，民主党派的领袖会和邓小平同志、胡耀邦同志拍桌争吵，这不是说明大陆的民主不是太少而是太多了吗？

写新闻要掌握分寸，还要讲究含蓄，即要有分际，不要一泻无余，要让读者看了，自己思考，自己得出结论来。中国有一句话叫“耐人寻味，意味无穷”。你要把一个新闻写得使人看了感觉到好极了，味道很浓厚，怎么也忘不了，这样的宣传就有了效果。如果写得太淋漓尽致，过早地下结论，就很容易在读者面前碰壁。有一次，香港的报纸说我们大陆供应给香港的水要涨价了。我们在香港的报纸马上辟谣，说不会涨，绝对不会。正在吵的时候，我们的确是涨了价，结果搞得很被动。

记者同志要多看书，看些中外名家写的东西，像鲁迅，历史上的司马迁、司马光等等，他们这些人在写作上都有很丰富的经验值得我们学习和借鉴。尽管是同样一种报纸，同样是宣传党的政策，但这里面有个人写作的功夫技巧。名记者还是要培养，因为你有名了，有声誉了，你写的东西，同样一句话，读者都会更相信你，那么报纸的宣传效果就会更好。像过去的范长江同志、彭子冈、浦熙修同志等，他们写的东西人家就爱看，同样的东西写出来又各有风格。开旧政协会议的时候，他们每天写报道，写得曲曲折折，运用了很好的文字表达方式，有些《新华日报》不便发表的东西，他们在《大公报》、《新民报》发表出来了。他们在周总理的关怀和影响之下，为党做了很好的宣传工作。1981 年给浦熙修同志开追悼会的时候，她的女儿收到两封信，一封是陆定一同志写的，他说，你母亲是我的老战友，在重庆的时候，为党做了很多很好的宣传工作。今天开追悼会，我因病未能到会，请你代我在你母亲灵前表达我追悼的心意。还有一封是名画家华君武写的，他说，我和你母亲在重庆时期就曾共同战斗过，她为党做了不少的工作，她写的作品当时曾风靡了不少的读者，但是在 1957 年我画过她一幅画，讲她交代的问题不彻底，我现在非常痛心。今天，在追悼你母亲的时候，由于我有病在床不能参加，请你代我在你母亲灵前向她表示深深的哀悼和悔痛。我很受感动。解放初期，我们反对宣传名演员、名运动员，他们当中有成绩的，报道时都是报道集体的。当然，一个足球队、一个排球队主要是依靠集体的力量，荣誉归于党和人民，但是也不能抹杀一些敢于拼搏、有自己风格的运动员，像郎平，应该给她一定的荣誉，报纸上给予宣传，引起大家注意，这样就把排球运动搞起来了。电影演员也是这样，过去多少时候不宣传，大家所知道的只是白杨、赵丹和以前的一些老演员。现在对新的演员也宣传了。你总要有个先进的代表带动大家前进。排球健儿们为什么能有这么大的拼搏精神？首先他们是一心想到了祖国的荣誉，党和人民的期望，这是他们最大的拼搏动力。因此，新闻工作也要有为党工作的名记者。

三、新闻的编辑

新闻编辑是很重要的工序。第一道就是审稿。这一道实际就是掂出分量、大小，同时对文字上不妥当、不恰当的地方要进行加工、润色。例如，常识上有什么错误的，政策上有什么不对的，要把它改过来，就等于我们到了厨房里烧蔬菜、鸡鸭鱼肉一样，第一道工序就是要先把原料清理、洗涤干净，去污存鲜，然后切丝切片下锅。

第二就是要有好的标题。我们讲题目，这“目”就是眼睛，这眼睛要亮，要炯炯有神。题目标出来要有吸引力，要高度地概括，用几个字就能把内容加以概括，而且不仅是字面上的概括，也是精神上的概括。中国的方块字人们比较常见的、喜欢用的是八个字或六个字做题目，而且最好能使人念起来朗朗上口，这些都要注意。标题是新闻评论和新闻内容的结合点，它也表示报纸的立场观点。标题不能与评论相互打架，不能评论里肯定一件事情，在标题上又怀疑这件事情。要讲究倾向性和客观性，要把两者有机地结合起来。一种报纸总有倾向性，无产阶级报纸总要有无产阶级的立场观点，但是一定要注意客观性，不能凭主观臆造，不能外加。“四人帮”时代的报纸，常是以“在一片大好形势下”为标题，但没有内容，像贴标签，枯燥无味，群众感到厌烦。客观性不是客观主义，资产阶级报纸讲客观主义，而我们讲的是客观性，是有这个内容，我们就应报道，但要有倾向性。

一个好的标题可以代表一篇好的评论。比方前几年给马寅初老先生平反改正的时候，《光明日报》有个报道，标题是：《错批一人，误增三亿》，也就是说当初错批了马老提出的新人口论，使本来能控制在七亿的人口现在增多了三亿。如果现在是七亿的话，那么我们许多事情就会好办得多了。这一标题，就把整个的意思给高度概括地点出来了。我国运动员在亚洲排球赛上得了锦标，如果题目平平常常的话，或是空洞的官样文章，什么“五星红旗飘扬在××的上空”，“为祖国争光”，什么新闻都可以用，没有一种高度的概括。《体育报》的标题就很有概括：《冲出亚洲，面向世界》。这标志了我国对体育运动的更高的要求和希望，这样的标题就代表了一篇很好的评论。

解放前，我们搞报纸有时就是用标题来与敌人战斗，有的评论不好写出来的就用标题给表现出来。比如国民党在召开伪国大时，要排除共产党，想引诱民盟来参加，但遭到了民盟的坚决拒绝，后来上海的一些流氓政客临时组织了一个叫中国民主党，要去参加伪国大，国民党犹豫之下不想要这些人来。对此，我编了一则新闻，标题是《要者不来，来者不要》。看去，题目虽然简单，但一语道破了伪国大的情形，尽管当时对新闻检查很严，国民党也无可奈何。

还有，我们撤出延安的时候，国民党大宣传，说“消灭了共匪主力××万，国军大胜，克服延安”，“歼灭共匪主力”。我们不能否认当时国民党军已进了延安，但事实是不是他们宣传的这样呢？为了让人民知道我们当时是从战略出发，主动放弃延安的事实，我们对此消息用了这样的标题：《延安昨日易手，国军长驱直入》。长驱直入就表明了没有发生抵抗，轻易进去了，读者一看就清楚，是我们撤离以后国民党军队才进去的。这种标题很有倾向性，使敌人毫无办法，他们也不能说你在造谣。标题要特别推敲，特别是一些抽象标题，更要有高度概括性。

中国有句古语叫“信手拈来”。过去有些报纸上用的标题看来很漂亮，实际上是从大家读过的诗句中引一句出来，加在一则新闻上，这个方法我认为不大好。信手拈来，是要在广泛接触、熟悉中国古典小说、诗词的基础上，针对新闻的内容，再用自己理解的几个字来加以概括和说明这一情况。《羊城晚报》登过一则新闻，讲广州一个区委书记主动地去了解冤假错案，给予平反落实的事情。它的标题是《未曾击鼓已升堂》。过去喊冤都要先击鼓才升堂。而今天，我们的领导比击鼓升堂的包公还要高明，没有喊冤就主动下去了解情况，抓这个事情了。这样从内容中给予高度概括、恰到意境的句子，就是对新闻作了“烹调”，收到了形象、深化的宣传效果。又比如，周总理为皖南事变所题的词“千古奇冤，江南一叶”，在当时的形势下，痛骂是没用的，也不可能，运用这种高度概括的题词来揭穿国民党反动派的罪行，表达出人民的义愤，用这一事件来教育群众。几十年来，人民群众还记得这题词，同时也记得这一事件，这就是抽象的高度概括的典范。当然，要做好这一点，就要富有经验，平常的时候要注意加以锻炼。比方再不久要召开党的十二大，这时候你能用上一句，概括说明我们今天又要到了一个新的阶段、新的起点，这就很能够增加宣传效果。“四人帮”时代，一个表现是框框条条，一个表现是低能。一个标题往往用了两三行字，还要有副题，副题里连参加的人数多少都要写进去，有时甚至是标题、副题的字数与新闻内容的字数几乎相等，只少了“新华社×日北京电”这几个字没编进去，其他什么都编进去了。这就是低能，没有概括能力。

还有，一个好的标题会化腐朽为神奇。有一些明明是反面的新闻，但是标得好，会起正面的作用。《文汇报》在解放战争时期，是我和宦乡同志掌握编辑部。有一天，我从废纸篓里发现国民党军统搞的一条新闻，报道戴笠死去一周年的纪念大会。我灵机一动，删掉了其中一部分我认为不必用的内容，然后给它标上一个标题，题为：《戴笠音容宛在》，把它放在国民党镇压学生这一类的新闻报道里。这起了什么作用呢？大家一看即明了：戴笠虽然死了，但他的爪牙，他的军统特务还存，还在对工潮、学潮进行破坏、镇压、暗杀。当然，现在我们办报，一般这种标题是不用了。有些如路透社、合众社等外国新闻机构报道有关我们的新闻消息，我们过去一律不登。这样就造成我们《大公报》、《文汇报》等海外报纸的新闻好像不全，因此很多人不订我们的报，就是订我们的报，还要订一份别的报。我看这个问题在于我们没有花工夫。如果我们的标题标得好，有吸引力，倾向性明确，尽管他们报道的消息是谣言，也可以登，这样来帮助读者看出这些消息是假的、有诬蔑性的或者是其中有毒素的东西。

四、要讲究新闻打扮和版面

标题、新闻要打扮，版面的整个布局要匀称。

人讲“三分面貌、七分打扮”，说明一个内容不怎么样的新闻一经打扮，就像用粗料精做成一桌佳肴，色、香、味都好，人家一看就爱吃。

在编排过程中要注意越是尖锐的内容越要在题目上注意稳妥，切不可火上加油，那样就变成了训人的面孔，使人难以接受，也收不到与人为善的效果。比如一条想批评人的新闻、评论，一定要注意口气，用启发思考式的引导，使大家心悦诚服。这个方法也是符合党搞批评的方针的，它的效果要比火上加油来得好。

版面要新颖，引人看，一摊开就要使人产生好感。现在从《人民日报》到各地的报纸都有改进，不是千人一面，一个模子里倒出来的那么单调了。

地方的报纸，要有地方的色彩，晚报要更富有地方特色。晚报就是小点心，要让人吃好，不要吃太饱，来个精神上的松弛，得到精神上的享受。

总之，编辑的功夫在于如何让报纸成为既有一种整体感又富有多层次多色彩效果的精神宣传工具，新闻烹调学就是一门极重要的课程，应当学好。

（1982 年 4 月在福建省政协讲话记录，
选自《新闻丛谈》1983 年版）

怎样提高宣传效果

怎样提高宣传效果，这实际上在《新闻烹调学》中已经谈到过。我还要补充两点。

一是关于标点问题。标点也可以在标题上做花样。1948 年底，长春解放前夕，长春的国民党司令官曾在长春被我军包围得很严的时候，给蒋介石拍了封电报，说“学生受校长栽培，一定要城在人在，城亡人亡，以最后一死来报答党国恩情”。当时许多反动报纸大力宣传，标上大标题：《黄埔精神不死：郑洞国表示誓死坚守长春》。我们当时的《文汇报》根据形势判断长春是守不长的，守军迟早要投降或被歼。过了一天，敌元帅就投降了。我们就把昨天反动报纸的标题，略微改了改，成了这样：《黄埔精神：不死×××昨日投降》，意义就完全不同了，看报的都会会心微笑。

其次，报纸要办好，一定要组织一个坚强的战斗集体——志同道合的集体。我们过去也是如此。在上海办《文汇报》的时候，正值解放战争期间。那时我们的待遇很差，工资比别的报少一半，物价天天涨，同样的钱，上午可以买七斗米，下午只能买五斗米。但大家很坚强，都愿意坚持工作，形成一个很好的集体，加上党的支持、读者的爱护，《文汇报》才会坚持到最后。今天看起来，不存在这方面的问题了，大家都为党、为社会主义服务。但由于十年内乱带来些后遗症，还是有一些问题。因此新闻单位要很好地团结起来，形成一个坚强的集体，这是办好报纸的重要基础。

如何提高宣传效果？一般报纸的宣传效果，我在《新闻烹调学》里已经谈到，现在主要是谈谈对台宣传的效果问题。一到厦门，你打开收音机，台湾的电台有好几个，我们的福建台、厦门台、前线台，都是跟它针锋相对的。我还到前线看过，经过二十七年的炮战，现在已经不打仗了，主要是宣传战。前线都是喇叭一排排，一天往金门放几次，金门也是一排排朝我们放。可以这样说，解放后的二十七年，我们没有正式打过仗，虽然我们“要解放台湾”，他要“反攻大陆”，实际上是一种军事冷战状态。“四人帮”粉碎后，我们提出台湾回归问题，炮战停止了，但宣传还在交锋。我想，福建还是前线，是宣传战的前线，福建军民、首长，各民主党派，责任的确非常之重，一方面经济建设任务重，与台湾一水之隔，经济上要赶快追上去，不管怎么说，台湾的经济是起飞了。在宣传上尤其重要，主要是争取台湾民心。它也想争取我们大陆民心，但是它的宣传很蹩脚，它是讲什么“结束大陆暴政，三民主义统一中国”，这种鬼话我们大陆上的人民，特别是尝过所谓“三民主义”味道的老年人绝不相信。我们要争取他们民心，因为蒋经国一个人做不了主，主要是台湾的人心所向。所以我们要讲究技巧、态度、办法，讲究语言美，在宣传上压倒它，战胜它。

我想起一个故事：三国末期，魏国最早亡，司马懿抢位建了晋国。第二个亡的是蜀国，邓艾带了兵平了四川，把刘阿斗俘虏了去。最后是吴国，当时孙权未死，尚得人心，因此有过一段时期，也像我们现在这样的宣传冷战时期。吴国派陆抗驻守襄阳，晋国命羊祜率兵镇守。羊祜想办法争取吴国人心，打猎时看到陆抗也出猎，羊祜就命令兵将止于晋地打围，不犯吴境，又把吴国军队先射伤的禽兽派人送还，陆抗很钦佩，从送猎物的人口中得知羊祜喜欢喝好酒，也送几坛好酒给羊祜。听说陆抗得慢性病，羊祜就送去一个单方特效药，陆抗当着使者面把药喝下去，大家为他捏了把汗，说对方假如下了毒怎么办？陆抗就说：“岂有鸩人羊叔子！”成了历史名言。他们就是这样用豁达的气度互相争取人心。果然后来因为孙皓残暴荒淫，羊祜向晋主起草平吴策，主张赶快打过去，终于把吴国消灭了。

当然，将来对台湾不用这样，希望和平统一祖国，但故事里讲到的那种宣传政策、方针、态度，实在很值得我们学习。你看台湾电台，还在搞什么号召大陆军官起义，飞机怎么降落，什么对特务的指示等等，这实际上很笨，不可能搅乱民心，反而失掉民心。我们的广播很讲艺术，内容也丰富，但还要想点办法，还可以多种多样。请去台人员家属写信写文章，千万不要一般化、讲套话，最好连用词、称呼也要稍微适应台湾人民的习惯，比方“叶剑英委员长”、“胡耀邦同志”这样提可以，宣传宋庆龄时，称“同志”当然也可以，但宋庆龄在台湾的影响，主要是过去她是孙中山最好的同志之一，因此就不要强调她是共产党员，还是称她为夫人或先生，使台湾人听得进去。

宣传要多种多样化。在上海时，好多人叫我写信、写广播稿给台湾的朋友，我说我在海外为两家报纸写东西，我写的东西我要调味，如果都像对台广播里宣传的那样，我的作用就失去了。有一次，邓小平同志在和外国记者谈话中说：我同蒋经国先生同时在苏联学习过，我们都是七十几岁的人了，哪天我们能坐在一起谈谈心，共商国是有多好。我就根据这个谈话写了篇文章在香港登出。我说，这话讲得多么富有人情味，杜甫的诗说，“人生不相见，动如参与商”。现在历史早已证明参与商是同一颗星，晚上叫长庚星，早上叫启明星，因为地球位置变了，所以这颗星早上在东边，晚上在西边。正如台湾海峡两岸都是一个姓，都姓黄，都是黄帝的子孙一样，何必怒目金刚。我在台湾新闻界还有不少朋友，离别三十多年，我们写东西还是自然些好。后来有人说，海外的人，香港右一点的人，看了我写的文章，还容易接受。

同样与中央保持一致，同样宣传九条，可以各显神通，味道可以不同，不要老是同一个公式，都是父亲啊，离别三十几年啦，我现在在做什么工作，大哥在做什么，儿子怎么样啦，你要回来看看多好哇，等等。老是一个公式，刚开始听了很亲切，久了就觉得是套话。

对于对台宣传，我想讲四点，就是四句话：“扬长避短，就汤下面，不避过去，多谈现在。”

一、扬长避短

我们的长处，最基本的就是我们的社会主义制度，保证每个人有职业，有饭吃，没有剥削，而且现在路线正确，前途光明。由于十年内乱，我们经济上落后一点，这是我们的短处。比如给亲友写信，说我现在很富裕，家里很好过，有了台电视机、缝纫机，人家就不稀罕，因为这正是目前我们还比不上人家的地方，台湾的一般农民家里都有彩电、除尘器。我们应避开这暂时的短处，多谈我们制度上的长处。我们是旧社会过来的人，都有这个体会。像我这种人，旧社会任总编，生活相当好过，但还常常担心，有时梦见自己在编辑部里很紧张地工作，突然被《大公报》的老板解雇了，一家老小怎么办？一觉醒来，原来是个梦。现在没有这个问题了，一个月两百多元钱，可以一直到老死。这种体会多谈谈，因为尽管台湾生活好些，一旦破产，工厂倒闭，关门失业，就一点保障也没有了。我的待遇差些，但有保障。不要老是教条地宣传社会主义好，要生动地反映各种不同岗位的人在这方面的体会，更好地提高宣传质量。

二、就汤下面

是肉丝汤，下了面就是肉丝面；是虾仁汤，下了面就是虾仁面。台湾的广播这几天在宣传一个神童，十二岁在美国大学毕业。他们说，在他们的自由中国才能培养出这样的人才。我们不要避开它，适当时也可以把这消息登出来，同时也可以表示很高兴，我们中国人能出这样的天才很好。同时说，我们有不少出国深造的年轻人学得很好，都是中华民族的子孙，证明我们中国人很聪明很努力。

台湾宣传它的女子垒球在美国打胜了几场，我们也可以趁机宣传我们的羽毛球、女排、乒乓球得了世界锦标。我们新闻记者是忘不了当时在远东运动会上，中国往往是最后一名。田径赛中，记得男子跳高最高纪录是一米八〇，到国民党垮台时还没人能打破。而现在已跳过两米二九。女子也能跳一米八九，超过当时的男子纪录。你宣传体育，我也宣传体育。

有一次，台湾宣传得很不好，说华北大水，人民喝的水都供应不了。最近又宣传，广东北部大水死了多少人。我们也可以就汤下面。我们可以说，广东大水，我们马上就组织抢救了，这是天灾嘛！同时也可以讲历史。比如1981年陕南四川发大水，叫我写，我可以写回忆录之类的东西。当年长江发大水，安徽、江西死了五百多万人，汉口淹了半年，街上都走船，到后来大水退了，到处出现风湿、浮肿病。长江水利局收捐收税，破堤没有修好，而钱都到他们腰包里去了。大家知道，旧中国黄河长江水利部门是最发财的机关，连向美国借来救济灾民的“美麦借款”，也大部分落到大官口袋里。针对这些情况，我们也写，不跟他争辩，你讲救灾，我也讲救灾，让读者去想，去下结论，更能发挥宣传作用。但是千万不要有一点幸灾乐祸的语气。台湾宣传说我们广东水灾淹死了多少多少人，它的意思好像说，共产党要倒霉了，其实这不是共产党要倒霉，是中国人民倒霉，他们这样宣传，台湾人民也不会同意，同样是中国人嘛，都应值得同情。要用很关心很同情的口气报道。我看香港几家报纸每周都有台湾版，有一些就有点幸灾乐祸，当然报道的消息是事实，如某个地方火灾，一烧烧了几千家。我们的同胞骨肉兄弟遭到不幸，我们要同情，这样不仅不失人心，还争取了台湾人民，使他们对祖国更怀念，对大陆人民更友好。

三、不避过去

我们遭了十年内乱，不仅知识分子受过迫害，各行各业都一样，农民在“大跃进”时也受了灾难，饿死些人。这些情况台湾比我们清楚。我们不要怕讲这些，你越怕讲过去，他就越抓住你。比如他报道说，某人被搞得家破人亡，家里十三口人只剩下三口。我看我们不要回避，也讲过去在“左”倾路线、“四害”横行时受的灾难，这是路线错了嘛。我们可以通过讲过去，来证明现在的政策好。比方说我要写篇文章告诉台湾朋友，说我解放后一直很愉快，生活很好，台湾的朋友一定不相信，说你讲假话，明明知道你挨过整。我可以写，过去错划为右派，1976 年后党怎么关怀我，使我重新焕发青春，想想过去，就像儿子被母亲打过一样，不会再计较，仍然拼命工作，为祖国繁荣尽力量。这样写就生动了，他就听得进去了。不然人家说你讲假话。不真实，反而起相反的效果。

四、多谈现在

三中全会后各方面的情况，要用事实来讲话。比方农村政策落实后，恢复了经济这件事，我一路坐火车看到一片片新房子，过去几千年的茅草棚几乎消灭了，这是事实。你台湾一个小小的地方，不过一千几百万人，当然好治了。我们十亿人口的大陆，要每个人有饭吃，不是简单的事，经济要上，不是一两年的事，这道理讲得过去。要用台湾听得懂的感到亲切的语言来讲话，避免套话，避免他们听起来有些刺耳的那种话、那种称呼。我想，今天这种宣传冷战要持续一段时间，一年两年恐怕见不到统一，可能还要三五年这样一个冷战时期。在这段时间，大家把各自工作做好，各守岗位，多做宣传工作，不要限于“台湾回归”这问题，比如台湾方面所知道的一些知名人士，如今他们在大陆上的生活、工作情况，这也是争取台湾民心的很好的材料。把范围更扩大些，多样化些，灵活些。

还有语言美，要五讲四美，对台湾宣传的语言特别要美。不要有幸灾乐祸的语气，不要有对骂的口气。就像两兄弟，不管你把话讲得怎么粗，我还是尽长兄的责任，对兄弟很亲切、很热爱。这样一场宣传战，要比谁的语言更美，谁的道理说得更透。比方说，台湾说它经济繁荣，可是它原料不够，市场没有发展前途，而且主要靠加工。大陆尽管生产力差点，但底子厚，矿藏多，将来会像原子弹一样爆发出能量。我们把石油、煤的情况告诉他们。现在报纸正在注意这方面问题了。但不要又是老一套，说什么假使台湾回归，你们要煤，我们可以帮助你。就讲煤很丰富，让你自己去想。也可以讲风景，比方哪个地方一个古刹，一棵树，一块石头，现在怎么样了，那棵树原来不开花，现在开花了。台湾有很多福建人，三十多年前，这些庙、这些树都很熟悉，但现在新的树长起来，新的桥造起来，他们不知道，让他们了解了解，感到祖国的变化，引起怀念之情。最后也用不着说“你要回来看看多好”之类的话，他们自然而然会有这种心情。

（1982年4月在福建省政协讲话记录，选自《新闻丛谈》1983年版）

时间——新闻现代化的尺度

一、传学和传播学

“传学”比“传播”范围来得大。“传学”是指如何通过各种媒介（手段）传递信息的学问。传播不仅限于人类，动物界也有传播，二者的差别在于传播信息的媒介不同。虽然各种动物传递信息的方式不同，但它们都是凭各自的感觉器官作为媒介传递或者获得信息的，如蚂蚁用触角、蜜蜂靠飞行的线路、猴子用声音来传递信息。人类在远古的时候是用手的动作代替语言传递信息的，若干万年后的文字使得传递的信息更准、更广、更方便了。如今的教育学、美学、音乐等等也都属于传学的范围。

传播学是大众传学的现代说法。通过一定的媒介向大众传播信息，这门学问很值得研究。古时候传播的范围之所以很小，是因为开始只是用语言、结绳，随后用的是笨重的竹简刻载文字，很难携带，不像我们现在用纸张那么方便。有了活字印刷后，传播信息的工具就出现了一次大的飞跃，传的范围广了。到了近现代，传播的工具种类越来越多，如电视、照相、印刷、电脑、卫星等等。所以要有专门的知识，才能把传播搞好。

人是万物之灵。动物只能凭自己的感官和肢体来传播信息，而人则能超出感官和肢体以外，利用传播工具延长自己的感官和肢体，如电脑是感觉的延长，电视是视觉的延长，广播是听觉的延长……随着传播方式的不断变化和发展，传播的效果也越来越大了。

人类的历史有一百多万年了。据宣韦伯博士的说法，如果把“一百万年当作一天”的话，那么这“一天”的“一小时”就等于

41666.67年，一秒钟就等于11.5年。人类的原始语言产生于公元前十万年，相当于这一天的下午9:33；人类有正式语言在公元前四万年，等于晚上11:00；文字产生于公元前三千五百年，相等于晚上11:53；宋朝的毕昇创造了活字印刷已经是11:59′4″，仅差午夜四十六秒；1839年发明的摄影仅差午夜十二秒；爱迪生发明的电影仅差午夜九秒，无线电的发明仅差七秒，广播电台1919年的出现仅差六秒，到了1926年电视的发明仅仅差四点五秒钟；1945年有了电脑，这时差午夜仅三秒钟；1954年发明了人造卫星，接着又有了卫星转播，这些新的发展都是在最后的“一二秒”内出现的。所以从这个趋势看来，今后传播工具的发展还会更快。比方说，现在的电子计算机已经代替了左脑的功能，即记忆的功能，今后要向右脑发展，即能思考、创造，因此思维功能将来也可能被电子计算机所代替。二十年来，世界的科学技术突飞猛进，新的传播媒介层出不穷。可是我国的科学技术却由于“左”倾路线的错误以及“四人帮”的破坏，不仅落后而且有些是退步了。所以，现在要赶上去。

实际上，我国的传播技术开始得很早。从传播方面来说，最初是以烽火来传递信息的，后来发展到驿马传递信息，这样使消息传递得更远更详细。中国近代最初的报纸是19世纪40年代从南洋一带传进来的，在我国出现的《香港新闻》、《上海新闻》等，它们的新闻基本上是译成中国文字的外国报上的，没有自己的东西。到了1872年《申报》出版，它不仅将西报的材料翻译过来，而且有了自己的东西，这些都根据政府公报、社会新闻（即里巷琐闻）、经济行情等报道的消息来丰富报纸的内容，使新闻传播更加大众化。这些说明我国报纸从传递的手段、媒介、方式上都有自己的一套传播理论和传播历史。而且我们的历史上，也有许多学者研究传播的效果等问题，出了不少专家。

二、时间和新闻现代化的关系

世界已进入用电脑控制新闻传播（从采访到印刷，从报纸到电视、卫星传播）的时代了。新闻传播工具不断更新，传播范围不断扩大，如何才能以更好的方式，取得更大的效果？这就是当今已成为一门学科的大众传播学所要研究的内容。国外的所有有名大学的新闻系都改为新闻传播系了。据说英国大学没有新闻系，但有传播系。

传学与大众传播学的另一个不同点，就是前者带有强制性，后者则没有。这就使我们对时间的要求更高了。例如教育，它属于传学，带有强制性。老师传授知识给学生，其收效如何可以通过考核来验证。而大众传播学则不可能做到这一点。不论报纸、广播、电视、刊物都不可能强迫听众、观众、读者听或看，也不能强迫人民相信或是立即把所见所闻变为自己行动的动力。所以大众传播要收到尽可能好的效果，就必须有新的、先进的知识、技巧，使得新闻传播能吸引观众或读者。我们提倡新闻要快、真、短、强，其目的也在于此。

如何才能使种类繁多的传播工具统一起来，宣传党的方针、政策，宣传马列主义，宣传三中全会的路线及党的十二大精神，让群众通过传播媒介接受这种宣传，而且心悦诚服地同意这些观点，变成自己前进的动力，行动的指南？这很值得我们研究。我曾说过的“新闻烹调”也是这个意思。但新闻传播学比“新闻烹调学”内容更丰富、更系统、更理论化。同样一则新闻，这个人写和那个人写，效果大不相同。上海新闻界对《福建日报》的宣传十二大精神的几篇社论很赞赏，内容处理得好，写得生动，能结合中国传统的特点，又不落窠臼，效果甚大。比如有一篇题为《老虎与苍蝇》的文章，内容虽同是说明打击经济犯罪问题的方针政策的，而十分灵活地阐述了党的十二大精神。解放以来，类似这样的佳作还不多，这说明如何宣传才能达到目的是至关重要的。打个比方：蚕吃的是桑叶，吐出来的是丝，如果吐出的仍是桑叶，那么养蚕不仅徒劳无益，而且浪费桑叶。我们的读者需要的正是这种“丝”。《福建日报》的那类文章，适应了读者的需要，所以容易让人接受。

总的来说，我们要注意宣传的效果，首先要注意培养和提高我们搞新闻传播工作的人员的技术知识水平，以便把党的政策宣传得更好。要做到这一点，就要加强新闻传播学的专业理论学习，了解新闻传播的地位、性质、内容、方法，以加速改变我国新闻事业的落后状况。

所谓传播学，是指新闻的现代化传播，它是适应80年代新闻传播工具的需要的产物。这里所指的新闻，以“新”为目的，以“快”为要求。当然，这“新”只能是相对的。就现代而言，30年代的现代化就不能与80年代的现代化相提并论，二者大相径庭。我们要力争用最新的传播媒介，只有这样，才能使采访的东西以最快的速度传播出去。路透社为什么成为资本主义社会最有威望的通讯社呢？据说就是因为当时这个通讯社的新闻发得快。在举世瞩目的拿破仑战争中，路透社为了及时报道新闻，直接在英伦海峡两岸筑了两个高台，在英国海边通过望远镜和信号旗获得自己的战讯。因此，路透社的新闻比《泰晤士报》发出的新闻要快好几个小时。这在当时就是现代化的了。中国20年代的新闻按现在的口吻说不仅没有烹调，而且是没洗的菜，烂菜叶、泥土搅在一块。有了无线电以后，新闻的传播速度大大地迈进了一步，诸如轮卷印报机等的发明创造都是为了新闻的争分夺秒。如今已发展到了电脑时代，传播速度之快在当年是难以想象的。报纸从发搞、接稿到印刷在30年代大约为两小时，现在二三十分钟就够了。

以上说明，时间是新闻现代化的尺度，所有名目繁多的传播媒介都是为了缩短传播新闻的时间。卫星传播就是一个突出的例子，它是应缩短传播时间之运而生的，而且已起到了“同步”的作用。

传播学的研究是一项不可忽视的工作。我们要得到国外的最新消息，要对外尽快宣传我党方针、政策，都要通过传播这个渠道。但就目前我国新闻传播的状况来说，我们的新闻远远不如国外，新闻很难立刻传出去。再者，我国的传播工具落后，“迟到”的新闻（因为不新了）很难被国外报社采纳，使得外国记者报道的不正确的新闻赶在了我们正确新闻的前面，因而正确的新闻不能及时吸引群众，收到应有的效果。这就是为什么我们要研究传播学，把失去的时间夺回来的原因之一。我们要用现代化的设备、现代化的知识武装我们的传播工具，使之成为宣传党的政策的武器，更好地发挥新闻传播的作用。

三、分秒必争的问题

当前，新闻传播如果要以最新的事实向海内外宣传党的方针、政策及社会主义的优越性，鼓舞各界人民，更好地贯彻十二大精神，等等，就要把新闻传播技术方面失去的时间追回来。我国的电视、广播已有了很大的进步，但印刷工具仍然停留在三四十年代的水平。只有《人民日报》、《中国日报》的印刷用电脑胶版印刷机。为数不多的新型采访工具仅少数人使用，还不能做到普遍地、有计划地用。

在传播工具发展过程的那“一天”里，最快的发展速度是集中在最后的“三秒钟”内（有的甚至是在一秒钟内、如电视、电脑、卫星转播的出现）。然而我们的传播技术恰恰在这“一秒钟”内因“史无前例”的运动被耽搁了，被“四人帮”破坏了，止步不前了。从这个意义上说，我们要赶上先进的行列，就要秒秒必争。争分还不行，那“一分”相当于几百年啊！

耀邦同志在十二大报告中指出，思想再解放一点，步子再快一点。说明党是有决心搞好各项事业的。新闻战线也应该有这一点精神，夺回“一秒”，赶上世界水平。

（1982年10月在福建省政协讲话记录，选自《新闻丛谈》1983年版）

自强不息，勇攀高峰

——谈出版工作与编辑修养

我从 1927 年（二十岁）开始从事新闻工作，到 1959 年调至出版社。在新闻界蹲了整整三十三年，其中有二十年是搞总编辑工作。细想起来，经我手创办和经我手埋葬的报馆各有五个（即五次）。不要讲现在还活着的，就是已经去世的，像我这样经历的人，也是不多的。

1959 年，我被调到上海出版局，搞编审工作，以后参加《辞海》编写工作，主要写近代史的条目。1980 年重新调回《文汇报》当顾问。在出版界虽有二十多年，可是做的工作并不太多，还只是个小学生。

下面，我谈点看法，贡献一点意见。

一、出版工作的特点

新闻、出版，都是党的宣传阵地，在思想战线上是站在第一线的。党的方针、政策需要通过我们的新闻出版工作来传播和解释。但出版工作与新闻工作又有区别。新闻工作好似进攻力量，是走在最前面的，如侦察兵，如冲锋部队。出版工作则不同，虽然它也是要攻、要宣传的，但它更注意纵深方面，因而生命力更强。出版人员仿佛阵地上的防守部队，搜寻着每一个“漏洞”。如果出现常识性的或者政治性的错误，如地理的、历史的、对外关系的等等，就将带来极坏的影响，有的错误甚至会引起外交上的问题。因此出版工作不允许疏忽，不应该有错误。我们不仅要有反映时代气息的作品，还要整理古籍，要对前人的工作进行考证、清理。所以说，我们的工作是非常光荣、非常重要的。

在这一点上，我参加《辞海》的编写工作，有切身的体会。《辞海》编写过程中，由于受各种思想干扰、影响，特别是十年动乱中"左"的思想影响，跟着运动跑，《辞海》的编写、定稿工作经过很多反复，有的条目摆上去又拿下来，有的条目改过来又改过去，……"四人帮"一垮台，《辞海》又重新修改，到 1979 年才正式出版。新出版的《辞海》把过去的不切实、不稳定的东西去掉了，那是不是就好了呢？有些条目细细看，还是有一些差错的。

出版就是这样，一不小心，一个译文、一个条目解释错了，或者选词选错了，特别是《辞海》这样的工具书，经常要用，搞错了，影响很大。我们的《辞海》编得比台湾的好，我们出的书，比国际上所有的同类书好，表现出了我们的科学文化水平，就是为社会主义新中国长了志气，为党争了光，我认为应该从这方面去考虑。

出版工作同时又是艰苦的工作。白纸黑字印出来就不能改了。书稿定稿前一次两次，甚至反复多次地看、修改，从资料来源是否确凿、材料使用是否恰当，到统一文风、文字润色等，要做大量的工作。有些专家学者，在某一方面有较高的成就，但文字水平不一定高明；有的作家文字乃至标点都很讲究，但也会有某方面的弱点。对各式各类的作家，要摸清他们的情况，热情相待。又如翻译稿，还要参看原文进行校对，看看有没有误译的，等等。这里的工作是大量而又艰巨的。

原上海出版局局长罗竹风，1960 年曾为《文汇报》写了一篇杂文——《谈杂家》，其中讲到编辑是无名英雄，是"为他人做嫁衣裳"的，工作是艰苦的，要编，要校，要核对，有时改一篇稿子所费的劳动甚至比作者本人还大。我是很同意他的观点的。我有切身体会。我做新闻工作时尽管工作负担很重，但出完一天的报纸就可以回去睡大觉，而且睡得很香。出版工作则不同了，手中有一本稿子时，经常想着这本稿子，有时为了一个字都要推敲好几天，不到稿子发出，心就放不下，觉也睡不安稳。同时，出版编辑人员不但得考虑今年的选题计划，而且要考虑明年的甚至几年的出书计划，还要组织、联系作者，帮助他们联系图书馆、提供资料等等。

当然，出版工作也是很能出人才的。一部书稿经过自己编辑加工，领会就深刻，这一方面的知识将更加扎实。况且我们平时也经常看书、学习，组织听报告，等等，这样提高还是比较快的。有些人并没有经过什么大学，搞了几年出版工作，后来到大学里去当教师，也有的后来成为各方面的专家，如胡愈之同志、冯宾符同志等，原先都是搞过出版工作的。例子举不胜举。出版工作面很广，现在有党的培养，又创造了许多学习理论、学习业务的条件，应该更多更好地为各条战线培养人才。

二、编辑的自我修养

我曾给自己定了两句不太正确的座右铭：宁可机会负我，不要我负机会。

那还是我进大学读书的时候。我一直有从事新闻工作的愿望，但没有机会，我曾尝试投了两次稿，报纸上虽然登了，但却没有报酬。我想，宁可机会负我，不要我负机会。我做好一切准备工作，一旦机会来了，我就可以胜任愉快地做下去，发挥作用。于是我经常练笔，练习写作。看到邵飘萍、徐凌霄等前辈在《时报》、《申报》上写的通讯，我也学着写。我在师范大学时曾经常为某通讯社寄稿，在上海《申报》、《新闻报》刊出。

记得《大公报》在1926年复刊之初，我因一篇翻译稿在《国闻周报》上登出，被朋友介绍给报馆刻钢板——半工半读。我那时不懂编辑业务，但是我比较注意字体字号，用心学习报纸的版式、拼排，如某一种字体每栏可以排几个字，为什么这么排版，等等。后来《大公报》把我从北京调到天津，正式让我编一版，我上手没过两三天，就可以胜任了。

《大公报》那时在教授、学生中影响很大，社论是张季鸾写的。当时我刚开始搞外勤工作，因此我就注意他是怎么写的，我也学习写，不是为了发表，而是为了练笔。等到第二天，他的社论出来了，我就拿自己写的与他比较，文字上、观点上有什么不同，为什么分析不如他清楚、深刻？这样，就促进自己改正缺点。当然，我那时没有什么为人民服务的思想。现在看起来，这两句座右铭，只要明确为社会主义服务、为人民服务的目的性，还是可以站得住的。

不管我们现在做什么工作，刻钢板、校对，有机会都要加紧自我进修，这一方面是为了能胜任本职工作，另一方面，也是为了一旦有机会，就能挑起更重的担子。“宁可机会负我，不要我负机会”，这可以鼓励我们进修，鼓励我们不要自暴自弃，鼓励我们鼓起信心。机会未来之前，还要安心工作。一旦领导要我搞较重要的工作，就可以挑起来。否则，即使有重要的工作担子要我们来挑，挑不起来，只好怪我们自己为什么平时不好好准备。

关于如何进修，我以为除了多读书、学习和实际锻炼外，还要多从一些作者的书稿中汲取营养、获得知识。看看他们为什么这样写，而不是那样写，从这里学到技术，学到知识。

另外，还有一个重要方面，自己要注意掌握资料。我有一个好朋友宦乡同志，过去在《文汇报》时，我是总主笔，他是副总主笔。他有一个很好的习惯，就是订好几份报纸和刊物，每天剪报，摘录资料做卡片，每天晚上进行整理，分类研究。1949 年总理叫他去做政协工作，他工作得很好；后来到外交部工作，任驻英代办，也做得很出色；前几年调去当驻共同市场大使，也搞得很好。这就是因为他平时注意研究各种问题，干什么都能胜任。所以我们说掌握资料也是自我进修的一个方面。积累资料和我们平时查找资料不同，经过自己选择、摘录、整理，资料在脑子里印象较深。

“文革”中，我从“五七”干校回来后，在《辞海》编写组搞资料工作。当时我虽然已六十多岁，但我相信我还会有写作的机会，因此我没有放松练笔，并抓紧时间读书。我一边看书，一边做卡片，做了不少卡片。后来被调到汉语大词典组工作，我看了过去没有机会细细看的十部南北朝史，把一些好的词汇、成语、典故都摘录下来，还读了《资治通鉴》、《读通鉴论》。有一次，我看到王夫之的《读通鉴论》中关于“任重道远”有一个很好的解释，我用卡片摘录下来。我当时的卡片摘录的出处是《读通鉴论》，因为谈的是唐僖宗时代的事，注明“唐僖”几年。当时工宣队领导看到了，说你们把唐僖《读通鉴论》找到了？那时规定要工宣队定稿的，在场的一些语文、历史专家，也不便吭声，看着他们闹笑话、出洋相。可见，也不是到了社会主义就一定志同道合了，有时也会闹出啼笑皆非的事来。

尽管在这种情况下，我也不气馁，继续练笔，宁可写了撕掉，总是练了笔了。我一是相信自己，对党对人民没犯过什么大的了不起的错误，总是跟党走了一段路，是同路人；二是相信党，乌云总是会过去的，即使在我生前不能过去，死后也会澄清的。所以，那时批斗也好，隔离也好，我很坦然，于心无愧。即使我做“牛鬼蛇神”到死，深信历史和人民是决定一切的！姚文元、徐景贤，我是看着他们跳起来，看着他们摔下去的。这是历史决定的，看起来偶然，实际上历史的辩证法就是如此。

另外，出版工作者还要留心新技术的学习。我国的出版事业，就工具来讲，比先进国家落后了几十年。我们图书的排字、印刷、装帧，质量都赶不上人家，不要说外国，就是在香港，杂志早已不用排字而用电子照相排字机排版，校对也是机器，已经电脑化了，印刷用胶版，采访有对话机，随时可以与编辑部联系。我有一本书1981年在香港出版，我记得10月2日最后寄去了前言，到10月底样书寄来时，前言已经印上。杂志一般是头月25日截稿，到第二月1日早上就要在各报摊上与读者见面，总共五天时间。我们印一本书，好一些的也要半年左右。相比之下，我们的印刷技术显得多么落后。

我想，这方面也要“宁可设备负我，我不负设备”。我们要做好准备，留心新技术的学习。我们总有一天要从各方面实现现代化，印刷也要现代化的。现代化设备来了，我们能不能用？依赖外国专家来教我们操作，这就很难了，费时间了。何况我们主要靠自己实现印刷的现代化。这就要求我们先留心，先准备，注意出版趋势，新的印刷机构造、性能，新的电脑控制……对于这些先进的印刷技术，就应该用心学习，这也是提高自己，为实现四化积累知识。

（选自《新闻丛谈》1983年版）

谈 胆 识

——为《羊城晚报》复刊五周年而作

我在合肥的时候，听到一位朋友转述某领导同志的话：记者不为民说话，不如回家抱娃娃。原话究竟怎么说的，上下文如何，我未加细问。

但是，这两句话，“旨哉斯言”，的确道出了我国新闻改革的一个重大问题。

党的十一届三中全会以来，短短五年，我国的新闻事业也出现了前所未有的好形势，大小报纸听说已发展到三千五百多种。其中，最生气盎然的是晚报。公报式的新闻少了，深入采访、写作多了，标题精雕细琢，各显其长。因为有同甘共苦的历史关系，我最偏爱《羊城晚报》，也最信任它。有些生怕别人胡乱改动的文章，我总寄给《羊城晚报》。

不断有人谈过，我国新闻——大众传播事业要不先现代化，会拖四个现代化的后腿。今天正面临以信息社会为中心的新技术革命奔腾前进，尤其是如此。

技术更新——从采访工具到印刷设备现代化，我以为还在其次；随着国民经济的飞跃发展，这个问题三五年内总会解决而迎头赶上去的。最困难的，恐怕是办报思想的解放。

胡耀邦同志说过，我国经济建设所以长期停滞、曲折，除十年动乱外，是最初生搬硬套外国的一套，也有自作聪明地搞了一套。在这方面，我们新闻界也有很深的感受。现在，尽管今非昔比，面貌大变了，但苏式的框框，“工具论”的影子，不还在起着不少的作用吗？

报纸来了，先从副刊看起，其余一带而过。这种反常的现象，就说明了这点。也说明我们报纸宣传效果之亟待提高。

如何打开新闻工作新局面的讨论，已谈了很久，也看到了不少好意见。如改革体制，报馆用人有一定的进退自主权等等，我以为都切中要害。我还有一点补充：应该大力提倡和鼓励记者——尤其是报纸主要干部的胆识。

有见识，有魄力，报纸——及其他大众传播，才会有声音，有生命。

不要先给套上“自由化”的帽子，让我说说明白。

报纸应该是发扬社会主义民主和宣传社会主义法制的前沿阵地；四项基本原则是列入宪法的，当然不容逾越。但在这范围内，可以发挥记者的能动性、创造性的天地还大得很。中央的指示，政府的法令，并不要求你“照本宣科”。蚕吃了桑叶，吐的应该是丝——用以事实为基础的新闻语言来写，而不应该依然是桑叶。一般人民的思想情况怎样，他们有哪些亟待解决的问题？有哪些亟待倾诉的意见？报纸作为读者的知心朋友，都该及时了解，适当反映。当然，也该注意广大读者亟待了解的问题，急于吸收新的知识。

可能由于“久已夫”的习惯势力，把一些朋友的独立思考和聪明才智给封闭起来了。言必称经传，稍微有些创造，就怕背离“框框”。这样的心态怎么能打开新局面，赶上新潮流？而报纸的任务，是该引发新潮流的。

该讲的话要讲，不要观望“气候”，吞吞吐吐。像《人民日报》评论员写的“要彻底否定‘文革’”这几篇文章，就是很好的范例。这需要有胆识。有时，不人云亦云，不登某些新闻，也是胆识的一种表现。

我所以特别爱看《羊城晚报》，除了内容多彩，可读性、可信性强以外，从微音的短评到有批评内容的报道，在胆识上比较起来，都略胜一筹。

所以说略胜一筹，是希望它日益精进。随着时代的前进，新闻的开放也是大势所趋，理有固然的，我这样认识。

要不然，真不如回家抱娃娃了。

（选自《锦绣河山》1986 年版“传播篇”）

将来的宜昌报

30年代初，我曾任全国第一家最权威报纸的驻武汉特派记者，在汉工作达五年之久。但一次都没有来过宜昌。1945年9月初坐飞机由渝赴宁，飞越宜昌上空时，只见下面一片破屋残垣。以后，一直无缘相见。

所以，当她是骨瘦如柴、衣不蔽体的“毛孩子”时，我不认识。这次我畅游三峡，道出宜昌，她已出落成明眸皓齿、光艳逼人的少女了；一经接触她的风姿、谈吐，我就不由着了迷。

我坚信，她不久将变成一位国色天香。

几年之内，世界上最大的三峡大坝，即将在葛洲坝上游不远处正式动工；不久的将来，它发出的电力将供应全国主要地区，成为推动“四化”的动力主要中枢。随之而来的，这一带将成为一个工业中心，最新企业的窗口；而人工湖的秀丽山水，更将吸引举世游客，形成一个繁华的旅游区。有极大可能，宜昌将是这个特区的都会。不言而喻，这位丽质天生的少女，将更成熟，更名播四海了。

关于工程如何进行得更快、更好、更先进，今后这个地区的基建、服务性行业如何跟上、配套等等，自有从中央到地方的有关当局缜密布置。事属外行，我无力建议。

我最关心本行的问题。这一地区的大众传播事业——包括报纸、广播、电视，照理应该是先行一步的；退一步说，如何紧紧跟上，以适应即将出现的新形势呢？新技术革命是以信息社会为中心的。信息机关如果还是老一套，对外闭塞，对内不灵通，经济上要搞大建设、大发展、大改造，是不能想象的。

我的设想，至多在三五年内，这个地区要有一张至少向全国发行的大型报纸，从采访工具到印刷设备，全电脑化。自然，内容上也应力求生动而有高度的宣传效果。还要有一座全世界能听到声音的电台，有一座能通过卫星传播的电视台。还应该筹建一个供各地各方包括农民咨询的智据库。这不是我乱开“支票”；大势所趋，只有具备这些，才能适应即将来临的新形势，动手愈迟，会越感到被动。

这次，我溯三峡到奉节，在同志们的扶持下，居然能攀上九百多级的白帝城。这使我的信心倍增，相信在三五年后，能策杖重来鉴赏这位更加妩媚、结实的美女。也有这样的宏愿，到 20 世纪末叶，能亲眼看到这一带已变成东方最先进、最富庶的地区之一。

（1985 年 11 月 10 日写于宜昌旅次，选自《锦绣河山》1986 年版“传播篇”）

提高“喉舌”的效能

中国的大众传播，应该为广大人民服务，做党和人民的喉舌，这是理所当然的，是我们的宪法所规定了的。问题是如何当好这个喉舌，仅仅起传声器的作用——像“文革”及“文革”以前“左”倾思潮盛行时那样呢？还是应该极力尊重大众传播本身的客观规律，发挥其主观能动性，从而尽可能发挥其喉舌的效能呢？

引起我对这一问题思考的，是最近看了电视剧《四世同堂》。它比日本电视剧《血疑》、香港电视剧《霍元甲》更长，而吸引力也更强烈；一到它开演时，所有附近邻居电视机会传来同一声音，就我个人来说，一共看了三遍。这样认真地看电视，是我从来没有过的。《血疑》放映时，只觉得它情节曲折，故事新奇，吸引我一集集往下看，而思想上没有什么感染，反而对有些情节，认为是故意拖长时间，搞些不必要的曲折；至于《霍元甲》和《霍东阁》在放映时，我一面抱着好奇的心情，继续看下去，一面心里在“骂”，完全不符合历史的真实。

《四世同堂》超出一切国产的、进口的电视片，它按照老舍先生原著的精神编为二十八集，它不仅语言生动流畅，保持老舍作品的特色，而且每一道具、服饰、街景，完全符合三四十年代北京的情景，而且每个人都个性鲜明，富有典型性，故事情节的发展很自然，不是故意在做戏，说话也没有一点台词味，是中国其他电影或电视剧中罕见的。因此使观众更感亲切，仿佛自己置身于抗战年代的北平。它也没有一句教条，使人从西郊的游击活动以及城内的地下活动中，隐约感到党的活跃，特别是“英国府”的傅善先生交给一本英文册子——大概是斯诺的《西行漫记》刚在北京暗下流传等等，着墨不多，绝似素描手法，使观众自然得出结论：在这弥天漆黑、鬼魅横行的古城，只有共产党领导的全民抗战，才给人以光明和希望。这是最高明的手法，只有观众、听众或读者自己得出的结论，才是最牢固的定论。

我们搞大众传播的人，能不能从这里得到一些启迪呢？

我常常喜欢把新闻采访和写作比作摄影，任何人采访一事物，总在选角度、镜头、浓淡等方面，带有主观的倾向性（如我们去采摄大学生运动会的镜头，就必然和日本或欧美的记者有所不同），但事实是第一性的，不能像“四人帮”时代，硬可以指黑为白，指敌为友，指鹿为马。然而同样不能忽视倾向性，资本主义大众传播事业所宣传的纯客观性是不存在的，是骗人的。

最近我曾试听过几次“美国之音”，发现他们的倾向性，也是十分强烈的，不过他们很隐晦，很巧妙。比如漫谈美国图书馆中文部如何工作，和中国图书馆如何交流等等，这里面包含不少知识，引人入胜。但美国国会图书馆，有一部分珍本、孤本，都是福开森等传教士之流强占豪夺抢去的，这个铁一般的历史事实，他们却缄口不谈。

这些就是立场观点和新闻艺术的辩证关系。

应该说，十一届三中全会后，我们的大众传播工具，不论是报纸，是电台、电视台，都不断有了大的改进，力求实事求是，努力提高宣传的质量和效果。比如上海电台节目，日益生动，如新闻节目中增加了“一句话新闻”、“他乡见闻”、“市场信息”等，语气非常亲切，内容日益活泼。每套节目中，都注意文明礼貌，这是解放以来，从来没有过的。我希望在这些细微末节上，经常动动脑筋，一切为提高宣传效果着想。文明礼貌，其实没有阶级性的。比如资本主义国家的百货公司、超级市场，对待顾客，也非常讲究文明礼貌的。

我注意“美国之音”的新闻节目结束时，播音员总加上一句：

“周某某和李某某在华盛顿对您说一声‘再见’。”这很礼貌，也很亲切，但日后如变成一个公式，一句台词，那就失其意义了。

（选自《锦绣河山》1986 年版）

关于新闻规律的两点浅见

三十年来，我国的新闻战线，也像其他战线一样，经历了十分曲折、艰巨的战斗过程，终于在粉碎“四人帮”以后，重新走上健康发展的道路，拨乱反正，又开始受到广大读者的喜爱和信任，特别是在开展真理标准的讨论和三中全会以来。

经历了多年的惊涛骇浪，我们得到的严重教训是，一切应实事求是，尊重客观规律。否则，就要受到客观规律的惩罚。经济工作如此，文化工作也不例外。

新闻工作有没有自己的客观规律？如果有，应该如何尊重这些规律，做好报纸对实现四个现代化的宣传工作？这在全国工作着重点开始转移的今天，应该刻不容缓地加以探讨总结。

马列著作和毛主席著作，对新闻工作有不少论述，如全党办报，开门办报，为党的中心工作服务，开展批评与自我批评，观点要鲜明、准确，等等。这些，都为我国的社会主义新闻工作指出了大方向、大原则。而如何贯彻这些方向、原则，还要尊重新闻工作的特点，尊重新闻工作特有的客观规律，才能收到预期的效果。

哪些是新闻工作的客观规律？兹事体大，需要广大同业共同研究、讨论。为了抛砖引玉，我想提出两条浅见：

一、报纸要以事实说话。

新闻，顾名思义，首先刊载社会上新发生的事实。其他，如评论、标题、注释、插图，以及副刊文艺等等，都应是从新闻上派生的，是第二性的。

作为宣传工作，它也不同于其他宣传品，而应通过事实影响读者，使其信服。不应凭空发议论，搬本本，拿来吓唬读者。

“四人帮”横行时，报纸变成他们骗人、整人，阴谋反党夺权的工具。他们鼓吹报纸上的每个字，都要为“专政”服务。他们不顾事实，闭着眼睛说瞎话，经济明明已濒临崩溃的边缘，还闭着眼睛天天高喊生产形势大好；他们年年宣传大丰收，而实际上人民群众的生活水平却不断下降，这样的报纸，读者看了怎能不痛心疾首！

三年来，逐步清扫了这些乌烟瘴气。不仅报纸，党和政府的公报，也都实事求是，以事实说话。五届人大二次会议的报告，公开宣布了各项具体数字，以事实说明两年多来国民经济的恢复、增长，使人民看了欢欣鼓舞，国际舆论也十分信服。

可见，以事实说话，是最好的宣传。报纸尤其应注意一切以事实为基础，用事实来发言。

今天我们的报纸，已经注意到这点，使读者感到面目一新了。但“左”倾思潮的影响，还有待继续肃清，“四人帮”制造的条条框框，还有待彻底破除。

比如，邓颖超副委员长访日时，关于她参加岚山周总理诗碑揭幕典礼这一报道，十分生动地反映中日两国人民的深厚友谊，这比一百篇宣传中日两国人民世世代代友好下去的大文章，更为生动有力。我想，这样的报道，为什么不可以安排在头版头条新闻呢？难道这样安排，就是出于资产阶级的新闻观点吗？难道这一报道，不正是中日两国人民乃至全世界爱好和平的人民最关心、最受鼓舞的重大新闻吗？

再如，前几个月，上海曾发生冒充某高级干部的儿子，到处招摇撞骗的传奇性事件。如果记者花一番工夫，切实调查，原原本本把事实真相揭露，对于宣传法制，反对特权思想，揭发形形色色的官僚主义，以及加强青少年教育等方面，肯定会发生极大的作用。但是，报纸却迟迟不报道，听任小道流传，添枝加叶，甚至歪曲真相，起着相反的效果。

这样的事实不及时报道，这样生动的可以宣传拨乱反正的典型事例不彻底揭露（听说，各地发生类似的事件并不少），是心有余悸呢，还是习惯的条条框框没有破除呢？难道这样的新闻，只该留作文艺工作者作为讽刺剧的素材吗？

二、报纸是读者的朋友，而不是老师。

报纸能否发挥积极的作用，我认为，最基本的一条，是要取得广大读者的信任。而要做到这一点，首先要和读者建立朋友的关系，不是一般的朋友，而应是痛痒相关、知寒问暖、可以完全信赖的知心朋友。如果被读者看作道貌岸然的严师，敬而远之，甚至表面接受你的“教训”，退有后言，那就失败了。

更不用说“四人帮”时代的报纸和读者是仇敌和压迫的关系了。那时，有些帮报，发行数也曾达到几十万甚至上百万。是建立了“牢不可破”的友好关系吗？不，谁都知道，那是因为不少风派人物，想从这些帮报，摸江青之流的政治“气候”；而更多的读者，是从这里推测“四人帮”将要什么阴谋诡计，准备待机进行针锋相对的斗争。事实不正是有些帮报丧心病狂的“报道”，激起了广大群众的无比愤怒，火上加油，成为天安门“四五”革命运动的燃发剂之一吗？可见，那些帮报和读者的关系，只能说是不共戴天的仇敌关系。

只有在思想上明确报纸和读者是朋友的关系，才能在工作布置中，千方百计了解读者的思想情况和接受水平，作为进行工作的出发点和依据；才能在新闻报道和撰写新闻评论时，以平等的态度，亲切的态度，摆事实，讲道理，争取读者接受你的观点。而不是盛气凌人，以一面孔正确的态度，教训人，压服读者的不同看法，或者无的放矢，引用一套教条和长官意志，对读者来个“满堂灌”。正如毛主席所说的，你越是摆架子，动不动教训人，人家越不吃你这一套。

回想解放前的《文汇报》，在解放战争时期，最受读者欢迎的是《读者的话》，一般是每天一整版，反映读者对当前政治、经济、文化各方面的意见，编者只作文字的润色，必要时以商量的口气加一点按语。其次是社评和《编者的话》，一般也是平易近人，以说理的态度，争取读者的同情，向反动派进行面对面的斗争。

当时，国民党反动派政权在手，他们的官报享受了一切特权，但韬奋、夏衍等同志主持的进步报刊，却越来越吸引广大的读者，压倒一切官报、半官报。主要原因固然在于真理是在我们手里，人心所向；而另一个关键，就在于处处以平等、亲切的态度对待读者，像知心朋友一样关心读者的痛苦，虚心接受他们的意见，和他们一起并肩前进。绝不自恃正确，把读者当作阿斗。

现在，我们的报纸，都是人民的报纸，和广大读者的关系，不仅是一般的朋友，而是同呼吸、共命运的同志关系，使读者深感亲切，更应是不在话下了。

作为知心朋友和同志，不仅要关心读者的物质生活和文化生活，也要关心读者的民主生活，使读者感到报纸真是他们的喉舌，信任地对它知无不言，言无不尽。

“四人帮”粉碎后，报纸特别是中央报纸使人耳目一新的一个主要原因，是报纸又有了人民的声音，多刊载读者的来信了，这真是一个新的开始。

要实现四个现代化，关键在于发扬社会主义民主。而如何防止“左”和“右”的干扰，健康地发扬民主，除健全法制外，也应同时注意不断改进报纸的工作，让报纸经常地充分反映人民群众的意见。人们说：“大道”畅通，“小道”就自然堵塞了。也可以说“小”的正常的民主健全了，那些被“四人帮”利用来反党夺权，破坏我国社会主义建设和正常社会秩序的所谓“大”民主，就自然寿终正寝了！

我是新闻战线退伍多年的“老兵”，长期脱离实践。以上两点，只是凭一点老经验，加上些体会，率直提出来的。是否符合实际，算不算是规律，毫无把握，提出来请同志们讨论、指正。

（选自《新闻战线》1979 年第 5 期）

分量·分寸·分际

——谈新闻记者的基本功

前几年，北京有一位店员先进工作者，曾当场作示范表演，信手抓起一把糖果，放在磅秤上，恰好是一斤，屡试屡验，分毫不爽。在旧上海，也曾听到苏州河岸装西瓜的故事，一位老工人站在岸边，不断接住从船上抛来的西瓜，随手就放进箩筐里，你随便去抽查，每个箩筐，基本上是一百斤，上下很小。因为经过他的手，分量已掂出来了。

一个成熟的新闻工作者，也应该有这种“掂”分量的本领。新闻到“手”，立刻就能“掂”出这是大新闻，还有小新闻？是表面很轰轰烈烈，实际上寿命不长的新闻？还是初看并不显眼，却有强大生命力，大有发展前途的新闻？“掂”清了分量，作为编辑就心中有数，哪些应编排在显著地位，哪些还该加以“打扮”（加上醒目的标题，配以必要的图片），哪些则只要当作一般新闻处理。作为记者，哪些应该继续发掘，穷追不舍，哪些则可以视作过眼烟云，采访一次就算了，不必再去白费气力。作为总编辑，更要在这一大堆“西瓜”中，“掂”清分量，哪条该作为当天的头条新闻？哪条可作为评论的选题？

分量，是新闻本身客观存在的，但要准确地认识它，而且要及时地“掂”出来，确实不容易。比如，“四五”天安门革命风暴，稍有常识和理智的，会辨别出，这是一场革命与反革命的搏斗，是暴风雨来临的信号，但当它初起时，谁能估量到它是“四人帮”垮台的丧钟，是中国将由极乱转变为大治的转折点呢？再如，“实践是检验真理的唯一标准”的讨论刚开始时，要看到它是一个契机，将冲决一切唯心主义迷信的樊篱，从而步步解放思想，拨乱反正，奠定社会主义民主与法制的基础，这也是困难的。作为一个新闻工作者，应该具有比常人敏锐的感觉，——所谓新闻记者的“第六感”，能够通过现象看到事物的本质，“一叶知秋”，从一张黄叶落地，就敏感到肃杀的秋天将来临了。

同样，春天刚降临人间，春江水暖，鸭已先知了。

新闻到手，就能“掂”出分量，这是新闻工作者最重要的基本功。过去，报纸能否办得出色，版面能否编排恰当，醒目突出；标题能否抓住要害；提纲挈领；采访能否抓住重点，深入采访，写出读者所最关心的新闻，而不是平均使用力量，眉毛胡子一把抓，这就先要看这个报纸的主持人和各层负责人员有没有这个基本功。当然，在新闻过眼时，先要分辨来源是否真实，有几成可靠性。由于平时的调查研究，有经验的新闻工作者，也不难“掂”认出来。过去在使用硬币时，银钱业的店员，要一块块敲敲看看，而每一个银行或钱庄里，总有一两位高手，把整套的“袁头”，从右手飞快“流”到左手，如有赝货或“哑板”，他一眼便看出而拣了出来。新闻工作者，也该练出这套本领。

举例来说，当1928年桂系逼湖南省主席鲁涤平下台之初，《大公报》总编张季鸾就通知驻宁、驻汉、驻长沙的记者密切注意此事的发展，他已“掂”出蒋桂战争已不可避免，等到桂系和南京开始调动军队时，各报还把它当一般新闻处理，《大公报》则集中各方报道，列为头条，标出了“洞庭湖掀起大江潮”这样高度概括而铿锵醒目的大字标题。读者一比较，就优劣判然。

同样，在1946年，上海国民党当局，宣布先在部分地区，试行警管区制，我和宦乡、陈虞孙、柯灵等同志，就“掂”出这是国民党政府将逐步加强独裁统治的先兆，《文汇报》立即组织力量深入采访，并订出计划，穷追猛揭，还发动各界民主人士，撰文反对，为此，不惜遭受到停刊七天的“处分”。

有人说，现在，一切重要新闻，基本上有新华社统发，还有各级领导可以请示，可以不需要这套基本功了。我以为也不尽然。

比如，当天安门“四五”事件刚有平反消息的时候，当《光明日报》刚刊出《实践是检验真理的唯一标准》这篇文章时，当《中国青年》因刊载某些文章被扣检时，这些新闻，为什么有些报重视，有些报不重视，甚至视而不见，不予刊载？这里面，除了主持者的胆识外，不也有一个及时“掂”出分量的问题吗？

及时“掂”出分量了，而且尽快尽可能详尽地把新闻采访到了，写出时要注意分寸，编排、标题、评论时更要讲究分寸。国民党政府时代，是有严格的新闻检查的，每条新闻事前都要送审，这就既要注意写作技巧，又要掌握好适当的分寸，超过了这个分寸，就一定不会被“通过”；在写作新闻、评论时，选用这些字眼、词汇，可以蒙住检查员的眼睛，换上过于刺激的，就一定受到特别的注意。怎样掌握分寸，实际是一个战斗技巧的问题。当然，在大是大非面前，要旗帜鲜明，宁为玉碎，比如，1938 年“五九”国耻纪念那天，我们就发了一篇义正词严的社论，鼓励“孤岛”同胞坚持爱国立场，与敌伪势力斗争，英国发行人（当时，报馆挂着英商招牌）一定要修改，我们坚持一字不能动，报馆因此被停闭，也在所不惜。同样，1947 年 5 月，国民党当局已图穷匕首见，杀气腾腾，我们《文汇报》记者麦少媚、李肇基去复旦采访特务围攻学校、绑架进步学生的新闻时，在现场遭特务殴打，回来写了一篇十分激烈而气愤的报道，我们编辑部的几个负责人，估计到这样登出去，报馆一定会被封门，但我们认为绝不能退让。决定加上醒目的标题，在显著地位全文刊出，还写了一篇“编者的话”，严厉对军警当局提出质询和抗议。第二天，国民党当局果然下了最后的毒手，把《文汇报》、《联合晚报》、《新民报》一起封闭了。而在此以前，我们总是注意掌握好分寸，尽量不让国民党当局抓住“口实”，尽管他们早就恨得牙痒痒的。因为当时仅有的三四家进步报纸，像一片沙漠中的绿洲，应该尽可能延长其战斗的时间。

在人民自己的政权下，作为人民的报纸，更要注意分寸，什么该发表，什么不该发表或暂时不该发表。发表的详略，安排的地位，都要注意分寸。至于评论和批评，首先要注意分清两类不同性质的矛盾。而在遣词用语上，更要注意恰当的分寸，一切要符合人民的利益，符合党的方针政策，符合全人类的进步方向，牢牢掌握好尺寸，这些方面，容易理解，就不必多谈了。

“掂”好分量，掌握好分寸以后，在表达方面，还有一个分际问题。我们跟朋友谈话，也要注意对方的个性、脾气，同一问题，这样讲，他可以心悦诚服地同意、接受，那样讲，就会引起反感，甚至火冒三丈。我以为，办报，也要把读者当成知心朋友，无论写新闻、写评论，都要摆清事实，讲透道理，像对待知心朋友一样，和颜悦色地讲心里话。而不是夸夸其谈，讲一套大道理，背一通教条，更不能自以为是教育者，以势压服。毛主席早说过，凡属思想问题，只有说服，不能压服，我们大概都有这种经验，如果有个朋友，一贯面孔正确，开口闭口，总是一套教条，甚至往往讲些言过其实的话；带着教训的口气，明知他为人率直，居心无他，也不敢多和他接触，有问题也是怕向他请教的。

在十年内乱中，林、江反党集团的宣传工具，处处颠倒黑白不必说，即使记述一件普通的事实，也总讲过头话，标题，导语、评论，更层层加码，结果，只能使读者头昏脑涨，或者从它的反面猜测事实的真相，绝不会产生丝毫可信感。

三中全会以来，我们的报刊、电台，也完全拨乱反正，恢复过去实事求是的光荣传统了。而如何进一步纯洁语言，肃清套话，讲究分际，更好地成为广大读者“友直、友谅、友多闻”的知心朋友，似乎还有待我们进一步探讨。

前年，我去香港旅游，曾和新闻界的朋友讨论编采技术问题，香港《文汇报》总编金克如同志，曾在解放前的上海，参加进步学生运动，负责宣传工作，那时我们已多有接触。他说，那时《文汇报》有一个标题，迄今记忆犹新。事实是因利害关系，孙科和蒋介石发生矛盾，表示要辞去立法院长。我们的标题只用六个字："孙科何事消极?"不淋漓尽致，在题目上未和盘托出矛盾的原因和性质，只提出疑问，让读者自己思考，看了事实，自然会得出正确的结论。如果把读者当成"阿斗"，事事"耳提面命"，强加给一个结论。效果可能会适得其反。这个例子，或许可以说明讲求分际的重要性罢。

前几个月，我看到《羊城晚报》一段新闻，报道一位区级领导干部，主动关心群众，亲自去了解一些尚未解决的冤、假、错案，一一代为平反，落实政策，标题是"未曾击鼓也升堂"，既铿锵可读，又不繁琐渲染。我以为，这也是讲求分际的一个很好的例子。

"掂"准分量，掌握分寸，辨清分际，才能恰当而实事求是地写好报道，标好标题，安排好版面，写出有说服力而且使读者点头、赞赏的评论。这样，就能更积极、生动地宣传党的方针政策，成为广大读者的知心朋友。

要在工作中积累经验，要千方百计接触读者，和读者广泛交朋友。更要努力学习马列主义和毛泽东思想，反复钻研党的文件和指示，还要吸收每种新的知识，具备中外史地和政治经济等较深的常识，并用心借鉴前人的有益经验。日积月累，总会像那些老师傅一样，练出一身基本功的。

（选自《新闻大学》1982 年第 3 期）

漫谈新闻教育

我看新闻事业有开创新局面的问题，新闻教育也有开创新局面的问题。如何结合实际，为党和国家培养对内对外宣传人才，这是很重要的工作。为开创新局面，每个领域都牵涉苏联框框的问题。新闻系过去把苏联的教材搬来。我搞《教师报》，完全搬凯洛夫，学习苏联的《教师报》的一套。后来毛主席也批评了。现在我们一切为“四化”，搞两个文明的建设。对新闻事业也好，新闻教育也好，我有一个基本想法，就是如何运用国际上先进技术，加强党的宣传，从各方面提高我们的宣传效果，这个问题，我以为很值得探讨。因为过去过分强调报纸是阶级斗争工具，报纸本身的客观规律不注意了。报纸要通过事实宣传党的方针政策。事实是第一位的。报纸先要有吸引力，使人家看得不愿放手。其次要有说服力，毛主席讲不能压服，要说服，教育也不能硬灌。循循善导嘛！报纸对读者没有强制性，没有约束性。这就要靠善于宣传，讲宣传艺术，重视新闻的客观规律，让读者心悦诚服，而不是强加于人，不是标语口号式的。前些年搞乱了，报纸也有拨乱反正的问题。报纸要有感染力。不仅使他相信，而且能鼓动他，使他感染。运用你的文笔，起到宣传效果。这些年报纸差些。我们报纸最主要的是真实性，反对“客里空”。在斯大林时代的苏联报纸也反对“客里空”嘛！周总理过去办《新华日报》，团结朋友，团结广大群众，讲分寸：对朋友是什么分寸，对敌人是什么分寸。有的新闻记者没有法律观念，对有缺点的人批评的分量过火。所以，新闻教育要更好地培养人才，培养德才兼备、能运用新的武器的新闻工作者，的确很重要。

我到北京讲新闻艺术，我认为记者要有修养。一个新闻记者要为党为人民全心全意服务，要有这样的世界观。重庆《新华日报》

当时，职工一样去卖报纸，报馆结成一个坚强的战斗集体。记者如战士一样，是一个很光荣的称号。从总编辑到下面工作人员，都是记者。不管你是做什么工作的，有新闻要写，该写评论的写评论。现在十几年养成不好的习惯，不要说总编辑，有的部主任也不动手写东西。过去，老新闻工作者像邓拓、范长江，出去写新闻、写游记、战地通讯，都能亲自动笔。

新闻教育的课程安排要注意到新闻工作者的世界观和品德教育。对一个记者来说，要过三道关，一个是文字表达关，一个是常识关，一个是最难的政策关。现在前两个关许多人都过不了，经常有文字上的错误，常识性的错误。去年 12 月我在北京，叶圣陶同志说：现在的报纸、广播、期刊，挑常识性、文字性的错误，可以编一本书。

新闻教育不仅要培养正规的学生，还要有短期训练，轮流让编辑记者去进修。

关于常识关。一个记者不可能是全才。但要比一般读者知道得多。至少要能辨别文章有没有问题，哪些是可靠的。如采访复旦大学苏步青，就要了解苏步青在数学上有哪些方面突破。又如采访谈家桢，你要了解他的特长。又如采访一个中年文学家，你如果不知道他奋斗的经历，那么你写出来的东西不可能有分量，也不可能生动。

关于文字关。现在有些人文字不错。但有些大学生，字写得不好，像初中生写的字。

关于基础，我看除了语文、古代汉语、现代汉语、外语等以外，主要是中国史，特别是近百年史。世界史，也主要是近百年史。还有国际关系、法律、国际法和比较政治。这几门一定要学深一点。我们过去当记者，如晚上写评论，最后一个新闻来了，如斯大林格勒大战，你还哪有时间去查数据呀？当总编辑的，不仅要有基本常识，有些数据要背熟的。如洛桑会议是哪一年开的，巴黎和会是哪一年开的，华盛顿会议哪年开的，几个强国海军的比例，主力舰多少，等等。这些我们都是熟的。近代史方面重要的事情，如第一次、第二次直皖战争都是哪一年？对近百年史要相应熟的。还有地理，如一个电报来了，某县发生水灾，用不着查地图。记者这些基本功，正如售货员抓糖一样。有些报社，从记者到总编辑都把不住关，经常闹笑话。

过去大公报，周总理也讲它培养了不少人才。大公报有一个规矩，叫内外互调。如我进报馆去，先让采访本市新闻，做了一段，看到你有培养前途，调到报馆当助理编辑。做了一两年，派去当正式记者。再经过一段，调回来，负责某个版。再过几年，当特派记者。过几年调回来当要闻版编辑，再当编辑主任。将来新闻教育和新闻机关也要采取这种办法，你在新闻单位做了一个时期，调到教育单位，培训半年，如你法律知识不够，补它几门课。新闻教育单位的人也可请到报馆来，担任一定工作。空口讲白话不行。你没有看过中国日报的现代化设备，不知道如何打字，如何上字幕，你如何培养学生。

（选自《风雨故人》1985 年版）

谈过头话

假、大、空、套这四样毛病，已被人们看穿而“深恶痛绝”，在全国的主要报刊及其他传播媒介中，已开始注意并着手清除了，这是一大进步，值得欣慰。

但作为余毒，说过头话这一习惯作风，似乎还大有市场，描写一件新生事物，总要加油加醋，说得似乎完美无缺；同样，介绍某个先进人物——特别是标兵，更要锦上添些花，说成是一个各方面都是为人们学习的楷模。

其实，这也是一种不容忽视的顽症，看看只是离开事实一分，而在读者、观众、听众中所得到的宣传效果，可能因而完全破坏了，甚至引起相反作用。

大家都知道，真理走前一步，会变成谬误，宣传更是如此，有时过头话只离开事实薄薄一层纸，宣传对象的信任，便全部失去了。

党的十一届三中全会以来，一切路线、方针、政策的核心，是实事求是，成就不夸大，缺点不缩小。

凡是对国家前途抱有坚定信心的人，都应在一切工作中贯彻这个精神。所有传播媒介，更不能忽视这个“癣疥之疾”，而宜痛下决心，予以根治。

（选自《群言》1986 年第 6 期）

透明度与舆论一律

九年的实践证明，中共十一届三中全会以来的路线、方针、政策是完全符合国情的，因而也是深得民心的。这次十三大开得更好，充实、完备了各项基本政策，并总结出“社会主义初级阶段”这一光辉理论，使人信服地确信，党的改革、开放、搞活的政策，一定会坚持下去，并且将日益完备。

政策向人民交了底，又通过各种渠道与各方面协商、对话，人们也更看到，政策的透明度，的确比以前大大加强了。

我以为，这就具备了条件，可以考虑改变舆论一律的旧模式，以广开言路了。

从上到下的宣传政策，和从下到上的反映民意、广开言路，应该是“双轨”的，并行不悖的两条渠道。这两条渠道畅通了，就会团结一致，所向无前。

50年代末期以后的二十年，所以要坚持舆论一律，因为当时的政策、“讲话”，几乎都使人有神秘感，表里不一，言行不一，根本谈不上有什么透明度。

舆论一律，成为当时加强控制的一种手段，也使人民对政策发生神秘感和恐惧感。余风所及，致使有些人到今天还“话到舌边留半句”，在对话、议政中不敢畅所欲言，因为，“习惯”、经验实在给人们的影响太深了！

只有取消舆论一律，开拓各种给人民畅所欲言的渠道，做到上下流畅沟通，从而才能进一步调动广大人民对贯彻政策的积极性。这样，才能与政策的透明度相适应。

舆论一律，实际上目前只对官僚主义、违法乱纪以及为非作歹的衙内们有利，对这些人起了“保护伞”的作用。一旦言路畅通，对这些消极现象及腐化、违法乱纪分子，及时予以揭露，予以舆论制裁，这将是整顿党风、民风的一条最有效的道路。

而且，在萌芽状态就及时予以一声棒喝，也许还可以挽救一批人于水边。

有人问：舆论一律解除后，言论“失控”怎么办？我的答复很简单，法大于天，一切以宪法及各种法律为准绳。

（1987年12月1日，选自《群言》1988年第2期）

我们所迫切要求的新闻法

国人望眼欲穿的新闻法或出版法，不言而喻，应该是保障新闻自由、言论自由性质的。千万勿加上横一条限制，竖一条限制，给思想僵化者以可乘之机。因为该受限制的，我国的基本大法——宪法及民法、刑法等法规早已明文确定了，无须重言申明。

回忆近现代史，前清有“报律”，北洋军阀统治时代有“报刊律例”，国民党政府则有出版法，都是为限制新闻自由、扼杀进步报刊而颁布的。我们的前辈，曾为废除这些枷锁、争取言论自由而奋斗不息，付出过惨重代价。

新中国成立后所实行之舆论一律，基本上是取法于斯大林时代苏联的一套模式，遗患无穷。中共十一届三中全会以来，一切讲求开放、改革，实事求是，和这一套模式，显然是南辕北辙的了。特别十三大号召进一步解放思想，一切有利于解放生产力，为前进指明了方向。何况时代已进入了一日千里的信息时代，制定保障新闻自由、开放言路的新闻法、出版法，更是刻不容缓的了。

台湾从解除报禁以后，报刊的尺度，显然有了大的放宽。我们及早订出保障新闻自由的新闻、出版法，对促成祖国的统一振兴，也会是十分有利的。

（选自《群言》1988 年第 6 期）

第二辑　讲稿

怎样办好一份报纸*

报人的抱负与胆识

——略谈初期《文汇报》的历程

明天是我们报三十二周年的报庆，金老总要我和余老总谈谈报纸初期的经历[1]，使我有机会和全体职工同志、新旧朋友见面，十分高兴。

两年以前——我在被迫改业二十三年以后，最近又重新回到《文汇报》的战斗序列。因此，我可以首先代表上海《文汇报》向兄弟的香港《文汇报》表示热烈的祝贺，向全体职工同志表示由衷的敬意，感谢你们在对外宣传的最前线，为祖国的统一、为四化建设、为“反霸”斗争，作出了光辉的贡献，使“文汇报”这三个字更加闪亮光辉。同时，我想套用一句外交术语，以我个人的名义，向新旧朋友表示庆祝和感激。

时间可以证明，读者可以同意，《文汇报》的诞生和发展，的确是值得庆祝的。她受到了表扬，也受到了委屈。三十年、四十年的历史，说明她一直站在人民一边，热爱真理、热爱党、热爱人民、热爱祖国，没有反复，没有动摇，经得起历史的考验，经得起时间的审查。到现在为止，国内留下来的老报名，只此一家。上海《文汇报》虽然在十年浩劫中被劫夺侮辱，一旦“四人帮”被粉碎后，

---

* 本文是作者1980年9月至10月在香港《文汇报》社的讲演提纲。

〔1〕 金老总，指金尧如。金尧如（1923—2004），浙江绍兴人，时任中共香港工作委员会书记，香港《文汇报》总编辑。余老总，指余鸿翔。余鸿翔（1914—1998），江西婺源人，时任香港《文汇报》副社长兼总经理。

逐步恢复本来面目，立即受到广大读者的欢迎，发行仅次于《人民日报》，达一百一十三万份。香港《文汇报》也坚定地前进，在李、余两位社长的主持下[1]，在金老总和各位副总编的主持下，密切贯彻党的方针政策，越来越受到广大读者的欢迎和支持。

两年前——三十周年报庆时，我曾写了一文，题为《三十年前》，最后提出希望：在香港《文汇报》五十诞辰——二十年后，能亲自来参加庆典。想不到事隔两年，这愿望就实现了，这也说明情势发展之快。

上海《文汇报》比香港《文汇报》整整大十岁。这两个兄弟报纸，我都参加了创建工作，而情况大有不同。

上海——奶妈，香港怀孕分娩，半年后就交给别个同事抚养。但也许是人的弱点，对亲生的总有些偏爱，离别三十年，特别是在十年浩劫中，总是想念她。有时，常常在梦中伏案荷李活道的斗室中发稿子、写社论。

今天，看到《文汇报》已是三十二岁的青年，成熟了，自建了十二三层的大厦，而且前程似锦，心中既高兴又惭愧，对自己生育的婴儿没有尽到抚育的责任。也十分感激，感激党的领导和关怀，感激三十二年来各位负责同事，特别是李、余两位社长，金老总和各位老总以及全体职工同事的努力。

初期《文汇报》有一个特点，没有资本家的支持，资金很少，它所以能成长发展，主要靠职工的团结努力和广大读者的支持。

现在，我想分三个时期谈谈那时的情况。

一、上海创立时期；二、解放战争时期；三、香港《文汇报》创办时期。

---

〔1〕 李，指李子诵。李子诵（1912— ），广东顺德人，时任全国政协委员，香港《文汇报》社长。余，指余鸿翔。

一、上海创立时期（1938年1月）：

“八一三”抗战，上海沦陷以后，敌人检查报纸，《大公报》、《申报》等停刊。

严、余等六人〔1〕决心创建一报，宣传爱国，抗战到底。

资金，凑了七千元，房子借用，印刷代印。

当时上海已成孤岛，腥风血雨，刀光剑影，敌人曾把一个记者的头挂在法租界边缘的一根电线杆上，以警告租界和爱国报人。

出报第三天，报馆请我写社论，第五天，吃炸弹……

半月后，请我正式参加，任主笔，主持编辑部。

二十几个来自五湖四海的人，柯灵、余鸿翔……

大家像上战场一样。

要向敌伪、租界和馆内的英国人斗争，坚持立场。

待遇微薄。

敌伪恐吓威胁，手臂、毒水果、炸机器、工部局里的名单。

报馆门口雇人站岗，后门和弄堂口装了两道铁门，出入无定所。

读者支持。5.9成第一位，晚报、年刊〔2〕。

同仁工作，夜以继日，宿在旅馆。

二、解放战争时期（1945年9月）：

9月复刊，我在《大公报》，介绍宦乡等。次年3月辞职转来。

凑了一笔钱，买了旧而小的卷筒机。

警管区，校场口，李闻血案，下关事件。揭假和谈，南京第一

---

〔1〕即严宝礼、胡雄飞、沈彬翰、徐耻痕、方伯奋、余鸿翔。前五人为1938年《文汇报》创办时的中方董事。严宝礼（1900—1960），字问聃，号保厘，江苏吴江人。上海《文江报》主要创办人。1949年后，担任上海《文汇报》副社长兼总经理、管理部主任等职。

〔2〕指《文汇报》1938年1月创刊，同年5月9日发表纪念袁世凯政府签订“二十一条”的社论《五九杂感》，从这天起，超过《新闻报》，成为上海销量第一的报纸。同年12月1日，《文汇报》晚刊创刊。1939年初，筹备编辑出版年刊。

线，余任分馆经理。

收到的钱（用于发工资），先工厂，其次经理部，然后编辑部。

通货膨胀，迟一天打一大折扣。

党及进步人士的支持。总理、范（长江）、孟（秋江）、郭（沫若）、吴晗、李平心。

读者股。

七天封闭、三次拒毁。

1947 年 5 月三报被封，坚拒复刊。

战斗技巧，标题、新闻、社论，过日再详谈。

三、香港《文汇报》创办时期（1948 年 9 月）：

1948 年 3 月来港。外勤，到处联络工会。

9 月 9 日创刊香港版，（日本签降日）。

房子、机器，兼经理部，——保险，睡三四小时满足。

资金，说二十万，实收不到十万。

天天大年三十，三千元，断纸。

除党支持外，党的力量够不到。介绍龙云投资先后五万，余介绍詹励吾五万，得以维持。电缆，董老。

识拔和自拔

——谈新闻干部的培养和自我进修

什么事业，干部决定一切。

报馆是言论机关，要和社会各方面密切联系。（坚持真理，反对错误，明辨是非，为民喉舌）尤其要有一批仁人志士、德才兼备的人，团结努力，而且要有一批又一批的新生力量，不断补充。否则事业就不会成功，成功了也会中断。

优秀的主持人，主笔很重要，但正如一个戏班一样，单有主角，没有好的班底，也不能演出威武雄壮的戏，勉强演出了，也不能持久。

邵飘萍是一个例子，生前《京报》也只有部分（新闻、副刊）可看，死后即声望一落万丈，苟延残喘。

《申报》和《新闻报》，营业如此发达，历史长，江南正是妇孺皆知。但史量才一死，声望低落。汪汉溪死后，屡次走错路，终于都停刊了。

解放以后，大报只留《大公报》和《文汇报》，不是偶然的。除立场外，《文汇报》主要是注意培养人才，形成了一个整齐、有生命力、活跃的、志同道合的集体。

新闻人才主要靠在实践中发现、培养、提拔，不能依靠新闻教育机关。（它只能提供原料、半成品，不能成为成品。）因为，新闻人才主要靠实践中形成、提拔。

一个有力的证明，有名的记者多不是新闻学校毕业的。

一个反证，当过新闻系主任的，如燕京卢祺新、中央大学马星野、复旦陈望道和王中，他们都如同蒋百里，是纸上谈兵，都没有成为名记者。在新闻教育机构有何建树？

自然，并不否认新闻学校的作用，对中英文及必需的常识（包括新闻知识和其他知识）培养较易，但要成才，还要加工，要经过报馆有计划的培养。

关键在于报馆主持人，注意发现、吸引人才，大胆提拔，还要有计划帮助，耐心使用。

《大公报》的胡政之是注意发现和培养人才的。张（季鸾）能帮助提高。总理曾加以表扬。

以范长江、王芸生为例，以自己为例。

但胡有一缺点，不耐心使用，不如意就遗弃。

我也喜欢吸引人才，比较能容忍，等待，耐心。抗战时，胜利后，及香港，1956年，组过四副坚强的班子。“为德不卒”，先天不足，客观原因。

培养人才，不拘一格，内外勤。资料工作。一定时间，成为专才，撰写特稿，评论。量才使用，多注意帮助。考察，及时提拔，不能论资排辈。

如何培养新闻敏感

——谈新闻采访和新闻写作

最近，北京新闻研究所（社科院新闻所）和《新闻战线》的同志来沪访问，问我怎样做好一个新闻记者。

我退伍多年，缺少新的实践经验，只能抽象地提出三点：

一、热爱祖国，热爱真理，并为此而坚决斗争。

二、要培养新闻敏感，掌握分寸，熟悉行市。采访、编辑。这就要有丰富的知识，磨炼各种必要的本领。

三、要和读者心连心，成为读者的知心好朋友，而不是把读者当阿斗，把自己的意见强加于人。

对如何写作、安排版面、发表评论，以及中国报纸的特点等等，有机会都想和同志们谈谈我的体会。自然，可能都是老生常谈。我对香港《文汇报》怀有深厚的感情。而我自己的精力、能力有限，只能尽量贡献这些。

如何像全聚德烤鸭的厨师一样，把菜做得色香味俱全，深受顾客的赞赏？同志们对如何掌勺，如何调味，已积累了许多新的经验。作为一个老厨师，只能在火候上、咸淡上，提供一点老经验，作为参考，希望它更加适合读者的胃口，为伟大的祖国，作出更大的贡献。

采访是原料，编辑是加工。

原料：直接原料（本地记者探访）；间接原料（中外通讯社或杂志报章中挑选）。

编辑，有组织进行。

观察、了解大概情势。初期《大公报》有一个好的制度，每天下午编辑要集中看报一至两小时，和各报（本外埠比较），初步了解当天的情况，准备补充、说明材料（地图、照片、说明、新闻窗）。

另一个是内外互调，《文汇报》上海初期也如此。

总编、编辑主任：掌握三个环节，分稿、发稿、检遗。重点看小样，写大标题，大样。

（写社论、小评，另谈）

编辑：做好审稿、润色、标题。（必要的助手）

掌握版面，色香味，配搭整齐，重点突出。

心中有数：对新闻有数，对读者的口味（接受程度）有数，要比别的报好，更合读者要求。

因此要经常注意读者来信，和有代表性的读者交谈。

新闻，就是新发生的事实。五个“W”。

过去，片面强调新闻是教育工具，党的宣传武器，阶级斗争的工具。为了斗争，搞实用主义报道，可以不顾事实。

有关新闻的说法很多，有人说，“新而奇”的就是新闻，当然，做记者要有好奇心。又说，资产阶级报纸“狗咬人”不是新闻，“人咬狗”才是新闻，这是对新闻的误解。有人说，新闻也符合价值规律，有二重性，工具性和商品性，这有了很大的突破。

在我看来，新闻是关系广大人民利害的（重大的）、有典型意义的、为广大读者所关心的、新发生的事实。

因此，作为一个记者，首先要培养新闻敏感。

发现新闻，判断哪些是主要的部分。敏锐地察觉什么是新闻，什么不是新闻；什么是大新闻，什么是小新闻；哪些是目前虽小，而要发展的新闻，什么是虽然轰动一时，旋将终息的新闻。

抓住时机，及时采访，要真实、要快，尽可能快地报道新发生的事实。当然，也要用事实来宣传社会主义和党的政策。

这就要有各种常识，了解情况，分析矛盾，“掂”出新闻的分量。

还要了解群众，了解读者，充分把握各种机会、时机，有重点地报道，抓紧时间。

写作时，也要抓住重点，抓住主要矛盾，分别哪些是可以公开的新闻，哪些是暂时不可以公开（内幕）新闻，后者较难。

独家新闻，独特部分，(眼光、识别、敏感)，要写得好，扼要、鲜明，吸引人。为此，需要熟悉新闻对象，得到他们的重视和信赖。(以冯玉祥出走为例。)

报道独家新闻，还要熟悉了解相关事件的流通过程，及时排除障碍，快速。如赵敏恒，独家报道多起重要事件，为路透社抢得先机。

当然也要注意不能违反国家和人民利益，有关道德准则。

要有利于人民了解事件的真相，要相信人民和读者有判断、识别能力。

对于新闻，报纸应如实报道。

过去受极左的影响，跟着说错话，现在很被动。“四人帮”垮台后，有些问题还是吞吞吐吐、羞羞答答，不要图虚名受实害，要彻底讲。

继承资本主义好的东西，坚持社会主义，就是中国式的社会主义。

资产阶级民主也要继承。列宁说，社会主义民主是在资本主义民主的基础上发展出来的。资本主义民主也不敢讲，岂非要后退到封建主义。

明确指出极左思潮始于1957年，从此步步倒退。

《大公报》在“文革”时期帮我们说过一些好话的朋友后来在工作中遇到一些困难，但不要紧，国家搞好了，什么都好了。

现在回顾“文革”十年的报纸，真是“满纸荒唐言，一把辛酸泪”。

和读者交知心朋友

——关于新闻评论

新闻评论——最集中地表示报纸的立场、观点。

新闻、标题也有一定的倾向性，也是编辑意识的烙印。

新闻评论最鲜明、强烈。

对新发生的新闻，表示报社的看法、意见（态度）。

最主要的是社论。

评论离不开新闻。新闻是第一性的，评论、解释、插图是派生的。

新闻、评论也互相渗透，评论带新闻，新闻（特写专栏）夹叙夹议。直接的议论，间接的配合，副刊也不应离题太远。

但最主要的是社论。

如说标题是眼睛，社论则是鼻、嘴。

人要五官方正，报纸也要。报纸也要严正，和蔼可亲，成为读者的益友。表现在新闻特别是评论的语气上，是讨论的态度，说理，平等的态度，而不能摆起面孔说教。

不应是教育者和被教育者的关系，更不应是阶级斗争的工具。人民不接受、反感，就成了脱离读者的孤家寡人，特别是在香港、海外。

一、选题（社评、专论）：

最好是当天（至少要当前）最主要的或读者最关心的问题。

灵活、生动。可以大题小做，只说一点；也可以小题大做，由小及大。

不能像“僵尸”，以右手向右行。

二、内容：

要言之有物，要有真情实感，真感情、真见解，充分地分析、综合。

不要教条、概念，含糊不清，套话、废话、报八股。

要以朋友谈天的态度，不要像教师满堂灌，即使对敌人，也不要泼妇骂街。如对越南，不要动不动讲教训，谈些他欺人太甚、无法忍受的事实。是否要教训，让读者自己得出结论。如果轻率地下结论，会起到相反的效果（读者会觉得，“未必如此吧？”）

张季鸾说，对某些问题看不清时，不妨学孙行者，跳到空中鸟瞰。

以第二次世界大战初期，苏德互助，入侵波兰为例，同情波兰人民，斥责波兰当局。

“四一二”时，同情青年，为民族着想，青年是希望，牺牲者大抵是最英勇最有理想的青年，为民族前途，反对杀戮。

三、修辞：

简洁、明快。注意语法、逻辑性。

1. 不要生造自己也不懂的句子。

2. 一句话说不清，宁可分两句、三句，不要长句累赘，不要硬套外国语法。

3. 少用人家惯用的成语（套话）。如“咄咄逼人”，“山雨欲来”、“怪就怪在……”。在海外，更不要多引经典。

过去习文，“子曰”，那是初学者、懒汉的方法。

也不要总是马克思、毛泽东如何说，可以运用其观点，少搬原文。

四、学习：

多读史书。

特别是前五史、《晋书》（李世民总纂，引用民间资料）、《魏书》（魏收）、《清史稿》、民国史。

《资治通鉴》，编年史。司马光是编辑工作的典范，也有论，“臣光曰”。

王夫之《读通鉴论》、《宋论》，是社论的鼻祖。每篇有新意，而不故意翻案，故作惊人之论，词严意赅。每篇几百字到一二千字。如论岳飞遇害。如论刘备与诸葛之关系。

几部古典小说。特别是《儒林外史》，学其含蓄、白描；《聊斋》，学其活用成语，简洁、生动。

《鲁迅全集》，特别是晚期杂文。

《毛选》，前四卷。五卷及晚期的文章，霸气，以势服人，不是以理服人。

应炯炯有神

——谈新闻标题

一、题目：

作文、作诗词，都要有题目。目，就是眼睛。

新闻标题，要把主要内容，概括地表达出来。

在编辑工作中，是最重要的环节，也是最后的环节。审查、润色之后，画龙点睛。

这不是技术性工作，而是一种再创造。

丰富的知识（常识），对形势的了解，熟悉“行情”的尺寸和分寸。

分析内容是否正确、充分，哪些是最主要的，加上文字的润色。最后，画龙点睛，加上题目。

所以，总编辑要审大小样，修改内容和题目。因为，他们应更了解“分寸”。

二、标题要求：

主题、眉题、子题。

1. 要高度概括；

2. 倾向性和客观性的有机结合；

3. 要鲜明、醒目、练字、炼句、有吸引力；

4. 有时含蓄，有时晓畅（战略性的），中国文字、中国画；

5. 抽象与具体；

6. 新闻与评论的结合点。

一个好的标题能起到评论的作用。如“飞出亚洲，奔向世界”、“错批一人，误增三亿”。

三、好的、称职的、优秀的编辑工作者，应为：

1. 交易所的经纪人（熟悉行情），菜场的售货员（掂出分量）。

2. 一个称职、优秀的厨师，搭配菜肴，掌握火候，熟悉读者“口味”，熟悉对象的接受水平。

3. 优秀的美术师，新闻要打扮，题目是点睛，画眉。七分身材，三分打扮。

一个新闻是一幅画。一版、一份报是一个整体、一桌菜。一个整体，要讲风格，有特性（共性除外）。

这才能与读者相通，喜闻乐见，长留记忆，当宝贝来收藏，如同书画一样。

新闻烹调学

——谈新闻版面和新闻“打扮”

一、“新闻烹调学”：

名字很怪，中国新闻史上从未有过。国外新闻学里，也是奇谈怪论。我是比喻，借用，应该加个引号。

1. 问题的提出。

看到在海外，我方报纸的劣势。

为什么，原料好，不合读者的口味。

要注意“烹调”，加工，打扮，研究读者的口味。

在海外，报纸纯粹是商品，不合适，读者就不看、不要、不买。

其实，国内也有一个“烹调”的问题。

我们的报纸，即便是党的宣传工具，要宣传党的路线、方针和政策，但也还不同于通告、指示、文件，也还要凭事实说话，新闻是第一性的。

应通过新闻报道，宣传党的方针、政策。

王中说，报纸具有二重性，工具性和商品性。认识到商品性，这很重要。

张季鸾说，报纸是社会公器，办报的人不求权，不求财，也不求名。这是最高的境界。

不能强迫读者去买，更不能强迫读者接受。强迫，只能适得其反。

通过事实，影响读者，团结群众，说服读者（不是压服）由衷接受、拥护党的方针政策。

在精神文明建设方面，在保存和整理文化遗产方面，作用就更大。

2. 比新闻工作更艰苦。

材料整理、核实、补正、润色，许多时候比自己写书付出的劳动更多。

罗竹风提出编辑是“杂家”，曾遭到柯庆施批判。

实际是如此，编辑是无名英雄。

3. 更能出人才。

在20年代至40年代，编辑中出了大批的人才。

如胡愈之、邹韬奋、冯宾符。

看的东西多，接触面广，更多自学、借鉴、参考的条件和机会。

二、如何自我提高：

党的教育，各种业余学习，比旧社会好得多。

宁可机会负我，我不负机会。求其在我。

做好一切准备，向前看，不断提高，为国家，为“四化”工作。

学业务、学理论、学工具（语文、外语）及各种丰富的常识。

组稿，“门当户对”，有共同语言。了解作者（长处在哪里，有什么困难，有什么打算）。积累资料（现在的、过去的），宦乡，几十年如一日，积累各种资料。自己积累，比翻现成的要好。

也要学习电脑时代的各种工具使用，（将来总归要使用）适应将来的查资料、管理数据、编辑、印刷之电脑化。

三、坚持党历来的办报方针：

实事求是。

理论联系实际。

联系群众。

批评与自我批评。

党的宣传政策，应当是一切为人民的当前和长远利益的。

联系实际，通过新发生的事实来宣传。

联系群众，了解群众，了解他们的甘苦、想法、思想实际，进行宣传。

要做读者的知心朋友。

孔子说："益智三友，友直、友谅、友多闻。"友直，不说假话；友谅，了解读者的甘苦、心情。友多闻，朋友的口气、商量的口气，不是教训，不强加于人。

要读者欣然接受，把报纸当作生活中不可缺少的知心朋友。

也像每天吃饭一样，不是用饭菜填鸭子，而是让客人高高兴兴进食堂，吃的愉快，回味无穷，这也有个"烹调"的问题。

要从根本上，适合读者的口味，才能起到宣传的作用。广播、电视等一切传播工具，也有这个问题。

《姿三四郎》，为什么流行？武松、李世民为什么受欢迎？这都和"烹调"有关系。

总之，提高编辑能力，来自理论水平、政策水平、新闻敏感、丰富的常识、了解读者和群众，还有第六感——好奇心。

四、新闻写作：

掂准分量、掌握分寸。

1. 写作。恰如其分，避免套话，要说朋友之间的话。

特写，要有自己的风格。

名记者，就如同特味菜肴，是自然形成的，并不是个人突出（如体育名将、演员等）。

2. 编辑如厨师。整理、加工记者提供的原料。

甲、审阅。文字、常识，水分，把生菜清理；

乙、编排，加工，搭配一桌菜。

标题，题目，醒目，如眼睛。

高度概括；倾向性与客观性结合；具体与抽象。

总之，标题要炯炯有神，有立体感，吸引人。

标题带有评论性，结合点。

举例：马寅初、体育报。自己的例子，《要者不来，来者不要》，说的是“国军长驱直入”，也有的被人说成“化腐朽为神奇”，如《戴笠死一年》。

对资本主义社会的新闻，反面新闻也可以起到正面作用。

3. 新闻评论。

不是一般政论，不是指示的传达。

消化党和政府的指示，抓住精神实质，以新闻的语言表达。

说理透彻，富有感染力，打动读者心弦。

起到党、政府和广大读者联系、交流的桥梁与纽带作用。

头版（一版）是一桌菜。

新闻评论是正菜，或是特加的菜。

要搭配好，色香味俱全，使人看了垂涎欲滴，食欲大增。

“四人帮”垮台以后，特别是三中全会以后，报纸有了很大进步，千人一面，万人一腔，已经一去不复返了。事实上已开始注意“烹调”。福州也出版了晚报，与日报相比，各有特色。报纸在读者中的威信也在逐步提高。

以上所说，供进一步参考。请多批评指正。

中国报纸的传统是什么？

——二十年“左”倾新闻路线的探讨，兼论苏联模式和美英模式

赵紫阳上月对港三报记者谈话。他说，从1957年起，“左”倾路线造成了严重的危害，要报纸老老实实讲真话，不要吞吞吐吐。

二十年“左”倾，在政治、经济、文化和社会生活各方面都有所表现，后果惨重。在报界的主要表现是什么？该总结。这才有可能拨乱反正，走上中国社会主义新闻事业的正确道路，为发扬民主、

法治，为实现“四化”作出贡献。

正如政治、经济、文化、社会、教育各方面一样，新闻界的“左”倾路线，也不是一朝一夕养成的。早就有了萌芽，不断滋长。如政治上反胡风等，不断搞政治运动，经济上的不顾平衡，不顾客观规律，好大喜功，强调重工业发展等。新闻方面，一解放就盲目学习苏联，片面强调解放区办报经验等，走上了一条狭隘的、形而上学的理解社会主义的办报道路。报纸缺少生气，没有新闻，没有人民的声音，不为人民喜爱。报纸成了“新闻公报”，千人一面，万人一腔，舆论一律。到了十年浩劫中，“四人帮”利用这一弱点，把报纸变成他们的“帮报”。这样，报纸完全走向了人民的反面，没有任何威信。

1949 年，人民政府成立以前，胡乔木谈到“会师”。现在得承认，“会师”做得不好。

一是批判资产阶级思想、英美模式，完全应该。客观主义，有闻必录，不问是否于人民有利。言论轻率，不负责任。

1950 年，举行第一次新闻工作会议，强调联系实际，联系群众，批评与自我批评，也很好。这是老解放区多年实践的总结，很应该推广。

问题是片面强调解放区经验，而忽视、全盘否定了民国乃至更早时期积累下来的生动活泼、敢于担当的经验。应取长补短。片面推广，是接收而不是“会师”。老解放区主要是农村，强搬到城市，不适应。战争对抗时期的做法，强搬到和平建设时期，也不适应。解放前，许多党刊是地下或半地下的，不可能生动活泼地报道社会现象，大部分是指示、通信、工作经验等。套搬苏联经验，学习真理报等，把报纸当作“阶级斗争”的工具。

报纸是宣传工具，也是特殊的宣传工具，要通过事实，新闻（第一性的）来宣传党和国家的政策，不是单纯地传达、歌颂指示。

应该以平等的态度，向广大读者报告新闻，提出看法，影响他们，帮助他们提高，进而起到拥护社会主义事业，宣传党和国家方针政策的作用。要通过新闻（新发生的事实），而不能发指示，用强制的手段，要人民接受。“文革”中，报纸大幅登“最高指示”。在此之前，也大批搬用毛主席的话。报纸代圣立言，八股化。

结果是：

1. 不注意新闻的时间性，没有新闻，将时间与真实对立。

2. 不注意新闻的特征，发布公报，以传授经验为主。

3. 不反映群众的声音。报纸没有民主，只有党的声音向下灌输，违反了民主基础上的集中，集中指导下的民主这一原则。

4. 错误地强调“舆论一律”，扼杀不同意见。

5. 报纸每一句话都代表党，代表中央，造成内外被动，“文革”中被利用。

6. 没有舆论监督，形成特权和官僚主义。错误不能及时纠正，愈演愈烈。

中国有优良的新闻传统。

古代的官报。

“左史记言，右史记事”，有董狐、司马迁等直言秉笔的传统。“富贵不能淫，贫贱不能移，威武不能屈。”

“天下有道，则庶人不议。”可见庶人也是经常可以议论天下事的。

月旦人物，汉、宋太学生。“城门开，言路闭。”

野史，就是立言。立德、立功、立言，三者同样重要。禁锢，则藏之深山，传之后世。

印刷术发展后，逐渐分为两支：

一为官报、宫门抄、辕门抄，……政府公报，政府机关报，半官报。

一为民间报，文人论政。梁启超、孙中山都以报纸宣传革命。孙中山比较注意统一战线，组织同盟会，曾推荐并不主张民主民生革命的章太炎主《民报》，不求舆论一律，调动各方力量，是有自信的表现。

文人论政的传统，后来得以发扬光大，吴、胡、张续办的《大公报》，在这方面达到了一个顶峰，应当说至今海内外华人圈子里还没有人达到这样的高度，历史还将给这个时期的《大公报》更加合适的评价。

毛主席最初也借《大公报》宣传驱张，后办《湘江评论》，也不是纯之又纯地讲马列教条，而是鼓励人们讨论革除封建主义、帝国主义。

在白区工作的刘少奇、周恩来，更是发展了党的统一战线，在艰苦环境下团结广大人民和新闻界、文教界知识分子，以各种形式办好报纸，宣传革命。

1. 党报，如重庆《新华日报》，尽可能团结一切要求进步的力量，国民党中间派，可改变的保守派。

2. 争取和鼓励、帮助进步报纸，如《生活》，如《文汇报》，派党员参加领导。

3. 推动记者、编辑、主持人中立、左转，如《新民报》。

4. 甚至对反动报纸也争取记者、编辑起一定的作用。

5. 争取一个周刊、副刊，如《中华日报》、《电影周刊》。

多种多样，尽可能争取朋友，调动力量，孤立主要敌人。

所以，两种反“围剿”和解放战争时期的“两条战线”，就是这种灵活多样的统一战线的成功。(政治上也是如此)

这和苏联的历史背景完全不一样。苏联的知识分子大都反动布尔什维克，报纸只是单纯地由地下转为公开。他们没有多种多样的合法斗争经验，新闻事业也没有统战这个法宝。

解放之初，“一面倒”，说什么“苏联的今天，就是我们的明天”,生搬硬套。完全否定了白区的工作和经验。思想根源。所以在“文革”中，白区工作者大都打成了叛徒。

一味套用老解放区农村办报的经验，造成了许多无可挽回的损失。

取消一切民间报纸，有的名存实亡。

把党的领导和报纸的创造性、群众性完全对立起来，仿佛有些不同面目，不同声腔，报纸有一些相对的创造性，就是排除党的领导。

1956年，提出“双百”方针，刘少奇等在新华社讲话，邓拓当真贯彻，结果被一棍子打成反党、资本主义道路方向，说邓拓是文人办报、死人办报。从此，报纸进一步走进死胡同，恹恹无生气，歌功颂德，粉饰太平。如此极左路线，贻害海内外，后被“四人帮”利用，成为两“杆子”，篡党夺权的工具。

“四人帮”垮台后，尽管像胡绩伟等有胆识的同志尽力发言，但总的来说，管得严，“舆论一律”的遗毒，对“同仁报”谈虎色变。

“四大”〔1〕取消后，又说大字报可以有条件地贴，就是因为没有报纸发扬民主。只是空言民主，从上到下号召。需要法治。

没有舆论监督，必将出现特权、腐败、官僚主义，甚至封建独裁。

苏联和中国，都已有了惨痛的教训。

---

〔1〕“四大”是指“大鸣，大放，大辩论，大字报”。“四大”在1957年整风和反右运动中产生，1957年10月，毛泽东在中共八届三中全会讲话中指出：“今年这一年，群众创造了一种革命形式，群众斗争的形式，就是大鸣，大放，大辩论，大字报。现在我们革命的内容找到了它的很适合的形式。”“四大”在“文革”中被鼓励和倡导并盛行，1975年1月四届人大写入宪法，1980年9月五届人大三次会议决定从宪法中取消。

其实，马克思、恩格斯办的《新莱茵报》，就是一份“同仁报”。巴黎公社时，欧洲有七十多家不同阶层政权办的报纸在巴黎发行。

一个正常的社会，应有不同的声音。不同的报纸，就好像交响乐的不同乐器，演奏出来完全是和谐的。两个偏向，一式的乐器，反倒是不和谐了。

民间报有什么可怕？有党员可以发挥骨干桥梁作用，还能够造反？太无自信了。有宪法，有人民法院，违反宪法，可控告，可追究。有宪法可依，人民会不信任？让人民监督，反而更能得到人民的拥护，政权更稳定。

说要民主党派长期共存，互相监督，要各党派独立发展，一条，就得让各党派独立办报。

还有无党派民主人士存在，就得允许私人办报。

真的让人民有言论自由，不是资产阶级的假民主，实际只是少数垄断资产阶级的言论自由。

也不是苏联那种舆论一律，或者我们那种名义有自由实际包办的假自由。

要真正把门打开。

党真理在手，有三千多万党员，应该不怕竞争、竞赛。

这样，民主生活会活跃，人民的积极性会提高，官僚、特权、腐败会失去存在的土壤，“四化”的前途就有保障。问泉哪得清如许，为有源头活水来。只有死水里才会生长细菌。特权、官僚、腐败，这是一个恶性循环，只有舆论监督可以制止。

这是内部讲话，个人一得之见，做一次大胆发言，请大家批评，也希望引起思考。

为什么在海外讲，因为《文汇报》是自己的报纸，海外多接触外面的空气。二十年、三十年来，应该说深受“左”倾之苦。

我已年老，没有雄心壮志想办民间报。

这个思想打通了，海外的报纸就好办了。

我的讲话一定有许多错误和片面性，希望大家批评，提出其他看法，共同探讨。

摸索中国社会主义报纸的道路*

九十月间，我在香港时，听到复旦聘任我为兼职教授，很高兴，也很光荣。决心认真对待这工作，不辜负复旦对我的期望。

解放之初，我也曾在复旦任课，讲新闻评论，是陈望道校长、王中主任邀请的。1957 年以后，中断了三十多年，重登讲坛，不仅生疏，也感到有些惶恐。

一则，1957 年前，做了三十多年新闻工作，二十年总编辑，而且经历的确不平凡，报纸封了再办，先后创刊过五次，也埋葬过五次，可说久经风波。但我虽是科班出身，但没有受过正规的新闻教育，大学时学的政治，后来又改学中国文学，是在《大公报》这个科班里，从跑龙套到唱主角，谈不出一套理论。二则，我二十多年来习惯于当反面教员，如同经典上说的，唱正面角色也不像。的确，今天，要我歌功颂德，说过去的报纸办得怎么好，还是不行。

不管怎么说，该是被告，该是原告，我总还要说真话。正视事实，就难免说错、“豁边”，请同学们指正。

这次我去香港，住了七十多天，重新呼吸一下海外空气，认真研究一下资本主义社会新闻界的情况，有些地方很吃惊，有些地方很引起我的思索。

报纸该怎么办？新闻教育该有哪些改造？如何适应时代的要求？

一是已经来临的电脑时代，一些采访、编辑、印刷的设备都现代化、电脑化了，如何适应？教出的学生，如何熟练地使用这些工具，而不被这些工具“奴役”。香港中文大学已经开设了新闻传播专业，引入了“传播”的概念。

---

* 本文作者 1981 年 5 月在复旦大学的讲演提纲。

二是香港社会，物质发展了，精神更空虚。报纸上广告、浮夸、色情、荒诞更严重，有闻必录，客观主义地英美模式。有的报纸五六张、十几张、成百张，基本是废纸一堆。这条路，我们能不能走？

回过来看看，我们三十多年走的道路，是否完全正确、合理？也值得思考。

这问题，我认为，对于新闻教育机关尤其重要。拟定教育大纲、教研计划，要想到，今后我们的学生，新闻事业的接班人，是否还是开老机器，按部就班？如何适应新情况，纯熟地掌握新机器、新工具？有形的，如电脑，还容易学习。无形的，属于观念形态的，对新闻的概念，新闻的采访、写作、编辑等如何理解和运用，就不那么容易了。我们的师生，就应该走前一步，考虑到中国的报纸，究竟该怎么办，将来必然会这么办，这样，我们就有了培养的目标，培养出的人才，就能够适应将来的需要，站在时代的前面，充当出色的新闻工作者。

回顾三十年来，新闻工作有很大成就（十年除外），但也走了不少弯路。主演的问题，我认为是教条主义地学习苏联经验、模式、框框，生搬硬套老解放区的经验。

解放前夕，胡乔木说“会师”，基本失败了。

现在，各方面都在强调中国化，中国式的社会主义，中国式的现代化。

办报，我认为中国有很好的传统，有丰富的经验。

传统有董狐、司马迁，直至近代文人办报的直言，吴、胡、张时期的《大公报》。中国历来有秉笔直书、富贵不淫、贫贱不移、威武不屈的民族精神和传统。办社会主义报纸，我们也有极为丰富的经验。

党的统战政策，是三大法宝之一，周恩来、夏衍等人在新闻界作了很好的贯彻和发展。

如果认真吸取，去芜存精，和老解放区的经验有机结合，必能走出健康发展的道路。可惜当时在“左”的思潮萌芽中，片面强调“接收”。

报纸变成了纯粹的宣传品，狭义地理解了党的宣传工具的作用，成了公告、传单，只有从上到下的“传达”命令，基本很少有从下到上的群众意见。社会主义民主，在报纸上徒具形式，报纸销多了，并不与群众血肉相关。是严师，而不是益友。至于内容的公式、概念、套话、八股，就更不用说了。这就使得报纸在十年浩劫中，被“四人帮”轻易改变为帮报，成为他们篡党夺权的两杆子之一，这是很沉痛的教训。

所以，“四人帮”垮台以后，我们也有一个拨乱反正的问题。

四年来，有了很大的改进，特别是《人民日报》提出了许多大问题，反映不少人民的切身问题，受到人民的赞扬，胡绩伟同志的胆识令人钦佩。但总的来说，还是修修补补，改良主义，有时还随“风”飘过。

我以为，该从根本上探讨一些问题，中国式的社会主义报纸究竟怎么办?

一、报纸应该还原为报纸：

以事实说话，新闻是第一性的，新闻有自身的客观规律。

宣传党的政策，应该通过生动的事实，而不是命令、说教。

报纸和读者的关系，应是知心朋友的关系，而不是教育者和被教育者的关系。原则，满堂灌，不平等待人，以观点强加于人，结果会适得其反。

报纸总有立场、观点和倾向性，我们的报纸，以事实宣传党的政策，帮助党沟通人民的意见，反映人民的各项要求。这就是党性和人民性的统一，就是中国式的社会主义报纸的道路。

二、报纸应有相对的独立性，像企业一样，有一定的自主权：

1. 不能也不必所有的报纸都代表党说话，一字一句都代表党。

造成：

甲、登新闻是政治待遇，不按重要性、新闻分量；

乙、不能经常开展批评，一批评（点名）就代表党，就成了敌我矛盾。

丙、在外交上也造成了被动。

2. 不能被认为是同级党委的机关报、喉舌。

不准批评同级党委，造成一言堂。

党委包办代替。

无法开展正常批评，造成特权、腐败、官僚主义。

由特权形成官僚主义，再由官僚主义发展到腐败，只有舆论监督可以制止。

不把这些束缚解除，社会主义报纸无法办好。

作为探索，提出这些意见。

“四化”，还要有政治民主化。我们的报纸，必然要充分发扬社会主义民主，通过报纸的宣传鼓动（以事实，不以教训、命令），提高人民对建设“四化”的积极性，拥护党的政策，帮助党排除障碍，同心同德，沿着中国式的民主、社会主义道路前进。

关于新闻采访*

我是新闻界的一个老兵，当了三十多年记者（从 1927 年到 1957 年）。大体划分，头十年，是当一般记者、编辑，从体育记者到跑政治新闻，从教育版、经济版、各地新闻、副刊到要闻版，都编过。后二十年，则当总编辑，主持一个报纸的言论和编辑工作。但我脱离实践工作二十多年，又从未受过正规的新闻教育（学过政治、中国文学），虽是科班出身，但主要是做实际工作。但著名学府，未来新闻记者的大本营来讲演，实在是班门弄斧。又有许多校领导和老师在座，我感到很惶恐。

第一讲 什么是新闻

新闻，是社会上新发生的事实。

社会，包括本地的、国内、国家、宇宙社会。

但不是有闻必录。

群众关心的，对人民有较大影响的，具有典型意义的，新发生的……（也有不少，如副食品紧张等，不可能都登）

人类社会在不断发展变化，总在从量变到质变的过程中。新发生的事物，至少要出现部分质变，才构成新闻。比如，兄弟不和，两伊矛盾，一直在缓和和激化中，一旦好转或公开冲突，就成为大新闻。

我们说，好的编辑或记者，要准确掂出新闻的分量，像售货员能掂出商品的斤两、优劣一样。任何事物，总有它的分际，界限。

---

* 本文是作者 1985 年 10 月在厦门大学的讲演提纲。

两伊战争、美国大选、金价、失业人数、物价、争民主，这就是质量界限，关键点。

如何发现新闻，在新事物处于萌芽状态时抓住它，抓住本质，及时深入采访，及时报道，这就要靠新闻敏感。

对分量的辨别敏感，把新闻加以整理，去芜存精，组织在报考上刊出，这是编辑工作的范围。加以分析、议论，成为新闻评论。

一切从实际出发，新闻是报纸工作的基础，是第一性的。

所以，新闻记者，最基本的基本功是采访新闻，其他只是派生的——编辑、评论。

新闻工作者，包括社长、总编辑，都是记者。记者是本职工作，等于从总司令到连排长都是战士一样。记者是一个最光辉的称号。邵飘萍、张季鸾、胡政之都是从记者干起的。

我国有史以来，就有新闻记者，当然那时还是业余的。我们今天看到的象形文字，很多都是记录新发生的事实的。当时在无锡师范时，钱玄同先生教我们文字学时说，诸多字是记录先民目击实况的，他们看到的森林大火，就画一根木头上面火焰升天，这就是最初的“災”字。而且，最优秀的还是官报记者，今天皇帝登位了，记下一笔，明天祭天了，又记下一笔，这些东西，后来还被编辑出了单行本，这就是六经之一的《尚书》。

古人说：“六经皆史。”最初的历史，就是新闻和新闻掌故的辑录。

《易经》即当时的卜筮，《诗经》是转载当时的民谣，仿佛今天的“副刊”吧。

我国最有名的历史学家司马迁，其实就是最优秀的新闻记者。他不仅忠实地整理过去的史实，而且把当时他目击事实，努力真实地记录下来。他生长在汉武帝时代，《史记》不仅记下了武帝如何好大喜功，而且把他如何宠爱卫子夫，又如何喜爱李夫人，如何把卫青、李广利、霍光等外戚提拔重用（也像我们今天所说的“火箭干部”、“裙带关系”一样），以及李广等人受到压制迫害的情况，都如实地加以报道。尽管他受到宫刑，却毫不畏惧。后来的卫道士，说《史记》是一部谤书，原因就在这里。《史记》的特色之一，就是如实地采访，记述当时的政治情况、经济情况和文化社会生活。

官报的记者，也要力求忠实于事实。古代皇帝左右，有两个史官，左史记言，右史记事，所记的东西，皇帝也不能干预。我国古代传统的史料，主要就来源于此。诸侯也有史官。

有名的董狐之笔，“赵盾弑其君”，大胆直书，而且总有现实主义精神，讲求精神实质。

所以，中国是有光荣传统的民族，历代都有许多“富贵不能淫，贫贱不能移，威武不能屈”的知识分子，历史工作者，特别是新闻记者。新闻记者也是有光荣传统的。

新闻敏感，外国人说是第六感。一般人“听、视、嗅、触、味”五个感觉之外，新闻记者还有一种特有的感觉。新闻敏感，仿佛是天才，是新闻记者所特有的。

我不同意这种说法。我认为，主要靠修养。外国人说，新闻记者要有好奇心，这是新闻采访的动力。但好奇，也靠培养。首先要有广泛的常识，要深入了解周边事物目前和过去的主要情况，这才能敏锐地察觉出各种社会形态的量变过程，是否已经达到或接近质变，是否已经开始了质变。及时发现质变的萌芽，也就是及时发现了新闻线索。

找到了线索，有了新闻来源，要根据自己的判断，努力探索，力求其真实、全面。（不要浅尝辄止，要耐心深入发掘，扩大“战果”。）

讲一讲我早年采访的一段经过，来说明采访工作的不易，要处处动脑筋，克服一切困难去完成任务。

那时我刚二十三岁，搞新闻工作也只有一年多的时间，但那次采访，从发现线索到传播过程，我迄今还认为是生平最成功的一次采访。

经过……〔1〕

同志们可以看出，全过程都要动脑筋，都要付出很大地代价，才能克服重重困难，争取采访成功。如果有什么报酬的话，就是采访到了独家新闻，深深感到胜利的喜悦。

在采访中，也要注意各种客观条件，注意调查研究，尽可能做好必要的准备。

据太原、沈阳两次采访为例。〔2〕

以上三个例子，都是我青年时初当新闻记者时经历的，可能对各位同学——不久将进入新闻岗位的新生力量，有一点启发。

现在采访的工具比以前大大改进了，交通发达。美国、欧洲，也可以朝发夕至。电话几乎随叫随通，尤其是电脑普遍应用，将来还会有许多新的工具。这次去香港，看到香港报纸的本港新闻记者，有对讲机、录音机，电单车每人一辆，比过去外勤只靠两条腿一支笔，大不相同了。但无论如何，基本功还是采访新闻所必备的，正如电子计算机只能帮助，不能替代高级的数学钻研一样，有时运用不当，还会产生相反的效果。

比如，过去采访，要口、笔、脑一起动用，要熟悉采访对象的地位、能力、脾气，相应地运用恰当的方式，或单刀直入，或转弯抹角地提出问题，还要根据采访对象的回答情况，不断调整问题，同时还要速记，保证准确的记录。

---

〔1〕 指作者1929年到太原采访冯玉祥等人，参见作者《一次得意的采访》，《报海旧闻》，三联书店2011年版，第156页。

〔2〕 参见作者《报海旧闻》有关章节，下同。

现在，有了录音机，不需速记，方便了。但也有不好的一面，被采访的人可能引起警惕，说话就更加谨慎了。

我过去采访时，常有某种场合，不能拿出笔来，一拿出来，对方就不说了。那就只能暗记、心记。有些数字怎么办？口袋里记。引得对方讲得得意忘形了，就什么话都说出来了。

采访新闻，一定要多交朋友。特别是刚开始搞采访工作的时候。

交新闻界的朋友，为了建立相互的合作。经常和采访机关发布人员建立关系，为了获得和保持新闻线索。但这些，都只能获得一般新闻，大道所闻。

要深入采访，获得独家新闻，或一般新闻的独特部分，必须在高层、关键人物中，找到可信的朋友，提供线索、征询、帮助分析、证实，如李书城。这就要使他对你建立信任，相信你绝不会发表与他有妨害的新闻，相信你能掌握分寸。

分寸，是记者的基本功。编辑、总编辑尤其要注意。不能什么新闻都可写，可尽量写，尤其不可扩大，“客里空”，发表到什么程度，明写、暗写，掌握适当程度、分寸、火候。成功的新闻工作者，像成功的厨师一样。写好一件新闻，会交上好朋友。

也有的人，不把新闻送给你就不放心，如徐永昌。

第二讲　新闻编辑——标题、版面

编辑部是报馆的主要车间，编辑工作是报纸的核心工序。

如果说，采访工作是采办原料，编辑则相当于厨师，要把各种原料——鸡鸭鱼肉、蔬菜、山珍海味烹调成色香味俱佳的菜肴，满足广大顾客的需要。

我常常喜欢把编辑工作比作厨师的。好的厨师，应该时时考虑服务质量，努力保持这家酒楼的招牌声誉，使每天办出来的酒席，有特色，搭配整齐，三盘六碗，大菜小菜，配菜，点心，只只新鲜可口，营养卫生，不仅适合顾客的口味，而且香气扑鼻，顾客看到就食欲大振，满意地吃完这一桌酒席，回去后还赞不绝口，以后，成为常客，到处推荐，形成口碑。

这次我到香港，三十年后又看到形形色色的报纸。有一个感想，我们国内的报纸，仿佛办大食堂，就是这几样菜，你只能在此就餐，不吃也得吃，不然就没得吃。只此一家，别无选择。因此，编辑工作者，就养成了一种独家经营的习惯，只讲究营养（有时只是照规定的菜谱做，也不考虑营养），不注意口味，更不去考虑如何提高顾客的食欲，如何招揽生意。反正上面点什么菜，批下来什么原料，就烧什么菜。至多是大鱼大肉，天天一样的烧法。“四人帮”时代，更是一味的红烧、红烧，原料当然是死猪臭鱼，不必说了。

香港是资本主义社会，报馆也像其他企业一样，要自己竞争。他们真的是像开饭庄酒楼，各有特色，各有号召，否则就没有顾客了。有正宗菜、满汉全席，有广东菜、川菜、上海菜、杭州菜，还有西餐，还有小吃、自助餐等。非有自己的特色不可，没有拿手菜，就不能号召顾客。

我们在香港的几家报馆，二十几年来受极“左”路线影响，发行迄今还处于劣势。在香港大约一百五十万份的总销量中，大约只占十分之一，原因是长期不求实效。本来，海外同胞大都很关心祖国的情况，正宗京菜应该有很大的影响力，但一直把菜烧得很红很辣，叫人无法入口。“四人帮”垮台前，甚至改用简体字，等于在馆子门前贴出布告，本馆宗旨是宣传毛泽东思想，不欢迎顾客。因此，新顾客也几乎绝迹了，老顾客也只有戴上了红帽子才敢进来。这几年努力改版，但因为给人的老印象太深，往往事倍功半，进展不大。

在海外的报纸要改，国内的要不要改？办大食堂的一套，是不是要加一番彻底的革新呢？我看是要的。这几年，从《人民日报》

起，各地报纸都在摸索前进，面貌内容都有不同程度的改变，令人感到十分可喜。其中，广州有些报纸前进得很快，日益适应政治民主化的要求，受到了广大读者的喜爱。

改革的根本问题，我认为是，如何重新认识报纸的特性。报纸是以新闻为第一性的，要以事实说话，以事实进行宣传。要尊重报纸的特点，即从报纸的客观规律出发，和读者建立赤诚相交的朋友关系，而不是什么教育和被教育的关系。这应是基本的出发点。

这些，我准备在下一讲里详细说明，今天只谈编辑工作。

先要破除几个编辑思想上的旧框框：

1. 长官意志，上面的规定，版面安排向北京请示；

2. 政治待遇，按此排大小。

只能按新闻的质量，与读者关系的大小作为取舍、编排的唯一标准。

编辑工作大体有几道工序：

1. 分稿；

2. 审阅：文字、文风（与报纸的风格大体一致）。

直接原料，更要细细审查，把好文字、文风两个关。

间接原料，通讯社的稿，也要审查，剪裁。

二十年“左”倾，毒害了不少新闻工作者，文字上、语法修辞上，很多没有过关的。因此，在审阅时要特别注意，不要出常识性和语法文字上的笑话。

3. 掂准分量。按照不同的情况进行加工、“打扮”，加分题、加注、导语，字体大小，特别是标题。题目，是目，眼睛，要明亮，要醒目，炯炯有神。

评论，代表报纸对当前新发生的新闻的态度，是报纸的灵魂。评论的标题，则代表报纸的面目，眼睛。

版面要做到五官清秀，两眼有神（题目）。

写好评论，要做到以下几点：

1. 倾向性和客观性的有机结合。

2. 要高度概括，实题和抽象题，不是空，而是更高的概括。举《光明日报》体育版和吴、胡、张时代《大公报》三个例子。题目是新闻和评论的结合点，有时甚至可以代替一篇评论，或者画龙点睛，如《要者不来，来者不要》。

3. 要炼词、炼句，朗朗上口。

4. 层次分明，眉题、主题、子题的功能。主题最好独立，切忌断题。

5. 题目要眉清目秀。不要撑头撑足，留有适当空隙。标题字体和正文字体大约要隔两号。

好的标题，可以叫人回味无穷，深印读者的脑海。切忌，言过其实。如《孙科何事消极?》，留有余地，让读者思考，得出结论。

有时，可以化腐朽为神奇，如《戴笠死一年》一题。

6. 切忌废词、废话。如某报标题《赵丹病危，黄宗英昼夜陪伴，华国锋主席及夫人亲自到医院慰问》，其中就有不少废词，大可以精简。

7. 要确切。如某报标题《中西两影星同病相怜》，其实说的是影坛两巨星同遭病魔，陨落堪虞，而不是说两巨星得了同样的病，也不是说二人之间的联系。

版面，编排，就是组织版面，即：

1. 发稿时，要大体看一下已到的稿子，了解原材料情况，做到心中有数。每天新闻也有谈，要根据不同情况，决定大小、前后。

2. 要有全局观念。哪些是大菜、小点，甜、咸、辣等，加以组织搭配，组成一桌酒席。

3. 注意拼版中的困难，重点打扮，等于是对拿手菜加料，掌握火候，一只一只下锅。如照顾工厂工作，要均匀发稿。这样可以争取时间，及早拼版，有余力加入最后的新闻。

4. 配以必要的图片，预先（根据设备情况）制版，做好题目样版，专栏、头花，题也可用。

总编辑、编辑主任对编辑工作的职责。实际是总厨师，即：

1. 分稿。

2. 主要版面总发稿，看小样，亲自动手加主要标题，使得报纸的态度和工作方法一致。

3. 检查废稿。

4. 审批大样。

5. 注意各版协同保持一致，有机联系，同一风格，共同特点。

6. 根据印刷能力，安排各版截稿时间。

补谈一下编辑工作的几点 ABC：

1. 每版有一个头条，主字号要醒目。

若干次要的新闻，不宜太多，重点太多，等于没有重点，不易拼版，也不美观。

要有一些长短行，便于拼版。

此外，花边新闻，要加框。直排横题、横排直题等更不宜多。

大小、专栏、图片、头花等要搭配适宜、美观，使人看了赏心悦目。这需要编辑和总编辑有美学的修养。

2. 题目，字不要撑头撑脚，多留空隙，切忌教条。（举鲁迅例）

3. 主次题用的字体可多变化，一般次题要小两号字。

4. 不宜有通线，题目不要复叠。

总之，版面要紧凑、疏朗、严肃、活泼。一气呵成，脉络分明。

要保持一贯风格，也有适当灵活多变。

不要头重脚轻，也不要头轻脚重。

第三讲　关于新闻评论

评论，是报纸的灵魂，集中表明报纸的立场观点。（新闻、标题也表现，但不及评论鲜明）

社论、专论、评论员文章，短评、漫谈等等。

解放以来，产生了一些新的问题，主要是代表同级党委发言。

如《人民日报》是党中央的机关报，社论代表党中央发言。

二十年中，不仅《人民日报》，还有两报一刊，成了变相的中央指示。

同时各级报纸即代表同一级党委，又都代表党中央。一有意见，党要负责。一经批评，就会变成敌我矛盾。

这个根源，大概因为毛主席太会做文章，自己办过报。他为《解放日报》，为新华社写社论。同时在老解放区，主要是农村环境，读者基本是各级干部。列宁也为《真理报》写社论，可那是秘密时期，读者也是各级党员和干部，在社会上还没有执政后那样大的影响。

我们的报纸，开始时，贯彻执行党的方针政策，很灵活，让各级干部领会精神，起了很大作用，后来，结果变成了……

因此，报纸不敢轻易自己发言。由党下令，授意，专业性由有关机构撰稿。

报纸没有自己的声音。所谓威信，是党的威信，党委的威信。

报纸实际上是无能为力，没有发言权，实际没有威信。这样的报纸本身是没有生命的。

要使报纸真正具有人民性，我以为首先应当改变这种状况。

报纸就是报纸，可以发布党的通告和意见，但不能代替。

这样，有好处，可以着重反映由上而下的人民意见，又可以避免对外被动，也可以真正提高报纸本身的威信和影响。

怎样写评论。

一、选题。尽可能结合当天、当前时事新发生的问题。

大题小做，小题大做。

决定今天该评可评的，那一点可做社论，那些可作短评，总编辑要有规划，编前会议。

要有吸引力，鲜明，不要一般化。如报道美国大选时，《白宫的新主人》。

二、态度。同志式的、朋友式的（知心）、平等的。倡导民主，首先自己的态度要民主。

不是教师的态度，不要强加于人，不要说“应该怎样，不应该怎样”。

不要希望社论供人学习，要深入人心，要被读者认为是益友。不要轻易下结论，也不要在关键问题上模棱两可。

多看读者来信，多解决各方面有代表性的人物。

三、内容。要言之有物，要有主要题材，有重点，说得清。

说清一个问题，一般要说得透，言之成理。

措辞要含蓄，要耐人寻味。如《官场现形记》、《儒林外史》。

有些内容，可以实写。有些内容，宜虚写、凌空写，如张季鸾的评论。

短评，开门见山，短小精悍。如同匕首。多看鲁迅的杂文。

破除八股，不说套话、废话。

竭力避免用别人习用的语言；文字力求简短，简洁，生动，语言令人回味。

除经常读书，看报外，还要熟悉关键资料，数字等。

第三辑　发言

在社外编委会议上的发言

【一】1956年9月14日《文汇报》第一次社外编委会议

《文汇报》于4月底休刊，旋即去北京改为《教师报》，这样一办，不久之后，各方面便发觉有不妥之处，中央宣传部也找我们谈话，最后决定《文汇报》在上海复刊……

全国性报纸不一定要在北京出版，上海是国际大都市，《文汇报》在上海有根基，所以决定10月1日在上海复刊。复刊后的《文汇报》应不同于以前的《文汇报》，应当具有自己的特色和个性，应当反对公式和教条。《文汇报》的主要对象从前是中小学教师，以后将是高级知识分子和一般知识分子。

报纸当然要刊载新闻，但是《文汇报》将着重国内外文化、科学消息的报道。我们当努力鼓励知识分子发表意见，展开讨论，反映知识分子工作、生活各方面的问题，在报道文化、科学的消息中，当注重日本及亚非各国。

根据我们的对象是知识分子这一特点，我们除采用新华社电讯以外，还要进行自由采访，刊载我们自己的通讯和专电。

关于版面，目前这样打算：

第一版：重要新闻。

第二版：文化、学术上的新闻和文稿，中心在百家争鸣。我们想一开始就鸣，而不拟讨论怎样去鸣。这一版将报道那些问题正在鸣，分歧之处何在，并指出鸣的趋向。

第三版：一部分刊载综合性文艺，包括新的和旧的，其余地位用作副刊。碰到星期天，读者大都在家休息，我们的版面安排都稍有不同，例如第三版就可以专稿影剧。

……

【二】1956 年 11 月 30 日《文汇报》第二次社外编委会议

《文汇报》继续出版，到现在整是两个月。现在销数约十三万份，本市两万余份，其余都在外埠，销行面很广。取得这些成绩，是执行编委会的方针的结果。但还存在缺点，社内编委检查的结论是：

编辑部人力还相当薄弱，外埠只北京、南京、广州有特派记者，北京阵营较强。现在设法扩大记者网，希望做到国内各大城市、江南各小城市、各文化学术机关团体都有特约记者。

读者对论坛情报、教育生活、新闻窗、外论选译等都表示欢迎。不少读者希望我们对资本主义国家的情况多多介绍。在这方面，有两个困难：一、所订资本主义国家的书刊要到明年 1 月以后才能收到；二、缺乏外语人才，最近聘到俄文、日文翻译各一人，懂法文的人还找不到。

读者的批评是：报上旧东西偏多，干涉生活的东西嫌少，培养新生力量还做得不够。

以我们现有的力量和社会给予的支持，我们应当比现在做得好些。可是，我们……，已经冒出了骄傲自满的情绪。此外，严重的保守思想还存在着。

……

（摘自《文汇报》会议记录）

在编辑部各种会议上的发言摘录

【一】1956 年 9 月 10 日编辑工作会议

关于“八大”（按：指中国共产党第八次全国代表大会）宣传，不要以教条主义形式来宣传，主要是通过民族遗产问题来宣传，拿具体的问题来宣传。《文汇报》的出版，就是一个标志，宣传须跟“百家争鸣”结合起来。

关于“八大”宣传，主要是宣传知识分子靠拢党这一精神。第二方面，从“百家争鸣”、民族遗产等来体现。要避免过去咬文嚼字的教条主义做法。

第一天（按：指复刊第一天）对我们是一个考验，不一般化，要有特色。

【二】1956 年 9 月 22 日编辑工作扩大会议

关于内容方面，要注意和发挥我报的特点。

第一版：把最重要的国内外新闻放在第一版，做到名副其实的“新闻橱窗”。除新华社电讯外，可以多登一些通讯、特写和重要的专文，并且争取有二分之一的稿件是本报记者采写的。使读者一纸在手，一目了然。但两次试版结果，第一版的新闻量还很少，自己组织的新闻更少，需要加强。

第二版：目前要着重用新闻报道和专栏形式反映国内外文化、科学、教育各方面动态，用新闻报道推动“百家争鸣”。长文章要少些，每周至多发表一两次。可组织各种专题文章、通讯发表。以两次试版观之，还不能尽符要求。

第三版：“笔会”副刊，应该不同于党报。《人民日报》的副刊作为党报，有局限性。我报则时不论古今，地不分中外，文不问新旧，一律兼收并蓄，反映中国民族遗产好的东西。副刊基本上是好的，对旧的东西要注意，应该容许矛盾和不调和。“社会大学”作为理论学习，要避免大块文章和教条概念。

第四版：整版要以国际新闻为主，反映东南亚情况，帮助读者分析和说明国际问题，文字要精雕细琢。除国际方面外，有关国内方面的材料也可以选登。

试验下来，每版八栏是一个很好的创造。

《人民日报》和《解放日报》好像吃西餐，我们副刊要像满汉全席。

注意“人弃我取”。（按：有人说“第一次试版，一版较好，要避免跟《人民日报》、《解放日报》相同”，徐铸成接着说的这句话。）

把力量放在人家不注意的地方，要打破过去规律。

【三】1956 年 10 月 5 日编辑工作会议

……今天的版面，高和深的多，怕发展到《光明日报》的路。要注意两头小中间大，否则危机就可能出在下月。各版和副刊都要注意一些常识性的东西，……

……新闻少，不等于多登新华社稿，要改写和补充。困难在国际版，自己没有什么，四版编排好看，内容空洞。标题要打破成规。

【四】1956 年 10 月 22 日编委会议

……我看改写还不够大胆。第一版有很多新闻，可以做头条的没做。……我们的胆子还要大些，进一步打破清规戒律。

螃蟹上市，全国关心。黄岩橘子上市也如此。别的报想不到的，我报可做。

听批评，有时也要分析研究。

……有些同志，根据《人民日报》和《解放日报》，作机械学习，也有不妥之处。……

【五】1956 年 10 月 25 日编辑工作扩大会议

出版近一个月，一般说，喝彩声多于批评。主要是新鲜，缺点是质量不高。在思想上要：1. 继续与教条主义作斗争；2. 继续与长文章作斗争。而这两个斗争，是提高质量的关键。二十多天来，有些自满情绪，……保守思想也不断在抬头，创造新形式仅仅是开端，保守思想抬头后，有些在回生。我们要大胆创造，老“文汇”的传统，就是不断创造。……

七年来，对学习苏联、人民民主国家有成绩，但也带来了概念化、公式化、一般化。要创造人民民主时代的报纸风格。

中央提出争鸣和齐放的方针，立场观点是一样，但要与众不同。通过我报，团结更多的知识分子，……繁荣文化，调动一切力量，建设社会主义。我们要继续创造一条路。……

【六】1956 年 10 月 30 日编委会

……我们把二版作为灵魂版，但过去没有经验，与《人民日报》、《光明日报》等报又有不同。我报二版作为“百家争鸣”的论坛，最新科学的情报以及重要通讯等。出版以来，大家很注意，但认为质量不高，只有宋云彬、傅雷和舒新城的三篇较好。……面要广，不能走《光明日报》的路，登一两篇长文章。

……评论问题，数量不算少，但计划性不足，政治多，干预生活不足。

社论不走长文章的路，长文可做“专论”，也不像今天应景的短文章。时事社论不必向《大公报》去约，我们要调动社内力量，必要时才向外间组织力量。

【七】1956 年 11 月 6 日编委会议

……解放前，通讯员写当地发生的新闻；解放后，写各机关的工作经验。这两个概念，不要混同起来。解放前，有好处和坏处；解放后，写经验，甲地不适于乙地，也有好处和坏处。要截短取长。

我的意思，要在各文教机关和江南地区，有计划有重点地发展通讯员，反映当地经济生活和文化生活的变化。旧瓶装起新醋来，例如无锡土地庙改学校，用旧的通讯形式，反映新面目。这也是我们的一条路。

【八】1956 年 11 月 22 日编辑工作扩大会议

……第一版……继续组织力量是必要的，京、宁、杭、穗各办事处，按照我们的特点，多打专电，或多写通讯。

关于上海方面，消息不跟《解放日报》《新闻日报》比较，我们有四分之三的读者在外埠，这个特点要记住。“人弃我取”这个原则要抓住。例如反对英法侵略埃及，到领事馆一幕，可写特写，“人略我详”。必须使北京读者，看了《人民日报》之外，还想看本报。可搞一点小特写，例如党的二中全会的分析。有计划地对高等学校组织稿子，分量好的可上一版做头条。上海博物馆、友好画廊，可写一个很漂亮的特写。可提出上海文化生活中心问题而具有全国意义的，同志们可多想想。一版可以经常保持新的东西。

二版方面，……

第三版，名作家多，不能算是缺点，……名作家要占主要地位，以高级知识分子带动一般知识分子，调动一切力量，介绍新旧东西。……

第四版，新闻窗有特色，……但还未充分利用我们好的条件，例如外文书报，就未很好利用。新闻窗绝不走上过去五版的道路，主要是背景材料，丰富读者知识。

对亚非国家报道的特点，也未突出。

内幕新闻，可以经常组织力量去搞，要加强与香港（按：指香港《文汇报》）和北京的联系。

【九】1956 年 12 月 13 日编辑工作扩大会议

……

第一版，加强本市新闻，加强自己专电和特稿，保证二分之一是自己东西，要求每周有一头条，北京办事处供给两条或三条，不限于文化科学范围，……希望北京办事处、广州办事处和采访部要注意这一点，要求取材适合知识分子。……每周要有一张独立照片。主要力量不要用在游行等政治任务上，要订出专题，照出上海或全国人民关心的画面，例如雪景、马戏团、春在江南等镜头。……

……

【十】1956年12月7日编委会议

形式不要学他报，不要头条是杂文，不能面貌一般化。

【十一】1957年2月8日编委会议

……我的思想情况，初出版时，受批评，未动摇。今天北京方面反映些好话，我则难受，因为几个月来的报纸在后退，这是真的危机。从一版到四版，生气蓬勃的气象越来越少，一版版面一般化了。因为没登铁托的文章，怕犯错误，回到“应有尽有”的路上，题目越来越一般化了。……最近一个时期，同《解放日报》、《新闻日报》没有什么两样。有些自己的东西，但未在版面上突出。……

【十二】1957年2月28日编委会议

……电影讨论编辑部无主见，客观上造成《文汇报》无肩膀。

民盟讨论了电影问题五次，有人不服气，没有什么谈头。储安平告诉我，人家说，像电影问题不让自由发表意见，还有什么可说。我们鼓励争鸣，假如如此，可造成很不好后果。

电影讨论……中反映批评的缺点：1. 前者缺乏与人为善；2. 后者接受批评不虚心。……我想写“培养批评风度”的社论。对我们的教训是要全面，要两点论，必要时，编者要站出来。张骏祥的长文章变成公式，是教条，我不赞成。

【十三】1957年5月21日编委会议

……关于气候问题，应以北京气候为主，要尊重北京办事处的意见和判断。

浦熙修同志视察回来后，……电报、电话要加一符号。她是副总编辑，可以做主。要当天见报的就当天见报，这是解决京沪矛盾的一个方法。……

有些问题需要独立思考，上海和北京的气候，就是有点不同。

（摘自《文汇报》会议记录）

在北京办事处座谈会上的发言

1957年5月13日，徐铸成在《文汇报》北京办事处召集的座谈会上，谈到今后工作应该注意的方面说：

“开始是从各方面展开，把‘百花齐放、百家争鸣’的气氛充分地表现出来。但是，接着就要选择一些重点，作为典型，展开攻势。例如选择一个方面，或者更细致地选择一个单位，甚至集中在一个人身上，使问题挖得更深。……”

“其次，我们要注意死角，如果有的地方还有阻碍整风和‘百家争鸣’的现象，我们就要帮它揭开盖子，另外有的地方表现了新的气象，我们又要积极地加以指导，这样就可以积极地推动整风，正确地引导‘百花齐放、百家争鸣’的方针的贯彻。”

“第三，我们一定要独立思考，而且要真正努力走在事物发展的前面。关于高等学校党委制的消息处理，就因为我们自己思考有束缚（按：中共中央统战部召开座谈会讨论高等学校领导问题的消息，登在5月8日《文汇报》二版，北京办事处右派分子姚芳藻认为这是新问题，不应该登在二版，批评编辑部没有给予应有的重视）。有些消息的处理为什么有些过分，只是因为市委在主持的，于是觉得跟着做不会有错，这也表现我们缺乏独立思考的精神。关于某些问题是我们自己报纸揭开的，则一定要求得彻底的战果，不能放松。有时集中注意和力量也是很重要的。”

……

（摘自《文汇报·内部通报》）

在编辑部和采访部的座谈会上的发言

1957年5月17日，徐铸成在《文汇报》编辑和采访部的座谈会上发言说：

“今天《文汇报》的声望很高，到处找我们开座谈会，看出《文汇报》和知识分子有着血肉相连的关系。从中央到市委，普遍支持我们，同业也羡慕我们。社内外同志们工作热情很高，可以说已具备了搞好工作的条件。”

“现在处在新的情况，过去是单一的，只要按照领导意图，就可以了，今天却是群众做主，我们最近收到几千封读者来信，从来信中可以发现许多新的问题。打起仗，就需要计划，也需要独立思考！……”

“总的说来，我们放和鸣，是否过分了？在京时曾找过邓拓同志，他支持我们继续放和鸣，而不是收。作为编辑部，自己应该掌握。现在想到几个问题说一说：

1. 今后还要继续放和鸣，运动发展越来越深入，也越来越不平衡，建议多派人到外埠去，北办已派吕德润到湖南了。同时，建议从外埠报纸中去发掘问题。

2. 放和鸣，不是斗争和吐苦水，主要是拆墙和填沟，目的在改进工作。可以把各方面所发现的问题，例如高等学校党委领导制等，排排队。……

3. 内外勤同志，都要掌握这精神，通过这次运动，使国家前进。……做题目，……不要求快，……凡文尖的则题稳，文稳的则题尖。

……”

（摘自《文汇快报》第35号）

在编辑部大会上的讲话

1957年5月25日，编辑部举行全体大会，讨论怎样改进目前的报纸工作，徐铸成发言如下：

"……这几个月的报纸，有很大的进步，人人都发挥了力量，……我今后工作，主要是抓编辑部，尤其是抓言论工作；其次，是有重点地帮助各版做好版面安排、编辑标题等工作；又次，关于人力调配和发挥，要多多注意，特别是编委的明确分工，很关重要。……"

"《文汇报》和知识分子有血肉的联系，各方面很重视，估价也很高。'盛名之下'，随时要警惕'名不副实'。……"

"下面提出个人的看法：第一，关于鸣放问题。《文汇报》应在鸣放中起作用，编辑部有时未发挥独立思考，一揭盖子，就害怕了。做报不能脱离党的领导，应该尊重领导，这是肯定的。现在是否'放'过头了或'鸣'乱了呢？体会柯老（按：上海市委书记柯庆施同志）的话的精神，现在仍是要鸣要放，而不是收。另外，解决人民内部矛盾，需要逐步进行。整风是逐步下放的，根据这个情况，就须好好掌握政策，掌握分寸、火候。"

"第二，关于基层问题。所谓基层，从教育范围上来说，是指中小学。《文汇报》是一张知识分子的报纸，对中小学要多报道。……揭露时可举些实例，特别是基层领导与中级领导，用群众的材料去揭露，帮助党的整风。总之，基层是抓共同的问题，抓重点的问题。"

"第三，关于人力问题。同意放出一部分人力到外地去，例如杭州、江西、两湖和两广，都可以分出一部分力量去，帮助当地揭开盖子，帮助党的整风，编委会要考虑怎样匀出力量到外地的问题。"

“第四，关于标题写法问题。我们做标题，是代表编辑部发表意见，要抱定两个原则：1. 编辑记者一定须掌握政策，做标题既不可幸灾乐祸，又不能断章取义。须知一个标题，是表示编辑记者的政策水平和态度，……关于鲁莽在上海市政协发言的综合稿，头一天我就不主张登，因为民主党派固然有三大主义，唯今天是党内整风，不能给人一种转移视线的感觉。2. 一般群众对于所谓积极分子，逢迎党员，表示不满，不过他们拥护党的政策是对的。我们对任何问题，要提高到问题的本质上，否则发表出来就没有什么好处。”

“第五，关于加强言论工作问题。今天读者很敏感，要看我们的态度，要听我们的声音，我们应该有自己的看法，不宜光摘录一些《人民日报》社论。‘编者的话’应该有，今天可谈之事很多，可以及时表示我们的态度，这个方式还可以用。过去缺点是凑篇幅，这个缺点是可以纠正的。”

“第六，关于‘读者的话’问题。近来我们收到很多来稿来信，这是很好现象，必须在这个时候抓紧，扩大作者面，加强与读者的联系。……很好处理来信，要让广大的读者讲话。‘读者的话’版，每周可出两期，二三版各占一期，约束一期‘笔会’和‘各地通讯’，来个整版也无不可。……”

“第七，关于讽刺文章和‘笔会’版内容问题。我认为对三大主义斗争，讽刺是必要的。……‘笔会’版可以运用杂文，揭露矛盾，通过鸣放后，使品种更多，作者面更广，这就是配合了鸣放了，……”

“第八，关于标题目和写新闻问题。今天，千万别让读者从标题或新闻上面，看出《文汇报》是在收。……揭露矛盾是片面的，解决矛盾才是全面的。今天要了解党的政策是鸣放，整风是从上到下，同时又是和风细雨的，要紧紧抓住这两点。”

“第九，关于反对偶像问题。今天纸张问题虽不大，但不可能增加篇幅。有些文章，不起积极作用，不能因为崇拜偶像而刊登。约束掉吕文同志在宣传工作会议上的发言，我也有意见。”

“第十，关于机构问题。编委会已进行讨论，要好好安排。检查室决定取消，希望编辑、记者和校对，要多多担负起防止错误的责任。由于信稿日多，来信室要加强人力。……”

“为了做好版面工作，吸取解放前好的经验，每版设主编一人，负全版责任，主要题目由总编辑、编委来做标题，其他概由主编负责。现决定一版主编为……二版主编为……四版主编为……三版‘笔会’版主编为……希望大家把责任挑起来。”

“……”

（摘自《文汇快报》第36号）

在编委会议上的发言

1957年6月3日，徐铸成在编委会议上发言说：

“整个国家在整风后将有巨大的改变，党的领导要加强，我们报纸也要考虑站在一个什么位子上（我这样提并不涉及立场、观点问题），如何起作用。”

“今后我报要更丰富多彩，要按历史去发挥它的作用。编辑方针要重新明确一下。”

“社论等言论不能像过去那样送往迎来，而要在大问题上独立思考，不能按《人民日报》的社论的说法或搬两句算了。如果这样，还不如不写。”

“新闻也要保持《文汇报》一贯使知识分子感到亲切的文风，副刊也要考虑怎样安排。对党报，我们也要像邓季惺所说的，起长期共存互相监督的作用。就是国际问题也不要全国报纸一个面孔。”

“毛主席说中国要是有一张唱反调的报纸也未始不可。《文汇报》当然不是要唱反调，基调应该是一样的，但做法应该不一样。我看了储安平的发言，估计也很可能要效法解放前的《大公报》的做法，表面很凶，实质不凶。……我们都是老报人，要怎样把我们的报纸变成知识分子自己的报纸，如何使我们报起它的特殊作用？提出来大家谈。”

“其次，钦本立、唐海是党员又是副总编辑，如何明确分工，也得谈谈。”（按：徐铸成要削弱党员的职权，钦本立是副总编辑兼编辑主任，徐让他只管二版和“社会大学”专栏）

“问题是批评不能教条。”（按：有人说“知识分子……有左中右之分，我们单一地唱反调，也将脱离他们。所以我们要刊登尖锐的意见，也可以有尖锐的批评”，徐接着说这句话。）

“报纸对象是百分之八十的知识分子，百分之十精通马列主义者的文章要少用，反对马列主义的百分之五的人所写的文章也不要。”

“整风后，报纸将起经常洗脸的作用。”

“我同意要放，而且要在今后使之经常化，可以有批评，批评时不能不是片面的。如果在批评时也要两点论，就不能不影响鸣放。党现在是高价收购大家意见的时候。什么时候批评，这不是全面不全面的问题，而是策略问题。对人民大学那一位（按：指葛佩琦）我们可以批评，但是批评不能两点论。”

“关于鸣放问题，编辑部要独立思考，特别是编委。例如上海市委说要有步骤，基层不放，我就不通。要整教育局的风，你要不发动中小学教师，那怎么行。再说是全国性的报纸，姑且不论上海是否放够了，从全国来看，我们还得大放，不是收。”

“是啊！一批评知识分子就很敏感。”（按：有人提出《解放日报》批评张孟闻的事，徐接着说这句话。）

“里平说上海鸣放够了，我不同意。事实上有人有顾虑，还有好多没有放出来呢！”

“最近读者直接给我来信，说我报对《广西日报》的批评也是吞吞吐吐的，表示很失望。”

“在平等的基础上可以批评。”（按：有人说“像《解放日报》的做法我们可不可以批评，我看有些束手束脚的，……我看我们可以软攻”，徐接着说这句话。）

“我们是进步报纸的传统，不能唱反调，在国统区时我报跑在最前面，百分之八十五接受我们的意见，爱《文汇报》，但是我们不能机械地说进步是唱高调，唱高调要脱离百分之八十知识分子，我们不能右到资本主义民主，也不能将调子拉得太高。”

“要不要登全面性的文章，一般地说是可以的，但是现在反而会使大家有顾虑。统战部的座谈会要大胆发言，说是对党的爱护，鸣放还要鼓励，不要教条主义，登了就是不要鸣放，在鸣放时不要力求全面。”

“有人说上海没有收，但中央和上海有不同，例如作协就是怕，这是客观存在。”

“今天是党与知识分子的问题，我们要考虑如何来领会市委的意图。”

“《文汇报》会和《光明日报》去比谁更‘右’的。”

“编辑部要清醒，今天‘右’的不等于就是‘右’了，现在表现得‘左’的也不等于‘左’。”

（摘自《文汇报》会议记录）

在《文汇报》中共党组扩大会上的发言

5月底，《文汇报》党组邀请党外人士，召开扩大会议，宣布党组成立，讨论如何宣传和报社内部工作，徐铸成先后七次发言如下：

“目前的情况，整风是全国性的，在我们内部也开了不少座谈会，但这次整风在《文汇报》是风平浪静，如果是去年今日，就要大风大浪，像《新闻日报》那样搞大民主。”

“今天喝了一点酒，喝了有好处，可以把我的心里话讲出来。在《文汇报》是真正解放了，这朵花在爱护之下开放了，我的心情很开朗。”

……

“在宣传会议上，我讲的都是真心话。现在事实上也是把墙拆掉了。《新闻日报》像鲁平、邹凡扬这些人是教条、主观，这些人不撤，就不能解决问题，有人在说，看到这样严重的教条主义、主观主义而不撤掉，是党对党员的姑息。”

“《文汇报》的墙和沟都拆了填了，……”

“今天刚谈到读者来信的意见，有的谈远（按：指谈过去的缺点）不谈近，这对鸣放不能起引导作用。”

“今天人家不相信我们已经没有墙沟，今天在我们思想上已没有什么问题了，但是要警惕，《文汇报》如不团结的话，就会墙高沟深，要注意。”

“我们《文汇报》有今天这个条件是不多的，党内党外有深厚的基础，我们有可能培养成典型，要发挥，还要提高。党内没有墙了，党外还要注意，只有在党的及时帮助之下，搞好群众与群众之间的关系，从而才能对文教知识分子的团结有好处。我们有今天的条件是很少的，不要因为我们没有像《新闻日报》那样大放大鸣而放松我们的工作。”

“关于外面，过去市委对《文汇报》、《新闻日报》、《新民报》等报的领导，没有一套的经验，各报有各个不同的条件。这样的报除《大公报》外，全国只有上海三家。这些报在解放前是有作用的，问题是如何领导，但是过去没有很好地领导。要是由彭柏山、范长江这些人领导没有办法，就是夏衍来也没有办法，因为社会主义国家没有这样的报。搞得不好，就要失去作用，再不然，就是修正主义的报纸。”

“上次日本记者来谈，我们说是通过宪法的关系来领导，不是一个半独立性的报纸。”

“……有很多人要争取蒋文杰来（按：蒋文杰是上海市委宣传部报刊处副处长，曾在香港《文汇报》工作过），我认为不反掉他的专横作风，是不能来的。”

“金仲华对邹凡扬（按：金是《新闻日报》社长，邹是中共党员）也是有意见的，有就应该反映，只要不从个人利益出发。”

“孙葵君和张树人（按：孙张二人曾在《文汇报》工作过，《文汇报》复刊时，徐铸成不要他们回来。）有所不同，但如果不很好整风，我看这两人不能在新闻界工作，但党还把孙葵君调到《新民晚报》。新民、文汇、新闻三报是在一起的，又把他派到《新民晚报》去，这是什么意思？要是我，就不要，加什么帽子也不怕。我深深感到，没有一定条件的人就不可能来。关于孙葵君去《新民晚报》的事，我问过赵超构（按：赵是《新民晚报》社长），赵说：市委要我在两人中选一个，一个是《新闻日报》的鲁平，一个是孙葵君，我当然选孙。在这样条件下，孙才去《新民晚报》的。但照理说，《文汇报》不用孙，《新民晚报》也不能用，不是要逼他到死路上去。”

“孙葵君所以这样派，是领导上的宗派，对这件事我是有一些情绪的。”

（按：有人提出普遍点火，基层如何搞以后，徐铸成说：）

“要选典型，但要摸一下。像张树人过去领导搞的南洋模范学校，思想整得狠狠的。像这样的人搞的地方，一定有问题，只要去找好了。从他在这里的工作，就可以看出来，他拿市委指示做密本，他自己发言就是结论，他总不能让你和他讲知心话，他自己也不谈知心话。比方过去一万元买三辆汽车他不肯买，到《教师报》后三万元一辆他买了。”

（按：右派分子徐凤吾提出“党组是个什么，我不清楚，成立党组不要筑起新的墙，我觉得就是应该社长负责”之后，徐铸成紧接着说：）

“学校也取消党委制了。”

“《文汇报》合作得好是好的，合作得不好，就是宗派。”

“今天都要对党负责，很容易代替行政。党组究竟怎样起作用？”

（按：党组书记钦本立提出来行政上“要有职、有权、有责”，右派分子徐凤吾说“事实上有职有权有责是有矛盾的。应该是市委领导徐社长，过去就是党组代替领导”，徐铸成接着说：）

“要具体考虑，也不是要党员低一等，要带头，过火也不好。”

“各得其所，安居乐业。在比较巩固的基础上，开始整三个主义。”

“对张树人、孙葵君要有一个估计，越是对他批判得正确，党越有威信。”

（按：有人提出“是不是可以找张树人回来批判”以后，徐铸成说：）

“张树人……回来很容易变成大民主。”

“墙”是能够拆掉的

我是三天以前才从苏联回到上海的。上海宣传工作会议召开的消息和柯老〔1〕的报告，是回到北京后从报上看到的。我们在苏联的最后几天，看到国内开始整风，各地开始大鸣大放的消息，很兴奋，也很急躁，再不回来，怕自己在思想上要远远落后了，所以我回到上海后，主要想抓紧时间补课，补看过去一个多月来的报纸，听听各位同志的发言。昨天第一次参加大会，听了许多同志的发言后，受到启发，觉得也有些话要讲，因此要求在今天发一次言。

我想根据我自己的经历和体会，谈一谈拆“墙”的问题。首先我要讲的，《文汇报》在去年10月以前，是受到歧视的，内部的“墙”也是筑得很高很牢的。解放之初，我在北京了解中央对过去的一些报纸是重视的，是希望我们充分发挥积极作用的，但有些具体领导新闻工作的同志，却对我们这些报纸采取歧视和排斥的态度，他们认为这样性质的报纸在某些社会主义国家没有，我国也不应该有，因此他们对我们这些报纸一向采取改造和逐步消灭的办法，特别在彭柏山〔2〕当宣传部长的一个时期，我们《文汇报》和《新民晚报》被压得气都透不过来。在教条主义和宗派主义的高压下，《文汇报》几乎寿终正寝，幸亏中央发觉得早，才使《文汇报》又复刊了。听说消灭《文汇报》改出《教师报》的方案，就是彭柏山提出的。

《文汇报》于去年10月复刊，同时，中央和市委也帮助我们解

---

〔1〕 柯老，指柯庆施。柯庆施（1902—1965），安徽歙县人，时任中共上海市委第一书记。

〔2〕 彭柏山（1910—1968），湖南茶陵人，1951年至1955年任华东军政委员会文化部副部长、中共上海市委宣传部部长。

决了的一些矛盾，拆掉了我们内部的高墙。过去，我们的墙有多么高呢？举例来说，我名义是社长兼总编辑，严宝礼同志是副社长兼管理部主任，但是实际上，说好听一点我们也只是可有可无的顾问，坦白说，我是长期以来不看自己的报纸的，不是不关心，而是凭我三十年新闻工作的经验和良心，我是不忍看这样满纸教条八股报纸的，实际负责编辑工作的是一位党员副总编辑，他从来没有做过新闻工作，文化程度似乎也不那么高，但他有一套本事，能够把通的文章改成不通，把所有的稿件改成教条八股。他把上级的指示当作领导的秘本，不和群众商量，也不在编委会认真讨论，我们常常要像猜谜一样听他的说话，究竟是他自己的意见呢？还是市委的意图？另一位名义是秘书实际掌握管理和人事大权的同志，也是气焰万丈，善于制造矛盾利用矛盾来树立自己的权威，因此，在一个长时期内，《文汇报》内部不仅党群有矛盾，党内也有矛盾，“墙”内有“墙”，“墙”外有沟，一般干部对报纸前途都没有信心，过一天算一天。有些同志还天天怕挨整，怕得罪这些广东话的所谓——猛人。

去年《文汇报》复刊以前，中央负责同志约我们谈话，首先肯定《文汇报》在解放前是有贡献的，是和知识分子有血肉联系的，在今后的社会主义建设中是能够发挥作用的，鼓励我们勇于负起责任来，把《文汇报》办好。我们陈述了困难，反映了情况，中央和市委都谅解我们的要求，把这两位同志调开了，另外调几位过去曾在《文汇报》工作或对新闻工作有经验的同志来参加工作，当时，那两位被调开的同志还到处散布谣言，说“共产党撤出《文汇报》了”，并且对一些要求进步的同志威胁：“你们回到《文汇报》去，入党问题就不能解决了。”

但是，《文汇报》并没有按照他们的想法发展，党的领导加强了，党和群众的关系密切了，党支部改组不到一个月，提出入党申请的同志就达五六十人。大家都从具体工作中，也深深地体会到党的关切和温暖了。

我并不是说我们内部已经完全没有矛盾。但是，矛盾的对抗性是消失了，“墙”，基本上已经拆除了：沟，也基本上填平了，事物发展中总会有矛盾的，对问题的看法总不会完全一致的，但我们能够把所有问题摊开来谈，经过讨论甚至争吵，最后总能得到共同的结论。

上月陆定一〔1〕部长和魏文伯〔2〕同志曾亲自到《文汇报》看我们的工作，他们可以证明我们的情况是好的，工作的情绪是饱满的。我这次回上海之前，在北京住了三天，看到我们北京办事处的同志个个像生龙活虎一样，有时工作到深夜2时还不回家，我很受感动。回到上海后，看到所有的同志工作的热情都很高，而且有些我们一向认为能力不高的同志，今天也写出了动人的文章，采访了好的消息。原因很简单，大家把办好《文汇报》当作自己对国家的社会主义建设的具体贡献，大家一条心，不再有顾虑，也不再有什么害怕了。

我不是来介绍我们拆“墙”的经验，因为每一个单位有不同的具体情况和具体条件，而且从我们自己来说，还要继续努力，巩固团结，填平残余的痕迹，防止新的隔阂。但是，根据我的经历，有这样几点体会。

第一，拆“墙”，固然要本单位的党和非党两方面一齐动手，但领导方面必要时也应该动手。以《文汇报》为例，我们的墙筑了不只一月一年，为什么领导方面一直没有注意呢？首先，在调派党员干部的时候，就应该注意是否恰当，最好能够对这个事业有感情有

〔1〕 陆定一（1906—1996），江苏无锡人，时任中共中央政治局候补委员，中宣部部长。

〔2〕 魏文伯（1905—1987），湖北黄冈人，时任中共上海市委书记处书记。

联系的，至少也应该对这一行有起码的知识的，否则就没有法子工作，更不要说领导了。一些品质差的，没有这些条件，又不虚心学习，就必然要外行充内行，利用党的威信来欺侮人，压制人了。

第二，作为一个非党的负责同志，对党的拥护，不在于对个别党员的顺从依附，而是对人民事业的忠诚。去年我在北京时，曾对民盟总部的领导同志陈述我在工作中的苦闷，他就严格批评我这种有话不说消极怠工的态度是自由主义。的确，只要是从人民的事业而不是从个人利害出发，碰到不能解决的困难就应该反映，上级不能解决的反映到市委，市委不能解决的反映到中央，最后总是会解决的。

第三，去年，我也曾怀疑一个非党同志究竟能不能实际负责领导工作？党委领导和个人负责又如何具体贯彻？现在，我对这个问题也基本解决了。任何事业总是离不开党的领导的，每一个人都应该在自己的岗位上有职有权地工作，至于用什么方式来结合党委领导和个人负责，应该根据这个单位的具体情况。《文汇报》今天不仅有党委，最近并且已经成立了党组，但我和严宝礼同志都觉得有职有权，我们的民主党派也能够发挥应有的作用，关键就在于我们能够互相帮助，互相尊重，坦率地讨论，坦率地相互批评。在这里，我要向市委负责同志和宣传部提一个意见，在《文汇报》复刊之初，魏文伯同志曾约我谈过两次，石西民〔1〕同志和白彦〔2〕同志也和我们时常联系，宣传部也定期召集各报党与非党的同志一起开会，传达和讨论宣传计划，这对我们的工作有很大的鼓励，但最近这样的接触反而少了，很多指示又是从党的系统单线地传达下来了。我想，

---

〔1〕 石西民（1912—1987），浙江浦江人，时任中共上海市委常委、宣传部部长。

〔2〕 白彦（1914—1997），广东大埔人，时任上海市委宣传部副部长，分管报刊工作。

这对于各报内部的团结是没有好处的。为了不断加强各报内部的团结，为了充分发挥各报工作同志的积极性，我希望魏文伯同志、石西民同志和白彦同志不仅要保持和我们这些负责同志的接触，也要抽空到各报社去看看，找我们的编辑、记者、校对和工人同志谈谈，这就会帮助我们及时发现和解决可能发生的矛盾。如果能够和我们一起参加一些体力劳动，那就更好了。

我相信，不管我们的墙多么高，我们是一定能够把它拆掉的。

（原载《文汇报》1957 年 5 月 19 日）

中国报纸的传统

首先我们估计一下几年来报纸工作的主要成就和缺点。我觉得解放后，报纸工作有很大的改进，主要是明确了工人阶级的立场和马列主义思想，明确了赞成什么和反对什么，强调报道的真实性，要联系实际，联系群众，开展批评与自我批评等等。这都是过去报纸所没有的，有基本的、普遍的意义，应该肯定。但是在学习和实践的过程中，我们的报纸有什么缺点呢？第一，注意了真实性，忽略了时间性；第二，报纸有共性，但丧失了个性。如果把各报的报头去掉，就很难分出这是哪个报纸；第三，重视原则性，忽视宣传效果。我们办报的指导思想是“但求无过”——只求不犯错误，不注意宣传效果。报道一般化，没有感情，干巴巴的，记者也不敢把自己的感情——尽管是健康的感情放到新闻中去。这些工作中的缺点，也可说是转变中不可避免的，也是在改变过去报道的“客里空”、客观性等所带来的消极作用。我们办报的人应该对这些缺点负责，不能说是苏联经验不好，而是我们没有把苏联经验和中国的具体情况结合起来，只学到皮毛而没有学它的精神。如有些报道写法不很生动，把立场观点放在脸上，开口见喉咙，缺乏技巧。又如报纸有专业分工，有工人报、青年报、教师报等。我觉得报纸没有新闻，枯燥乏味，就不像报纸，这是把报纸与杂志混淆了。

党对报纸工作的指示和几次报纸工作的决议，都应该肯定，在今后改进中应该巩固下来。如果把这些都改掉了，那就是严重的错误了。我们的改进，主要是在形式方面、工作的方法方式等等。我们也应该学习苏联经验中好的东西，资本主义办报经验中对我们有益的东西也要学习。尤其应该学习中国百年来的办报传统经验，我们要办好一张报纸——社会主义的中国报纸，社会主义的内容，中华民族的形式，这是摆在我们面前的任务。

批判、发扬中国办报传统

中国报纸有没有传统呢？有人说，过去的“宫邸抄”不是报纸，中国报纸是与中国的资本主义一起发展起来的，所以没有传统。我不同意这个看法，我想，问题还在如何来看待中国报纸的历史，不能笼统地对待中国过去的报纸。中国有报纸已有百年余，我认为可以把过去中国报纸分为两种类型。

一种是洋人办报。鸦片战争后，外国人在中国办了一些外文报纸，如《字林西报》等。后来为了要向中国人宣传，为了侵略，就办华文报纸，如香港的《华字日报》等。《申报》也是外人创办的，以后卖给中国人，其目的是赚钱，所以没有自己的主张，也没有培养出人才来。（只在史量才办报时期才有主张，不过时间很短促。其他报纸，如《新闻报》等也是如此。）他们谁来就依附谁，新闻和文章都不接触政治问题，不面对现实。编辑部受经理部管，经理部受广告科和广告公司的控制，甚至版面上先安排了广告，由编辑部去填补。以后日伪和蒋介石就抓了这个弱点，把这些报纸抓到自己手里。这样的报纸是谈不到什么传统的。

另一种是文人办报。鸦片战争后，一部分进步人士要求改良变法，没有武器，就从文化开始，如王韬，梁启超，后来还有孙中山、邵力子等。这些人大都是自己凑钱办报，规模不大，提出政治主张，以影响别人，推动改进。这种情况与资本主义国家不同，也可说是半殖民地半封建国家中办报的特点。这里就谈得到传统，就是敢说敢言。报纸被封闭后，再办；办报的人被抓了，再办。报纸的主张上受到限制，就办副刊。例如鲁迅就在《自由谈》上发表过自己的主张，邹韬奋也办过报纸，敢说敢言，他们办报不是为了赚钱，而是为了发表自己的政治主张，对国家有所贡献。这就是中国报纸的优良传统。同时这些报纸还创造了各种形式来适应环境，联系群众。如解放前的《文汇报》，在政治转变时，就利用读者来信，编者的话，座谈会等来揭露社会矛盾。

我认为要研究中国报纸的办报传统，就是要研究文人办的报纸。这里有文化人的同人性，发挥同人的创造性、能动性，经过自己的共同研究来进行宣传。也由于重视言论，就使用了史家春秋笔法。文人办报要表示自己的立场主张，言论和标题的每一个字都要考虑适当。又因为是文人办报，就产生了副刊形式，刊登杂文，诗歌等。

我们要办好报纸，就不能抹杀中国报纸的传统，如果不说是传统，至少也可以说我们也有办报经验。今天就要批判地研究过去的经验，把好的当作遗产继承发扬，改进我们的报纸工作。

制度和工作方法

其次，过去报纸的确有一些好的办报经验，在今天还是值得提出来分析接受的，我想谈一谈《大公报》和《文汇报》的一些经验：

采编轮换制度。编辑和记者在工作了一个时期后，互相轮换，这办法有很大的好处，可以培养全面发展。编辑长期工作后，很容易长出怠性，调做记者后，就了解行情，知道新闻的分量和关键，采访工作中的甘苦。现在，有些记者发来的电报不好，编辑就把它丢了，做过记者的编辑，知道其中甘苦，总要设法把它用出去，能改写的改写，不能改写的也要设法抽出一些来用。我们现在似乎太强调分工，编辑就是编辑，记者就是记者，其实过去的办法仍可采用，当然也不要依样照抄。

言论的集体讨论。现在有党的指示，安排题目比较容易，只要按指示出题目做文章，甚至按条文来写。过去则没有这个条件。《文汇报》每周有一次会，分析当前情况，估计下周斗争重点何在，交换意见，提出题目，然后分配由谁来执笔。当然这是大体的规定，有机动余地，临时发生的问题临时再写。

编辑的准备工作。《大公报》有过不成文的规定，编辑要看各种报纸，互相比较，晚上工作就心中有数。记者也要这样做，可以从其他报纸上找到线索，然后追下去，这是一条很重要的经验。编辑还应该在工作前一小时上班，把稿件看一下，分类清理。我们现在到时候上班，工作很乱，排字房来要稿，就发一些，这样一定搞不好，准备工作充分，工作就会细致些。

编辑记者带助手。编辑初来，主编交一些不用的通讯或社会新闻给他编，修改他的标题。慢慢地看他能够独立工作，才给他编小新闻还要做登记发稿工作。我们现在大都“不好为人师”，其实这制度还是好的。记者也要带徒弟，记者带着他跑新闻，还要修改他写的稿件。

总编辑亲自动手。解放后，总编辑大都忘了自己是个记者。其实不论内部分工怎样，我们终究是记者，应该写各种东西，如言论，通讯、消息等。做头条新闻的标题，是报纸最重要的一件事。哪条新闻可作头条新闻，标题的分寸要怎样才适当，过去，《大公报》都是总编辑亲自动手。头条新闻确定后，编辑部主任发稿时不做标题，打出小样由总编辑去做。总编辑大都是老记者，如果老记者不“记”，就成为“老者”，行将就木矣。

业务学习制度。现在我们都有政治学习，这比过去的报纸强，但如何把政治用到业务上来，这就很疏忽。过去《大公报》每周有一次讨论会，大概是两种形式：一种是专题报告。我们许多人都有一些专题研究，根据情况来做一小时的专题报告，然后大家来讨论。还有一种是一周大事报告，在上周已经指定了人，助理编辑或助理记者也可以做。作这样的报告，就要仔细地看报，经过整理，还要提出自己的看法，报告后大家提意见。这就推动大家关心时局，使大家对时局的看法，更有条理。

版面和标题

版面工作。做编辑的条件，我们要求是相当高的，至少要有四五年报纸工作经验，有独立工作能力。

编辑应该有两套本事：一套本事是摸清行市。现在说来，就是要明确政策界限，了解实际情况，才能分别新闻的轻重，知道新闻关键（矛盾）。这好比是做账房，要知道货色，要知道市价。另一套本事是安排版面。版面有一定的容量，但新闻来的有多有少，有重有轻，如果重要新闻太多，不能多出：新闻来的很少，又不能少出，所以编辑要有厨子的本事。新闻是原料，如果重大的新闻很多，一视同仁地放在报纸上，看起来一片汪洋。新闻少了，也要能够拿得出来，使版面上显得很热闹。好的厨子做菜，就有这个本事，编辑也要这样。如果没有重大新闻，编辑就要把几条小新闻并起来。例如在增产节约运动中，有一条机关浪费和一条志愿军节约的新闻，我们把它对照起来，用一个大标题，也很有思想性，这就要看你如何取材。没有重大新闻是不是可以把次要的扩大，太多了是不是可以把重要的缩小，事实并不是完全如此。主要是看你如何打扮，用什么方法来使版面精神饱满，重点突出，给人以立体的感觉。这就要求事先了解行市，做好安排规划，发新闻心中有数。同时还要求版面有风格，读者也知道你的版面是怎样安排的。

标题工作。标题要表明自己的立场，还要把意思表达得很清楚，这是报纸的眼睛。

标题要真实，不要不符合事实。标题可以带有批判性的，但不能离开新闻。过去《文汇报》常常借新闻来批评一件事，如特务头子戴笠死后，国民党开追悼会。这新闻原来可以不用，我们却用了，标题是“戴笠音容宛在”，意思就是说特务统治精神不死，这是借题发挥，但又不脱离事实。

标题还要明确地表示宣传什么，反对什么，不是客观主义的。如果我们做这样的标题：“纳赛尔发表演说收回苏伊士运河”，这到底是支持呢？还是反对呢？当然标题也不是把新闻都消化了告诉读者，而要带有倾向性，暗示给读者。标题有实标和虚标。实标就是把事实说出来，如“周总理到达莫斯科”。虚标是要标出气氛，要有高度的概括，根据形势看出方向，这比较困难。解放前国共在南京和谈遭到阻碍，《文汇报》标题是“大局再拖下去”，这是经过研究的，周总理认为标得对，有倾向性。不过，虚标的标题如果太抽象，就会流于八股，如最近《文汇报》报道人代会的标题：“发扬民主，畅所欲言”、“知无不言，言无不尽”，就像标语口号，读了标题，反而觉得新闻可看可不看了。标题应该促使读者去看新闻，同时又有暗示，告诉读者新闻的重要性何在。

我认为标题要短，用十几个字就没意思，应该一题说一事，不要有两个动词。标题中的主题，一定要把一个事情完全讲清楚，如果要把上下题都看完后才知道，这就不能称为主题。只能称题之一、题之二，或第一行题，第二行题。例如《解放日报》有一个主题：“达到是非分明认识一致”，如果不看眉题——“市人民代表经过热烈讨论”是不能了解的。主题要力求简短，删掉多余的字。如《解放日报》有个主题：“苏联马戏团昨首次演出”，其中“昨”字可以删去，因为不说也知道。有些题目可用成语的，如果用得不好，就可能造成错误或相反的东西。埃及抗击英法侵略，《北京日报》有一个标题：“纳赛尔发表豪言壮语”，“豪言壮语”就是说大话，原来使用这个标题是支持纳赛尔，因为成语用得不适当，反而变成讽刺打击了。中国标题还要讲究音韵，这很不容易，如《解放日报》一个标题：“万水千山情意深　温暖不忘送衣人”，很好。

记者的活动及其他

要写好新闻，如何与采访对象交朋友是个重要的问题。交朋友不是要求政治上一致，也不是见面嘻嘻哈哈，而是要能够熟悉他的业务，深知他的工作和工作中的甘苦。这样，你所要了解的问题，恰正是他要做的工作，或者是他所感到苦恼的问题，他就会和你畅谈，甚至把自己的喜怒忧乐都告诉你。在谈话中，你还可以提出你的见解，使他觉得你不是记者，而是他的朋友，是来和他商量的。借此你就可以获得许多材料，摸清他的底，从中选出所需要的东西来报道。否则，抓到一点就写，很容易片面。如果你单刀直入地问他有什么新闻，他又没有学过新闻学，就只能瞠目以对。交朋友主要是能够建立一种信任，他觉得可以把什么都告诉你，你是完全可以信托的，你报道出来的东西，只会对他的工作有利，至少也不会对他的工作不利。有了这种信任，你就能够取得新闻。

报纸版面的风格因人而异，只可以意会，不可言传。例如编国际版的编辑，就必须了解时局的矛盾，版面风格就是由编辑部的意图和编辑对问题的了解程度所形成的，并决定着标题的深浅和版面的安排。此外，标题的用词，稿件的删改，也体现着编辑的水平。

要提早出版时间，就要很好地掌握发稿，做到心中有数，发稿的时候就在思想中形成一块版样。时间长了，排字工人也摸到你的发稿规律，能够按照你的意图拼版，你所设想的版样，和他的拼版结果大致相同，只有很少的地方要改动。现在我们正在试验边发稿边贴版样，这样也可压缩时间。

《文汇报》过去有几个周刊，我们自己是外行，编不来；让别人来编，过多的干涉又不好，如果不过问，就好像把这园地租出去，不能完全按照编辑部意见来办。因此，《文汇报》曾搞过周刊委员会，请各周刊的主编参加，编辑部也有几个人参加，这样，可以把报纸和主编的意图统一起来。

（本文是 1957 年 1 月 8 日在上海《解放日报》业务学习座谈会上的讲话，原载 1957 年 4 月 10 日《新闻与出版》）

第四辑　专著

新闻艺术*

前　　言

新闻艺术，顾名思义，是谈新闻工作的技巧性，新闻宣传的艺术美。

为什么重点不谈新闻的性质、任务等基本理论问题呢？因为这些都是由我们社会主义国家的性质所决定，特别是新宪法用法律的形式固定下来了。同样，新闻工作宣传的内容，也是马列主义、毛泽东思想、共产主义理想、党的路线、方针、政策，政府的各种法令和措施，等等，是为党和人民，为我们的社会主义国家服务的。用不着多加解释，详细阐明。

我们探讨的范围是新闻艺术，主要是如何进一步提高新闻宣传的效果。要达此目的，就必然要讲究新闻艺术的问题。任何一项工作，要想取得优异的成绩，都必须深刻理解、熟练掌握它的技术性和艺术性，必须明确这项工作的客观规律，新闻工作也绝不能例外。但可惜的是多少年来，我们对这些方面却重视不够。近几年虽然有所改善，但从总体上考察，离人民的要求也还颇有距离，应该引起我们的注意。

党的十一届三中全会以后，我们的国民经济从崩溃的边缘得到恢复，而且发展较快，出现了前所未有的新局面。这主要是实行了提高经济实效为核心的调整、改革。经济上是如此，其他工作也该效法这个宝贵的经验，新闻工作也应该进一步增强宣传的实际效果，

---

* 本文原为专著《新闻艺术》，知识出版社 1985 年版。

开创崭新的局面，让读者、听众、观众能更好地接受我们的宣传。

我是怎么想到这个问题的呢？1980年我到香港去参观访问历三个月。这个地方，我去过几次。第一次是在广州采访（1930年），不时去港逗留三五天。第二次是在“孤岛”创办的《文汇报》被敌伪摧毁后，1939年秋重回《大公报》，主持香港版编辑工作，直到1941年底太平洋大战爆发，历时近两年半。当时，这是一张被认为中国办得最认真的报纸，得到密苏里新闻学院的奖章，这在中国还是创举；在此以前，亚洲的报纸，只有大阪《朝日新闻》获此荣誉。第三次是因为《文汇报》1947年5月被国民党查封，我于1948年到香港创办《文汇报》。这张报也是呼吁民主，倡导进步，而又内容丰富多彩，受到广大读者的欢迎，成为香港的畅销报之一。第四次是1950年，去香港处理《文汇报》的内部事务。此后三十年中未再去过。这段时间，我们对外了解的情况甚少，我更是路途坎坷，孤陋寡闻。所以，1980年再去香港，仿佛到了一个全然陌生的地方，真有点“洞中方七日，世上已千年”的感觉。其中，有两个方面印象最深刻：

首先，科学技术的进步，特别是50年代发展起来的电脑，60年代大大改进，广泛应用。在大众传播事业中也发挥了巨大作用。采访工具，新闻手段，胶版印刷，以及其他传播媒介，由于使用电脑，都进入了一个全新的时代。其革新速度之快，令人瞠目结舌。就像蒸汽机、电的发明一样，电脑的出现和广泛使用，也使各行各业，包括文化、新闻事业产生了一场大革命。恰恰在这段时期，我们国内热衷于“运动”，科技停顿，对方兴未艾的技术革命，视而不见，在经济发展方面是远远落后了。

第二个印象，是我们的新闻事业在那里不那么使人乐观。过去，香港的左派报纸虽然没有占绝对优势，却居于主导地位。在“文革”以前，廖承志同志曾经对此评论，说我们在香港舆论阵地，已“三分天下有其二”了——在发行市场占一半以上的销路。但到1980年，所谓左派报纸的销路降到不足五分之一，严格说恐怕只占十分之一左右。《文汇报》、《大公报》有战斗历史，过去在国际上也属于有威望的畅销报，但现在几家报纸的销售量总共还不到十万份，而其他的报，有的却发行四十余万份。这使我感到相当吃惊。

我们在海外的同胞，绝大部分都是爱国的，很想了解祖国的情况。尽管他们中有进步、落后之分，也有亲台湾的，但他们的民族感情，对祖国的关心程度却都是炽热的。我在香港期间，观看了一场中国女篮与南朝鲜女篮的比赛。中国女篮每进一球或比分超过对方时，全场观众都狂热欢呼，掌声雷动；而中国女篮的每次失利，都会使观众懊丧叹气，痛心叫喊。观众那种强烈的倾向性和发自肺腑的激情，给我留下了难以磨灭的印象。这表明祖国的每一次进步，每一方面的变化，海外同胞都非常关心。按理，我们的进步报纸能最快反映国内的情况，应该最受欢迎，为什么实际上却销路停滞不前呢？这说明原料固然重要，烹调也是不容忽视的问题。应该说，我们的报纸，思想内容一般是好的，但就像餐馆一样，原料是精选上等的，但由于没有讲究烹调，即没有讲究新闻艺术，做出来的菜就使人败胃——上海人说“倒胃口”。海外有各式各样的报纸，好似闹市中比比皆是的餐馆，读者可以自由选择，各取所需，各选所爱。我们的尽管是正宗京菜，原料很好，营养丰富，但是，由于一味加辣，烹调不善，也弄得人家不愿光顾了。举例来说，“文革”之中，香港《文汇报》向国内看齐，曾采用简体字，横排，这就等于不要海外读者看自己的报，当时，发行量降到一万多份，而且还是靠进步学校摊派的。

对于这种情况，作为《文汇报》的创办人，我感到非常痛心。香港是我的旧战场，为了尽自己的一份心意，我就为香港《文汇报》作了七八次讲话，讲中国报纸的传统、《文汇报》的斗争历史；还讲怎样采访、写作、编排以及报纸与读者的关系，编辑部的干部培养和自我进修等问题。他们觉得还有启发，比较感兴趣。香港之行以后，近几年来，我先后在暨南大学、复旦大学，还有福州、广州、杭州和苏州、武汉等地，都讲了新闻的有关问题。在福州时，我总结一个题目："新闻烹调学"。意思是新闻的内容即原料是社会主义的，主要探讨如何把它"烹调"得更好，报纸、广播、电视，怎样办得更美一点，更引人看一点，更引人听一点，更能拨动读者、听众和观众的心弦一点。民盟中央在北京举办多学科学术讲座，钱伟长同志为我改了个题目："新闻艺术"，以使其更能雅俗共赏一些，这样也好，比较能够概括我讲这个学科的主要内容。

为什么我在香港海外要讲新闻艺术，在国内各地也要讲呢？二十年来的"左"倾，特别在十年浩劫中，新闻事业遭到很大的破坏，属于重灾区。到目前为止，中国社会主义新闻事业已过了"而立之年"，当然有不少经验可以总结，许多教训，例如十年浩劫中的惨痛教训应该深刻汲取。对于我们，主要可从业务上进行探讨：为什么在宣传内容是好的情势下，宣传的效果仍然未尽如人意？问题的症结何在？

胡耀邦同志说，我们的经济工作和其他工作过去之所以出现那样大的曲折，一是生搬硬套外国的东西，一是自作聪明，自搞一套。依我看，经济工作是如此，我们新闻宣传也有这个问题。

解放初期，我们的口号是"苏联的今天就是我们的明天"。苏联有个《真理报》，我们的报也要照搬那一套。但是，这样做就忽略了我在《报海旧闻》中提出的问题。我们的国情与苏联有很多不同，革命的过程和建立政权的方法也不一样。《真理报》是为适应地下斗争的需要而创办的，传达联共中央秘密指令的报纸。革命胜利后公开发行，又发展了这个传统，好像报上的话都具有指令性。而我们则情况有别，很早就建立了革命根据地，以后的解放区，也是堂堂正正的政权，党的方针政策通过报纸电台公开宣传，在蒋管区也有党的报纸如《新华日报》，进步的《救亡日报》、《文汇报》、《联合晚报》等，各有很多积累的经验，可以适当运用，创造中国社会主义报纸的特色，而不应该照搬苏联那一套。

我们有些同志，在解放初期除了生搬硬套《真理报》，就是依然按照老解放区的经验来办报。当然，像批评与自我批评、理论联系实际、密切联系群众等等经验，在今天依然正确，是我们新闻工作的法宝，应该继承和发扬。但是，老解放区的办报经验难免有局限性。它的读者主要是干部，是面向农村的。毛主席讲当时分两条战线，一是军事战线，一是文化战线；是在两条战线作战，一是军队作战，一是反侵略、反内战的文化宣传。以周恩来同志为首的老同志所主持的重庆《新华日报》，宣传党的统一战线，用各种办法来影响、团结广大群众，在斗争中发挥了很大作用。我们《文汇报》和其他进步报纸，也在文化战线上作出了贡献。这些报纸的好做法和宝贵经验，建国初期就被有些同志抛弃了。后来，一次又一次的“左”倾，这样和那样的批判运动，使得凡是讲求实效，讲求实事求是，讲求让读者喜闻乐见者，都被斥为资产阶级办报思想的代表。这就导致在十年浩劫中，报纸从阶级斗争的工具变成全面专政的工具。报纸越办越呆板，在读者的心目中江河日下，甚至使人望而生厌。

总结历史的经验教训，是为了我们更好地打开新局面，适应新情况。今天，我们要振兴中华，就需要把爱国主义和共产主义的宣传结合起来，更好地宣传“四化”，宣传两个文明，宣传统一战线工作，使台湾回归祖国的问题顺利解决，等等。总之，要宣传各项工作拨乱反正，实行改革，开创新局面。同时，新闻工作自身也需要改革和开创新局面，才能满足党和人民的要求，在以信息社会为核心的新技术革命中，作为信息机构的报纸，能起到开路先锋的作用。

所以，任务是沉重的，是非常光荣和艰巨的。我们的报纸能不能承担这个任务呢？

最近，我到某省访问，问省报发行量多大，回答："约四十万份。"问："多少是公费订阅？"答："百分之九十八。"这使我很吃惊。其他省报也有类似情况。上海报纸私人订阅的比例大一些，原因则是讲了点新闻艺术，有点可看的东西。但是，不是我吹毛求疵，上海报纸也未尽如人意，新闻艺术并不算很高。只是因为外地报纸办得更不符合读者的想望。上海作为经济、文化中心城市，报纸有点特色，所以还能销向外地。这说明，要真正打开新闻宣传的新局面，更好地适应今天的新情况，报纸迫切需要改进，否则就会拖四个现代化的后腿。新闻宣传要充分发挥团结人民、鼓舞人心的作用，在振兴中华的道路上发挥向导、先锋作用，我们的不少地方报纸还颇难担此重任。所以，在改革过程中，探讨新闻艺术是一个重要环节。

我来讲这些问题，是迫于一个老新闻工作者的责任感，想尽一分绵力。现在，我只担任一些顾问的名义，由于年近八十，不可能自己去办报。另一方面，我也没有完全脱离实际，还给国内的报纸不断写一点东西，也给香港报纸写通讯，大体上每月四五篇，总想不脱离实际，为祖国贡献一点力量。所以，我谈的主要是个人几十年新闻工作的体会，近年加上看到听到的情况，结合起来讲。不当之处，望大家批评指正。

一、新闻事业的基本规律

为什么首先要讲新闻事业的客观规律？

任何工作，都有它本身的规律。列宁说，规律是客观存在的。只有利用规律，来发挥主观能动性；不能违反客观规律，否则，就要受到客观规律的惩罚。

报纸工作也有自己的规律。违背这些规律，就必然要受到惩罚。经过长期的“左”倾思想的干扰，特别是十年浩劫，大家都会有这方面的体会。

“四人帮”时期，报纸办得不像报纸，完全违反了客观规律。报道天安门事件的《人民日报》，被群众愤怒地撕成碎片。这是一个绝对的例子。当时一般读者对待报纸的态度有一个“公式”，报纸送来后，随手翻一翻，顶多看看国际新闻，很快就丢到一边去了。因为上面谎话连篇，大话、空话成片，令人生厌。那时候，人们对报纸很不信任，甚至从反面来看待上面的新闻。如说形势大好，人们则作相反理解；报道今年特大丰收，人们则认为肯定是歉收了，这样的例证不胜枚举。我们的新闻工作，无论是报纸，还是广播、电台等，因违反客观规律而受到的惩罚，都是非常巨大，非常令人痛心的。我们应该吸取深刻的教训，再不能做那样的蠢事。所以，讲新闻艺术，首先要研究新闻的客观规律。我认为，报纸、广播等新闻工作，有三条基本的客观规律。

（一）以新闻作宣传，靠事实造舆论

报纸，又叫新闻纸。顾名思义，主要是登载新闻，以新闻来进行宣传。新闻是报纸的主体，所以有人把它称为“报纸的生命”。一张报纸如果没有新闻或新闻很少，就不是或不完全是新闻纸。那么，什么是新闻呢？

新闻的定义，资产阶级有许多五花八门的说法。什么“狗咬人不是新闻，人咬狗才是新闻”，什么“稀奇古怪的事就是新闻”，“神秘离奇即新闻”，新闻就是“有闻必录”，等等。总的说来，资产阶级报纸是以新奇，闻所未闻为主要标准，靠耸人听闻来吸引和刺激读者，同我们的观点有本质的区别。

在我看来，只要是社会上新近发生，为群众所关心，对人民有较大影响，具有典型意义的事实，就是新闻。

为什么要用这样多限制词呢？首先是为了与资产阶级新闻观划清界限，不受其影响。我们认为新近发生的，与人民群众有关系的事实才叫新闻。其次，新闻并非有闻必录。新近发生的事情很多，例如，市面上西瓜供应充足，或者菜场内副食品减少，等等，如果不具典型意义，报纸就登不了那么多。所以，新事实还需要有典型性。我们根据事实来宣传党的方针政策和各项措施，例如，宣传社会治安，打击经济犯罪，就要重点采访有关典型，通过事实来影响社会，教育群众。

在新闻宣传中，一定要让事实本身说话。新闻中占第一位的就是事实。不能因为宣传需要，就笔下生花地在事实中掺假。报纸是通过新近发生的典型事实来宣传党的方针政策，这就是它的客观规律和特性。违反这个规律，就必然要受到惩罚。收不到预期效果，甚至收到反效果。过去，由于长期“左”的干扰和破坏，宣传中实用主义泛滥成灾。为了搞一个运动，可以假造事实，或者搞“客里空”，或者说过头话。诸如此类，造成了人们对报纸、广播和电视的不信任。所以，我们今天要强调和尊重新闻的客观规律，尊重事实本身。

新闻以“新”字领头，就绝不是人云亦云的旧闻，时隔三秋的往事。所以，新闻要讲时效性，尽可能快地报道。习仲勋同志 1982 年曾在新华社成立五十周年纪念会上提出五个字：真、快、短、活、强。快，成了新闻的主要点之一。过去长时期里是宁可慢些，认为快就是资产阶级的抢新闻，强调的是好，经过反复考虑审查，所以常常使中央的会议新闻要结束一周或十天后才发表。现在不同了，如党的十二大，六届人大，政协等重大会议，上午开会，下午就发表消息。这样就快了。新闻当然要强调正确真实，但在某种程度上，慢就会挨打。我们的会议9点召开，外国记者9时03分就发出了报道。由于抢在前面，他们的报道就发挥了宣传作用。人们会先入为主，不知不觉地受到他在报道中包含的立场、观点的影响。所以，我们应该以“真”为前提，把“快”当成重点，从事宣传工作。

（二）新闻报道的立场和角度

新闻宣传，无论报纸还是广播、电视，都要打上阶级的烙印，带有自己的立场观点，表现出它的倾向性。所以，资产阶级鼓吹的纯客观主义，只能是虚伪的，不诚实的，经不起实践检验的。他们的所谓“纯客观”，不过是为“满纸荒唐言”套上“真实”的漂亮外衣，麻痹和欺骗读者罢了。

大家从现实生活中，出于常识性的道理都清楚，天下没有一个“纯客观”的报道。采访人物，报道新闻，就像我们拿着相机去照相，总要选择自己所希望的角度，选择自己所欣赏，所爱好的姿态和场景，而不是随便到一个现场，不带任何感情地信手就按快门。给同一个人拍照，由于角度、光线、背景等的差别，照出来的效果大不一样，有的很准确很艺术地显示了他的模样、他的精神。有的则照得差，甚至不像他本人的精神面貌。照相还不能做到“纯客观”的有像必显，新闻报道就更是如此。例如两伊战争，同样一条新闻，伊拉克的报道和伊朗的报道就绝不相同，因为都带着本国的感情，站在各自的立场观点来宣传同一件战事。再如报道球赛的新闻，在国际比赛中，我们的报道同外国记者就不会一样。强调的方面有别，拍摄的镜头也不会相同。就是我们一个地区的球赛，如上海对北京，北京的报纸所报道的就同上海的报纸不同。因为当地有它自己的感情掺杂在报道中。

但是，新闻宣传中的立场和角度尽管重要，这些都属于第二位。立场观点有不同，但它是以事实为基础的。事实不能改变，是第一位的，而立场和观点都是从事实中派生出来的。伊朗同伊拉克有时伊朗失败了。他们的报道可以掩饰失败的程度，却不能否认失败的事实。过去，在解放战争中，国民党的新闻报道不顾事实，吹嘘某一仗消灭“共军”多少，某一次又全歼多少，结果人家根本就不相信，而是从反面来看待，从进步报纸中看事情的真相。

总之，不能离开事实本身来讲立场、观点和角度。否则，就会变成“客里空”、“假大空”，就会失去人们的信任。

我们社会主义的报纸，是为党和人民服务的，宣传的应该是真理，所以，不惧怕表明我们的立场、观点。但是在相当长的一段时期内，新闻宣传强调立场、观点时，没有以事实为出发点。“四害”横行时要整某人，就是拼命地上纲上线，无中生有，黑白颠倒。要树一个标兵或者英雄，也是吹得高大完美，像一尊神像。如此违背事实的新闻，只能落得人们嗤之以鼻的下场。党的十一届三中全会以后，实事求是的做法得到发扬，但流毒并没有完全肃清。我们现在的英雄人物，如果宣传得不好，如果依然用那种好人好到底，三代皆好，从小就好，“坏人”总是从小就不是好东西，“头上生疮，脚底流脓”这一套腔调，对读者就没有说服力。

我们认为，新闻报道不能进行“纯客观”的“白描”，作者总要以一定的立场观点来处理采访所得的情况，才能写出新闻。但是，如果忽略“真实是新闻的生命”，出于宣传需要而任意拔高思想，渲染夸大事实，只能是拔苗助长。1982 年，上海就出现了一件这样的事：某报报道一个人下水救人。事实上，周围有不少人明明看见她是走下水去拉了一把，报上却说是奋不顾身地跳入水中，努力挥臂游过去，把那人托救上来。如此违背真相的报道，使该报在群众中的威信大受影响。后来，发现报道夸大了事实，还不更正，继续宣传，这连某些资产阶级报纸的做法都不如。这样的事例，在我们的新闻宣传中恐怕依然还有相当大的比例。所以，拨乱反正，肃清流毒并不是那么容易的事，而是一项长期艰巨的任务。党的三中全会的精神就是要实事求是，解放思想。我们的新闻宣传，要尊重事实，强调事实，通过事实本身来体现立场观点，充分注意实事求是。这就是新闻事业的第二条基本的客观规律。

（三）新闻传播工具对接受者无强制性

新闻传播，对于它的受传播者没有强制性、拘束性。新闻不同于教育。教育的传播，可以由教师对学生的提问、测验和考试来评定。教师可以把分数给得少，可以对不接受传播的学生给予处罚直至开除。这说明教育的传播有约束性和强制性，新闻传播又叫大众传播却不可能如此。

新闻传播也不同于法律、公文。国家的法律，政府各级部门的公文，都带有强制性和约束性，不接受，就要被处罚。但是，我们的报纸、广播、电视，对于传播对象就没有强迫性、约束性。电视开了他可以看也可以不看，对广播他可以不听，他可以订报也可以不订，即使公费订阅，他也可看可不看，或者看了也将信将疑，不会在头脑里生根。因此，新闻传播就需要讲究艺术技巧，使人们对传播工具有信任感，乐于接受。

赵紫阳同志在六届人大一次大会上说：我们的文学艺术以商品的形式出现，但必须时刻牢记共产主义的目标。

报纸也是以商品的形式出现的。过去，复旦大学的王中同志提出报纸有商品性的问题，反右时期被大批特批。现在证明他的见解是正确的。报纸不同于传单一类的宣传品，可以无代价送给人们。它是以商品形式出现的，没有约束性。读者可以订阅，或者拿五分钱买一份报，他也可以不拿出这五分钱。另外，即使他买了报纸，也可以不看，看了可以不信。这说明，报纸是不能强迫别人阅读更无法强迫读者信任的。“文革”时期，“两报一刊”的社论，规定为必读文件，但绝大多数读者，只被迫阅读，照样画“符”，像过去的老婆婆念经一样。

80年代初，波兰为了取缔团结工会，在报纸上大造舆论，在电视里反复演播，但人们不感兴趣。政府通知某天要开会宣布有关指示。到那天，凡是同情支持团结工会的人都走向街头，拒不观看会议电视，以离开家门表示抗议。此事的曲直且不论，但从这个例子可见，新闻传播没有约束力，不能用司法手段或政治手段去强迫别人接受。

所以，单单凭中央指示，行政命令，不讲究新闻艺术，即使这些指示和命令是正确的，报纸也有可能吸引不了读者。要使报纸、电视、广播有人看，有人听，把你当成知心朋友，一天也不能离开，这就要从新闻传播的立场、态度，到写作的手法，编排的艺术等一系列问题上下工夫。

从近代报纸产生起，中国的报纸已有一百二十多年的历史。19世纪，就在南洋一带传来了最早的现代中文报纸，是知识分子办的。中国的报纸继承了史家的一些传统，在许多不正常情况下，一些报纸也能坚持说真话，揭露真相，出现了不少可歌可泣的优秀记者。在办报的长期实践中，他们摸索和体现出上述的基本规律，使报纸得到了读者的信任和热爱。

基于报纸本身的规律，我认为应该打破长期流行的一个经典说法：报纸和读者的关系是教育者和受教育者的关系。当然，读者能够通过报纸受到教育，但这与进学校不同，不应该强调这方面。过去常说教育人者先要接受教育，新闻记者更需要接受读者的教育。把读者看作学生，编辑、记者自命为教师，这个态度就有点居高临下，很不恰当。这样容易变成空讲大话或以势压人，把报纸变成强制的、约束的工具，而不是用事实来打动、说服别人，就不会收到什么好的效果。什么事都要讲群众观点，不能自封为诸葛亮，把群众当成阿斗。搞大众传播工作的，更应注意。

我认为：报纸与读者应该是朋友的关系、平等的关系。报纸不能用压制、强迫的态度，不能用板着面孔训人的态度来对待读者，你自以为是诸葛亮，教育者，人家不会买这个账。我们只有平等相待，充分地摆事实讲道理，注意提高报纸的吸引力、说服力、感染力，增强新闻的技巧性和艺术性，人民群众才会欢迎你的报纸，自觉自愿地阅读，相信你说的每一句话。不仅如此，还会从内心受到鼓舞，转变成行动，积极地投身于四化建设，听从党和政府的一切号召。

总之，新闻事业是以报道新闻为主体，以新闻来进行宣传；新闻有立场和角度，但必须建立在事实的基础上，由事实所派生；新闻传播没有强制性、约束力，所以需要用平等的态度，实事求是，增强艺术性，拨动别人心灵的琴弦。

怎样认识和掌握新闻宣传的客观规律，按照规律来改进我们新闻工作的方式方法，争取最大的宣传效益，应该提到我们的日程上来。这也是我们新闻事业开创新局面首先要研讨的课题，是讲求新闻艺术的指路明灯。

新闻宣传是否还有其他规律？我们可以共同讨论，可以在实践中摸索总结。但是，我认为上述基本规律是必须遵守的。如果当成老生常谈而掉以轻心，如果因为看似简单而不加重视，如果不在新闻实践中牢记这些客观规律，顺应规律来发挥主观能动性，我们就会步入深山而迷失方向，问道于盲，南辕北辙，受到客观规律的惩罚。

二、新闻记者是一个光荣称号

——兼谈记者的品质和学养

在我们社会主义国家里，一切工作为人民服务，都是光荣的。

新闻记者是在宣传第一线工作的，更光荣。就像在国防前线上的战士一样，是一个很光荣的职称。

本讲命题有两层意思。一是记者是光荣的，为什么光荣；二是新闻工作者都是记者，这也像我们解放军，从司令员到列兵，都是光荣的战士。战士一天也不能忘记战斗，要天天磨刀、擦枪，勤于训练，严密训练、守备。新闻工作者也一样，不论是总编辑还是一般采访人员，都是记者，每时每刻都不要忘掉手中的笔，勤学苦练。记者要具备一定的品质和学识修养。这问题，根据我自己几十年的体会和所见所闻，谈谈自己的认识。

（一）新闻记者站在思想斗争的前线，任务很艰巨，所以是光荣的

我们的使命，是遵守宪法，宣传马列主义，宣传毛泽东思想，宣传共产主义真理，宣传党的路线和方针，宣传政府的法律和各项措施。一方面，报纸是党和政府的喉舌、耳目，要宣传和转达好有关内容，了解社会实际和人民大众的愿望；另一方面，报纸也是人民大众的喉舌和耳目，人民通过报纸来了解情况和发表意见。所以，记者既是党的喉舌和耳目，也是人民的喉舌，担负着非常艰巨但它是非常光荣的重任。

我不想谈报纸是阶级斗争工具。因为过去几十年来强调这个“工具论”，矛头总是针对知识分子的，是针对所谓的资产阶级知识分子，后来，矛头也针对党内的知识分子。历次运动，知识分子都“在劫难逃”，在报纸上被反复批判。在“文革”期间，更升格称为“无产阶级专政的工具”，连为革命身经百战的老将军、老干部，也被列入“工具”的对象，而加以“专政”了！党的十一届三中全会以来，知识分子获得政治上的平反，已经成为工人阶级的一部分，属于依靠的力量。在这种情况下，怎么能再把他们视作异己，运用

阶级斗争的工具呢？怎么能再把矛头还在他们面前晃来晃去呢？

当然，我们知识分子中，有些人头脑里还有资产阶级思想的残余。有时候，极少部分同志有资产阶级自由化倾向，还可能犯这样那样的错误，报纸也应该对这些进行批评，就像对工人、农民和干部中出现的错误倾向作批评那样。要适应新时期出现的新情况，无论是干部、工人和农民，还是知识分子，都有一个在四化建设的实践中提高思想，改造世界观的问题。报纸应该调动一切积极因素，为建设“四化”、振兴中华作出贡献，再强调说报纸是阶级斗争的工具，不适合我们今天的实际，也不利于推动新形势的发展了。

再则，我们有了社会主义的法制和民主，违犯了四项基本原则，就是触犯了宪法，就可以对他起诉，这是一个特殊的问题。至于在人民内部出现了不同的意见或分歧，则主要是开展批评和自我批评。这都说明没有必要把报纸作为阶级斗争的工具。

并且，过分强调报纸的阶级斗争性质，很容易被坏人利用。“四人帮”不就是把它从阶级斗争的工具变成全面专政的工具了吗？其实，报纸不等于司法部门，也不是公安局、法院，起不了那样的作用。

记者不是用报纸搞阶级斗争的，而是在党、政府和人民之间起流通作用，把各种情况上传下达，互相沟通。记者是党、政府和人民之间的桥梁，宣扬好人好事，揭露和批评有害于两个文明建设的消极现象和黑暗面。任务非常重大，也很光荣。

（二）记者是当代的历史家

前面谈到记者是党和人民的喉舌和耳目，要发挥桥梁作用，使人民更正确地理解党和政府的方针政策，党和政府能及时地了解人民的思想感情和各方面的情况。通过报纸，使党和人民更加心贴心。另外，记者还应该真实准确地反映出当代的情况，发挥当代史家的作用，成为当代的历史家。

邓小平同志讲过，中国要建设成有中国特色的社会主义现代化国家。各国有各国的具体环境和条件，各国有各国的特点和特色，不能去生搬硬套，脱离本国的实际。所以，我们中国建设的社会主义现代化强国，既同西方的那些现代化国家有本质的差别，也与其他社会主义国家不相同。而是根据本国的国情，具备鲜明的中国特点的社会主义现代化强国。

从这个要求来讲，我们的报纸就应该是带有中国特色的社会主义报纸。这也是由宣传内容决定的。

为此，我们必须认识和理解中国报纸的传统。去伪存真，去粗取精，批判地继承和发扬那些优良的传统。

传统之一，就是中国史家传统。过去称孔子的《春秋》是一句一字都包含着褒贬之意。早在春秋时期，就出现了坚持写事实真相，宁可被杀害，也不昧着良心说假话的史官。文天祥的《正气歌》说："在齐太史简，在晋董狐笔。"就是以史官的刚直凛烈的浩然正气来激励自己。董狐是晋国的史官，他不畏权势，秉笔直书，故历史赞扬他是古之良史，"书法不隐"。齐国的太史更值得称颂。齐崔杼杀害国君，太史就在竹简上记下"崔杼弑其君"。崔将太史杀害，太史的两个弟弟仍然坚持这样记载，又被杀害，到太史的第三个弟弟捧着竹简来记载这段历史时，崔杼只得由他写去。这个流芳千古的太史之简，董狐之笔，正是中国史家尊重事实的光辉典范。

中国之所以有一套完整的二十四史流传下来，一是有一批优秀的史官，一是几千年前就定了一个很好的制度：左史记言，右史记事。左史，右史，是皇帝身边的两个史官，各有分工，把皇帝、大臣所说的话和朝廷的重要事情都记入史书中。他们的记录，皇帝本人也不能看。《唐书》记载：唐太宗问史官要记录看，史官说不行，这是历代祖宗规定下来的。唐太宗也只好不看。因为有这样的规定，就保留下很多可靠的历史文献。后来又形成一个惯例，前朝的历史由后一朝修，以避免隐恶溢美，歪曲历史的记载。二十四史里，包含着几千年的政治史、经济史、外交史、文化史、交通史，等等，我们可以从中得到许多宝贵的资料。

人们习惯于称鲁班是中国工匠的祖师爷。假如我们新闻记者也要有“祖师爷”，我认为应推两“司马”——司马迁和司马光。

司马迁父子都是史官。司马迁父亲司马谈在临终时把自己著述历史的理想和愿望遗留给司马迁，司马迁热泪横流，回答说：“小子不敏，请悉论先人所次旧闻，弗敢阙！”后来，他于著述期间为李陵抱不平，惨遭宫刑，身体残废，仍然发愤著述，终于完成《史记》。

《史记》是中国史学上一座高耸入云的丰碑，是一部“究天人之际，通古今之变，成一家之言”的伟大著作，是第一部记载我国上古至汉初三千年政治、经济、文化等多方面历史发展的纪传体通史。

司马迁具有史家的优良品质，“不虚美，不隐恶”，完全不惧权势，坚决写出历史真相。他是汉武帝时代的人，但他却敢于揭露汉高祖虚伪、狡诈的无赖品质，写他的贪财好色和猜忌功臣。相反，项羽失败，《史记》却肯定他好的方面，对于被汉高祖杀害的韩信，他也寄予满腔同情。尤其可贵的是他对于当时——汉武帝时的朝野大事，同样敢于大胆直书，忠实记载。例如，名将李广保卫祖国的边疆，累建奇勋，却得不到汉武帝的重用，最后被包围而无援兵，造成“引刀自刭”的悲惨结局。司马迁对他寄予满腔同情。另一方面，对汉武帝重用的贵戚卫青、霍去病等，却在字里行间，用了贬词，对汉武帝腐化的私生活也如实记录和提出批评。《史记》虽然是一部史书，但记载当代的皇帝大臣，在是非上却毫不曲折含糊，这是非常不容易的。

另外，司马迁在每篇“本纪”、“世家”、“列传”的后面，写一段“太史公曰”，对此人此事，作简要概括的评议。这也可以说是为后代的史论、新闻评论开创了先例，树立了典范。

新闻事业的另一个“祖师爷”司马光，用了几十年的工夫才编写出《资治通鉴》，开编年史的先河。《资治通鉴》取材于数千年流传下来的正史、野史、文集、笔记、碑志等各种资料，删繁就简，去伪存真，将历代重大事件编入这部巨著中，态度极为严正。书名《资治通鉴》，目的是希望皇帝、大臣都了解历史，以历史为鉴，以古人为鉴，借古喻今，把国家治理好。所以，他写的虽是旧闻，着眼则在“资治”，运用夹叙夹议的手法，在紧要处写上一段“臣光曰”的评论文章，阐明意义，总结教训，提出治理国家的个人看法，不失为一个卓越的新闻工作者，是中国新闻评论家的祖宗。

明末的王夫之撰写《读通鉴论》，就《资治通鉴》所载的重要史事，逐条加以评论，每篇都有自己的见解，而且言之有据，并非标新立异。他还有一部《宋论》，对史书所载的宋朝大事加以批评。这两部书的内容之精辟，文字之简练，都为史论增一异彩。这两部书，我希望大家都读读。过去，我们写新闻评论的人，没有不读此书的，有的几乎能背下来。因为，从书中的立论，到怎样推理，怎样展开问题，揭露和分析矛盾，直到文字的精确凝练，都可以借鉴，值得学习。

中国史家很有骨气，很多人坚持秉笔直书，坚持真理。当然，他们有一个封建标准。尽管他们有历史时代的局限性，但我们用历史主义的眼光来看待，史家对历史负责，保持立言者的良心，坚持正义，“富贵不能淫，贫贱不能移，威武不能屈”的高风亮节，是非常值得我们借鉴继承的。他们“不虚美，不隐恶”，政治高压和金钱收买不能改变其观点，生活贫贱处境艰难而不停笔。有的史家写了书，不能出版，因为不符合统治者的观点和世俗的见解。怎么办？他宁可当时不发表，“藏之深山，传之后世”，深信总有一天会有用的。这样的事例很多。如《史记》在作者生时就没有发表，司马迁逝世很多年，才由他的孙子公诸于世。有的史书，直到几百、几千年后才与人们见面。

过去有句话：立德，立功，立言。不能在道德修养上成为百世楷模，就努力为国家建树奇勋伟业，再不行，就著述立言，以求有所贡献于国家民族。即使立言触犯权贵，不合时宜，不能发表，也绝不改变主张，而是着眼于传之久远。对人民负责，对历史负责。

以上所说的，就是中国史家的优良传统。

在民主革命时期，也有许多优秀新闻工作者，开创一代风气，在任何情况下都要宣传他理解的真理，绝不改变自己的主张。像梁启超，宣传改良主义，主张富国强兵，办了《新民丛报》、《清议报》，倡导变法维新，之后被慈禧太后镇压下去了。1903 年，十八岁的邹容写出《革命军》，痛斥腐败的满清王朝，号召推翻清廷。章太炎就在《苏报》上著文热情推荐，还写了一封驳斥康有为的信，矛头直指慈禧和光绪。因此，两人被租界当局逮捕关押，后来邹容瘐死于狱中。再如于右任、宋教仁，前赴后继办的“三民”报——《民呼》、《民吁》、《民立》，发表的政论颇具卓见，很有胆气，对辛亥革命起了很大的推动作用。

所以，我们中国报纸是有自己的传统的。要搞中国式的社会主义报纸，应该批判地继承这种斗争传统。这与西方不同，英、美基本上是资产阶级出钱办报，少有生气。

我过去说过：文人论政是中国报纸的传统之一。从王韬到梁启超，到张季鸾等，都是这样。他们没有机会从事政治，有的根本不愿从政，但有评论政治的权利。他们办报，背后都没有资本家，而是要宣传富国强兵，用今天的语言就是盼望中国实现现代化，借报纸发表自己的主张。辛亥革命后，黄远生也是这样。他的主张与孙中山有分歧。他的文字很优美，采访很有一套，想方设法揭露袁世凯专制的内幕，很受群众的欢迎。后来，袁世凯花了一大笔钱，在上海办《亚细亚报》（上海版），想强逼黄远生当总主笔，黄在报上声明拒绝，并摆脱特务的跟踪，偷偷跑到美国。可惜，大概那里的爱国华侨不知他的真实态度，就把他暗杀了。也有人说是袁世凯的“筹安会”派人暗杀了他。邵飘萍，也是进步记者。他追求真理，坚持正义，宣传民主，最后被奉系军阀杀害。抗日战争时期，上海有不少记者献身于为国为民的正义事业。如朱惺公文笔犀利，痛骂汉奸，还把汉奸寄来的恐吓信登在报上，声明自己是堂堂正正的中国的报人，绝不改变抗日的立场，结果不出三天，被汉奸暗害于报社门前。这样的类似情况，进步记者常常碰到，但仍然在威胁恐吓中不屈服，坚持抗日救国、反对日寇和汉奸的斗争。

中国没有“无冕之王”，没有像美国李普曼那样的人。因为国情有别。但即使如此，仍然有文人论政的传统。

我过去办报的老师张季鸾，是一个在《毛泽东选集》中被提到的人。他辛亥革命前从日本回来，就是《民立报》的记者，一直坚持斗争。他对新闻事业非常热爱，完全是一往情深地从事新闻工作。他尽管对同盟会是完全赞同的，但认为记者不应该参加任何党派，就把孙中山总统府的秘书职务也辞掉了，仍然在北京当记者。他曾经因为揭发袁世凯秘密大借款来镇压革命党，被袁的特务机关抓起来，关了三个多月。第二次是段祺瑞以参加世界大战的名义扩充军队，他又把事情的本相揭露出来，被段祺瑞关了半年多。所以旧社会有句话：“记者不坐牢，不是好记者。”张与冯玉祥和胡景翼有历史交情，关系很好，让他当官，1925 年，胡当河南督办，请张当陇海路会办一副局长，这是一个很“肥”的官，但他当了几天就辞掉了，声称宁愿做穷记者。他生平不喜当官。

张季鸾的社论写得很好，在《中华新报》写的社论，每篇都被外国通讯社转发。他颇有胆识和魄力。列宁逝世，他写了社论《悼列宁》时在 1924 年，当时的知识分子对列宁没有多少认识，同情的人更少。但他说：过去所有的中外领袖，都是为一个国家着想，只有列宁是为全人类的。不管他的想法对否，能说列宁比中外古今的人物还伟大，则显示了他的胆识和眼光。1927 年蒋介石清党，杀害很多人。张写出一系列社论，坚决反对杀害青年。他说不管青年的思想是“左”倾还是“右”倾，但敢于在前面冲锋陷阵，敢于冒生命危险去斗争的，都是民族的精华，屠杀青年就是民族的罪人。当时，其他报纸都在歌颂清党，赞美屠杀，他能写那些社论，是很有胆量的。但“九一八”以后，蒋介石以“礼贤下士”的姿态对待他，吹捧赞扬他，向他请教，采用不少手段，他就鼓吹国家中心说。盖棺定论，他没为蒋出什么坏主意，还主张团结各党派抗战，与反对团结、破坏团结的有些御用文人，显有不同。所以，他还是一个爱国者，死后，毛主席、周副主席都致了悼词。悼词中肯定张季鸾是一个爱国的，坚持抗日的卓越报人。他所主持的《大公报》是爱国的、抗日的，培养了很多人才。对张的评价是客观和一分为二的。

我们说中国新闻界，包括历史家，都具有优良的传统，这是大体而言，从主要方面看的。任何事物都可以一分为二，中国报纸过去有不少办得差。在旧社会，说新闻记者是“文人末路”。那是因为有相当一批报纸属于消遣性质，不少报人写点歪诗，敲敲竹杠，属于鲁迅所讲的流氓加文人。报纸在解放前的最高销量是上海《新闻报》的十八万份，其中还有“水分”，是约定某一天请一个会计师来看印报机上的数字的。听人传说，有不少报纸并没卖出，转到北京路旧货摊去了。解放前报纸能销到五万份就算畅销报了。不少地方性报纸只有几千、几百份，是靠政治方面资助或敲诈维持的；这是不好的一方面。但主要的方面，则是中国的新闻界接受了史家的传统，尊重事实，追求真理，敢于斗争，为国为民，为争取国家的富强和自由而坚韧地奋斗，有的不惜流血牺牲。我们这代新闻工作者，应该有选择地继承这些好传统，以建设有中国特点，中国特色的社会主义报纸。

凡是人民和政府一心一德，国家就能强盛。这中间，记者的作用是很大的。其次，记者应该有这样的抱负：做一个现代史家。历史是过去的新闻，新闻是今天的历史。每一个新闻工作者，都要把自己看成现代的史家。将来的历史，很多素材来源于现在的报纸。如果我们歪曲了事实，报纸出了问题，将来的历史也就被歪曲，受到影响了。所以，我们应该向党负责，向人民负责，还要成为今天的史家，对历史负责。

（三）记者的职位不分贵贱，都是光荣称号

记者的称号等于一个战士的称号。解放军从司令员到列兵都叫战士。新闻记者从社长、总编辑到一般的编辑，练习记者，都是在新闻战线的岗位上，都应该称为记者。就像战士是一个光荣的称号，记者同样是光荣的称号。过去，不管写通讯或其他文章，都署名本报记者某某，而不是把总编或其他称号登出来。我们的武器与战士不同，是依靠手中的笔——将来，要用电脑打字机和其他先进传播媒介，但仍然要用脑子。运用工具，像战士运用最新武器一样。总之，记者也一天不能放松手中的武器。

前面曾讲到张季鸾。他五十多岁即因肺病而逝世，但一直没有停笔，临死前一周，还为桂林《大公报》写电讯。我看他身体那么坏，仍然在考虑问题和写作，就劝他休息，他说："我是一个老记者，如果不记，不就只是一个老者了么?"这说明当记者，就要一息尚存，始终"记"下去。过去的很多优秀记者都是如此，一生没有停下手中的笔。邵飘萍被抓进牢前，仍然每天写社论、通讯。飘萍先生对中国的新闻采访有特殊贡献，所著《新闻采访学》到目前仍是比较好的书。另外，其他老的记者，即使是总编辑，也都经常写东西。我在报界当了二十年总编辑，在家里主要写社论，改标题，

一出门，不管是因私事还是因公事，看到有价值的，就写通讯。现在，比如到北京，总要把所见所闻所感受到的，给外埠报纸写通讯，大约每周二三篇，从不间断。尽管我现在年岁高，见闻窄，但养成了这样的习惯。当然，1957 年以后，我二十年没有发表东西。但打成右派被剥夺发言权以前，还在写《访苏见闻》连载，每天几千字。后来不准我登，写好的还没有用完。粉碎“四人帮”，让我能发表东西，我又开始写通讯，写其他文章，近几年写了几百万字。

记者的武器是手中的笔，只有经常磨炼，才能越使越做到得心应手。当然，不能为阴谋家歌功颂德，要珍爱自己的武器，不能滥用，糟踏手中的笔。在政治气候恶劣的情况下，可以写其他东西磨炼自己。我在出版界工作时期，不让我写书、编书，要我核对资料。我就利用这个机会，广泛阅读书籍，写了很多读书杂记，并且钻研了不少词汇。

很清楚，不练不写，知识容易老化，容易淡忘，好的见解会成过眼烟云，从头脑中消逝。经常看、写，笔就会越加驯熟，状物叙事，传情达意，皆可得心应手，应付裕如。同时，我们也应该牢记，新闻记者，就是要记要写，要坚持真理，改正缺点，反对谬误。

党的新闻工作者中，有很多同志值得我们学习，例如邹韬奋、范长江、邓拓，等等。我很钦佩邓拓同志。他能深刻理解党的方针政策，认为不对的，就在《人民日报》的社论中写出来，如在贯彻“双百”方针时，就写了一系列的社论，拥护和支持开展“双百”方针。他博学多才，出门也要写通讯，写诗词。以后“左”的思潮越来越严重，他被迫离开《人民日报》，到北京市委当书记，似可以不写东西了，但他照样写。不写社论，就写杂文，写《燕山夜话》，同样有他的风格、特色。老实说，他虽然受到诬蔑，但文章确实有风骨。是借古讽今，出发点是希望领导从古代掌故中吸取教训，看到危险，改正错误。这在当时的情况下，是非常难能可贵的。我以为《燕山夜话》这类书，定能传之后代，流芳百世。我们新闻工作者，应该永远把他们当成学习的榜样。

还有一个很使我佩服的是恽逸群同志。我们在30年代就互相认识。他一直是党的地下工作者，受潘汉年同志领导，钻到敌伪心脏里搞新闻工作，后被发现而关了几年。国民党时期，他曾坐牢数年，解放初被张春桥等陷害，被关押起来，1955年刚放出不久，潘汉年案发生，他又被株连坐牢。“文革”中更打入“十八层地狱”，所受的折磨，自不待言。在如此恶劣的处境之下，他仍然没有改变新闻记者应有的品质和节操。他后来身体不好，让他保外工作，在苏北一所中学里管理图书。过去他多年当新闻记者，博闻强识，读书广泛，记忆力也非常之强。他在解放战争时期所写的《蒋党内幕》一书，主要靠记忆，把四大家族发行多少钞票，通货膨胀变成怎样的天文数字，内幕情况如何，都凭记忆写出来，在解放区发生了很大的作用。十年浩劫时他在那所简陋的中学里，悄悄写了很多文章，我看了其中的三篇，内心非常佩服。一篇是《论个人迷信的根源》，一篇是《也论儒家与法家》，还有一篇是《与郭沫若同志讨论李白和杜甫》。都是很尖锐的大题目。那时候个人迷信最盛行，什么万寿无疆，早请示晚汇报，等等，搞得人头昏脑涨，他却敢评论。后来，搞“评法批儒”运动，把历史人物、现代人物都划成谁是法家，谁是儒家，他仍坚持写出自己的观点。还有，郭老这样一位享有盛名的权威，由于政治气候的影响，所写的《李白与杜甫》，其中有不少观点却是不正确的，很多人都有看法。我当时在“五七”干校，也有看法，却只是保留在心中。但恽逸群同志却观点鲜明地写出文章。他能够背出李白、杜甫的诗，哪一首诗，郭老是断章取义，解释错误，他认为从上下文看应如何理解，一篇一篇地分析，非常有说服力。

恽逸群同志能够这样做，原因是没有忘掉自己的记者职责。他是一个光荣的记者，光荣的战士。尽管遭受二十多年的屈辱和迫害，他仍不改变记者的立场观点，写出那样掷地有声的文章。我后来看到他给一位朋友的信。信中说：我这二十余年的遭遇，一般人很难想象。但我不把这些放在心上。问题是我所经历的挫折，摔的跤，比一般人走的路还长，我有责任把我认为错误和偏差的东西都要记下写出，使这种悲剧不再重演；我们的国家，也经不起再来一次这样的悲剧了。看，他把自己的一切都不计较，想到的是党的前途，国家的前途，充满了信心和责任感，何等值得我们学习！

我参加《辞海》的工作，主张应该为他列一个条目，大书特书。但三中全会以前定的稿，力争的结果得不到赞同。《辞海》中的一个优秀新闻工作者只有邹韬奋，其实，他新闻工作做得不多，是一个杰出的出版工作者。“四人帮”垮台后，修订的《辞海》加上了范长江、金仲华。这两位都是杰出的。后来我们力争，又加了邓拓，但恽逸群仍没写上去。我对这个问题很有意见。论品质，论对党的贡献，论新闻工作的成就，恽逸群同志都应该上《辞海》。他的社论、通讯，不但精密严整，行文优美，受人欢迎，而且写得非常之快，我们都称他为“快手”。

总之，作为一个记者，不管是什么处境，不管在什么时候，无论如何不能丢掉“记”。

解放初期，这个传统还存在。如范长江、邓拓同志仍然于百忙中坚持写。后来，大概新闻工作的框框越来越紧，这个传统逐渐丢失。现在，不要说总编辑，做一个部主任也很少写东西。这个风气应该改变。因为，你的地位越高，比如是采访部主任，就比一个普通记者了解的情况更多。你是总编、编委、主任，就可以参加一般记者不能列席的某些会议，你对党的方针，政府的法令条例可以了解得更深更全面，站的角度更高，写出来的报道、文章就更能说服和吸引读者。如果不写，就是对党的事业，对人民的事业的损失。

这一点，我不太敢讲，讲了可能会得罪当领导的老朋友。但我觉得要拨乱反正，开创新局面，还是应该有这个提倡。

在部队里过去有个好传统，司令员、老将军下连队，还要当普通一兵，和战士一起练武，互教互学。当然，新闻领导要主管全面、重要的问题，不用经常到第一线采访，但有机会时写一些重大稿件，做示范，让一般的记者学习，可以更好地突破框框，真正高质量地宣传党的方针政策。比如，召开全国人大或全国政协，就有不少老新闻工作者出席。当然不能暴露会议机密，但对于大会的精神，这次大会与上次的差别，参加大组小组会的体会等等，总比一般的记者了解更深，可以写出质量高，有深度的文章来。但是，近几年来我很少看到这样的文章。

前面曾提到总编到一般编采人员都是记者，等于是解放军从司令员到列兵都称战士一样。我们的武器是笔，在新闻领导岗位上，光动嘴不动笔不行，要经常动笔写评论、写标题。总编要起示范作用。我讲点老经验，过去我在《大公报》、《文汇报》当总编，要做以下几项工作，一是分稿件。国内外通讯社的稿件，投寄本报的稿件，都要摆在总编的面前分，把一些重要新闻，尽管是本市的，由于分量重，也要摆在头版、二版。分稿，还可以了解整个时局当天的总情况，供写社论参考。我们那时写社论，都要抓当天最重要的问题。第二项，重要版面的标题由总编辑写作。因为重要新闻的题目，代表报纸的面貌、态度，站在什么立场。读者要从标题上看你的倾向性。所以，主要标题一定要总编辑标，否则，可能与社论打架或出现矛盾。社论对一件事拥护，标题却不怎么拥护甚至反对，读者就会看笑话。第三项，检查废稿。国际版、国内版的都查，恐怕一般编辑把他认为不重要的新闻丢掉了，或把大的新闻变小了。尤其是抗战的新闻，有的认为不重要而漏掉，总编却可以知道，有的新闻从表面看不重要，却是很有生命力，很有发展前途的，应该拿回来放上版面。第四项，看大样。总编辑最后审定，每张大样都要看。这样，就不会因疏忽而发生错误。

最近，我读到雷洁琼同志写的下关事件回忆文章——当时，她和马叙伦等一起去南京，在下关挨了特务的毒打。她说当时态度最明确支援民主运动的是重庆《新华日报》和上海《文汇报》。的确，我们当时是冲锋陷阵。虽处于严重压迫和受围攻的地位，却靠在标题、言论、新闻报道、副刊各方面既坚持立场，又运用技巧，使读者觉得这张报纸有分量，坚持民主，反对独裁和内战，判断公正，对他有启发。我们说出他们心里想说的话，而又态度亲切，是他们的知心朋友。就是凭这些来争取读者。所以，在旧社会我当总编时，非得自己上阵。而且，有机会外出，碰到一个消息时，总要打电报回编辑部或者写成通讯，总没有忘掉自己是一个记者。当时的记者没有星期日，只是过年放三天假。做一个总编辑事更多，经常熬夜到天明才能回家。《文汇报》编辑、经理两部分，那时只有六十多人。我在香港《大公报》工作时，编辑部和营业部的总人数只有三十九名。人数虽少，却很精干，在家是编辑，出门当记者，从总编到下面无不如此，所以工作效率非常之高，报纸办得有自己的特色和活力。

三、新闻艺术的魅力

——可信性、可读性、可感性

前面谈新闻的基本规律时曾指出：报纸、广播、电视等新闻传播，对接受者没有约束性、强制性。那么，它们是依靠什么来发挥力量？怎样使人民大众喜欢读、喜欢看、喜欢听，使人们接受你的信息、意见，同意你的分析、判断和主张呢？这就需要讲究新闻艺术，依靠新闻的可信性、可读性、可感性来发挥作用。以报纸来说，一张好的报纸，无论是报道，评论，标题，都应该力求吸引读者，紧紧抓住读者的心灵，使他们看到报纸就好像遇到无话不谈的知心朋友，或像看到一桌色、香、味俱全的筵席一样，非一口气尝够、读完不可，不读完就好像觉也睡不好，吃饭也不香。好的报纸就有这种魅力。

（一）可信性

可信性是报纸的生命力，报纸是依靠真实性生存的，不真实，就谈不上可信。要使读者相信报上登的都是真实的，可靠的，而不是浮夸虚假的，报纸才能在读者心目中建立可信性，吸引和抓住读者。

在国际上，可信性的问题同样重要。一般讲，资产阶级报纸带有阶级偏见，有浮夸和虚假的东西。但是，有些新闻机构比较注意真实，因而建立了自己的信誉。路透社是在拿破仑时代诞生的。它传播的新闻一般比其他通讯社或其他报社的要真实可信一些。第二次世界大战中，许多新闻机构总是夸大敌方的伤亡数字，缩小自己的伤亡数字。大战结束后，人们统计路透社历年、历次报道的敌军与协约国军队的伤亡人数，与实际情况相当接近，不像其他通讯社那样悬殊。这样，它就在读者中更加建立了信任性。我们以前编报，关心国际新闻，首先考虑路透社的，然后才考虑其他通讯社的。当时，我们还没有自己的特派员到外国去。

我们共产党的传统是实事求是。在解放战争中，每个战役后都要清点死尸，然后根据清点的数据报道，因此只会少不会多。当时我在国统区，听到一般老百姓的反映，都说新华社的数据比较可信，不像国民党总是夸大、造谣。照他们报纸的说法，某次又炸死了谁，毛泽东同志、朱德同志不知“死”过好几次。而报道伤亡的数字尤其如此。什么克服延安消灭了多少万人，在某个战场围歼共军多少万，人家根据中央社的消息，共产党的军队都该消灭光了，怎么反而会越打越多了呢？这样，老百姓对它就失去信任，从反面来看国民党的报纸。报上讲鲁南大捷，那一定是鲁南吃了败仗。老百姓就会得出这样一个结论。

过去，有个叫狄平子的老报人，办《时报》，是中国报纸注意文教新闻报道的开端。从政治新闻到社会新闻，都比较有内容。当时《时报》有徐凌霄的以“彬彬”署名的北京特约通信，《申报》有邵飘萍的飘萍通信，张季鸾以“一苇”署名在《新闻报》写的北京通信，这些，我都如饥似渴地抢着看（当时我才刚进中学）。徐、张的通信写得非常生动，而且很真实，把北京政界的情况、内幕分析得清清楚楚。邵的通讯，也很有文采，流畅易读，每有独得的内幕新闻。《时报》还有一个驻日本的记者鲍振青，写的消息也比较深入。鲍很爱国，“九一八”以前常给外交部写一些情况，说日本的军队要向中国动手了，希望中国要注意。“九一八”日本真的开始发动侵略了，蒋介石感到很突然，就问当时的外交部长王正廷：东京不是有搞情报的人么，你们外交部怎么事前一点没有消息？王回到自己的办公室，拉开抽屉一看，鲍几个月来寄来的信，都未拆封。拆开一看，原来什么有关消息都有：日本内阁的动态、各派的动向、告急的消息等等都有。可见当时国民党政府的腐败和官僚误国。

在狄楚青（名葆贤，又字平子）主持时代的上海《时报》曾经主要靠新闻，也靠评论，短小精辟，风行一时。胡适就曾说过：他年轻时受影响最大的是《时报》。顾颉刚在1946年春和我的一次谈话，给我留下很深的印象。他说：中国的报纸，每一个时期总有一种报纸作为舆论的中心，大家所信任，尤其是知识分子，各界有威望有地位的人所信赖的。这种报不一定销路很大，但它的言论影响整个社会。如辛亥革命前的《民立报》，辛亥以后的《时报》，“五四”前后北京的《晨报》，上海的《时事新报》，三四十年代的天津

《大公报》，抗战胜利以后，当时全国的舆论中心就是《文汇报》。当然，他这番议论是鼓励我把《文汇报》办得更好。另一方面，这几种报纸也的确能为读者所喜闻乐见，成为一时的舆论权威，使广大读者相信它们（时间有先后）所报道和评议的一切问题是公正的，是可信的。

建立报纸是可信性并非易事，要经受种种考验。对于一个重要问题的报道，几种报纸都有，读者从中看到哪家是真实的，近于真实或完全真实的。经过几次这种事情，他们就比较出来了。还有言论，对某一件事作判断，你是怎样判断，其他报纸是怎样判断，这样经过几次比较，读者就会得出结论，是你的报纸评论最公正，最符合客观情况。慢慢就建立了信誉，建立了可信性。

1924 年左右，狄平子先生大概年龄大了，无意继续办《时报》，就让给大地产商黄伯惠。黄买下后即建房，并购置新的机器设备，利用印刷和轰动的社会新闻来吸引读者。有的人讲，中国的黄色新闻从小报开始。其实，是从《时报》开始的。是在某次全国运动会时，用很大的字，吹出来杨秀琼是“美人鱼”，并每天为她作“起居注”，等等。

旧中国不讲法制。鲁迅说：中国的报纸，对有权者，它是无权的。对更没有权的老百姓讲，他是有权的，可以随便侮辱人，造谣诬蔑，对女人更甚。所以很有天才的电影演员阮玲玉，就受不住这样的侮辱、造谣中伤。其中大泼污水的就有《时报》。人言可畏，特别是报纸的舆论可畏，她就自杀了。

《时报》当时就用这一套来吸引读者，没有新闻，就自己制造“新闻”。因为尽管上海十里洋场有这么大，也不是每天都发生轰动的社会新闻。它就编造。这是《时报》的人告诉我的。例如，说霞飞路某某弄某某号发生凶杀案，或者是兄弟之间争一个女人，或者是为了遗产而凶杀。其实，那路根本没有这样一个弄堂，即使有，也没有这个门牌号头，或者没有四楼而是平房。巡捕房被他们买通，也不会来干涉。《时报》就是用这样的手段制造新闻，欺骗读者。旧社会，报纸为迎合小市民寻求刺激的低级趣味，这样做的相当多，《时报》是最突出的一例。可以刺激一时的发行数，但在读者心目中的可信性，却完全破产了。以后《时报》销数每况愈下，抗战胜利后，就被淘汰了。

现在，资本主义社会的报纸，还有这种情况发生。1980 年我到香港旅游时期，香港某报登载了一条很轰动的头条新闻，说有人亲眼看见彭加木在美国观看一场球赛，中国大使馆人员已默认此事。消息一时间很轰动，但第二天就证实是假的，从此，该报的销数下落。这种情况，在西方是常常出现的。贪图一时轰动，读者受骗上当，可信性就会受到很大的损失。

我们党一贯强调真实。宁可慢些，但要真实。初解放时，我们《文汇报》因为匆忙发表了广州国民党撤退的新闻，受到批评，说这是抢新闻的表现。事后证明，这新闻是真实的，但新华社迟一两天才发表。

真实是报纸的生命。假如不真实可信，报纸就必然会失去读者。

（二）可读性

可读性这个名词，是从海外传进来的。香港和英美的报纸常谈到这点。一张报纸，一篇文章，一篇报道，可读性高不高，就是说除了真实可信以外，你反映的问题是否全面，是否分析深刻，写得是否生动，等等，就是有没有可读性。可读性是衡量报纸质量的重要尺度，除可信性外，可读性是高是低，能得几分，这点对报纸是很需要的。无论是新闻的写作、标题、编排，都有着一个能否引人入胜的问题。

报纸没有约束强制力，就要有吸引力，使读者非看你的报不可。

这种魅力，除可信性外，就靠可读性、可感性。从新闻到评论，都要生动耐读，慢慢吸引住读者。光吸引还不行，要越读越有滋味，越读越信任，可读性就高了。读者看到你的某些报道或特写，就会剪下来作为资料珍藏。

可读性，不仅在于有趣味，还要耐人寻味，资料可靠，数据真实，很有深度，等等。为什么过去的许多新闻记者，如长江同志的通讯，看完后大家愿意保存？就是因为有可读性，读完一遍，不够，还要读二遍、三遍。其他人如浦熙修，彭子冈，萧乾，徐盈等同志的国内外通讯，是40年代写的，现在还有生命力，有的已汇集编次出版，还有不少人爱读。因为写得好，又以目击者的身份反映了当时的种种情况，都很耐读，所以在几十年后看看还有余味。

要发挥宣传效果，就需要运用各种艺术手段，提高新闻、通讯的可读性。同样一场球赛，这个报写得很平淡，那个报写得很生动，读者尽管在赛场或电视里看过，还是要看那个报。因为报纸有深度，能够讲出道理来。如郎平进攻的威力在什么地方，特点如何？新出道的姜英，球艺怎样？看了报上说的就很够味，可读性就高了。如果平淡的报道，几分钟打一个球，怎么接，又怎么打过去了。都是如此报道，淡乎寡味，就缺乏可读性。唱戏也是这样，一出戏，名家如梅兰芳、余叔岩，就同一般人唱得大不一样，使人百听不厌，回家后还觉余音绕梁。

报纸从上到下，都要重视可读性的问题，人人努力，可读性就能逐步提高。

现在，我们在海外的报纸，一般讲可信性较高，但可读性不高。有些中间的报纸，如《明报》，其中可读性的文章较多，分析得比较透，把报道的事实，内容处理得较生动，所以它的销路就广。因为那个地方没有公费订阅，每份报纸都要读者愿意看，非看不可，才自己掏钱，订阅这份报。所以，就要凭写得真实活泼，使别人相信和喜欢才行。反之，就无法打开销路。

过去，张季鸾在天津办《大公报》时，说：我的报的头一张，我自信是编得好的，又真实又活泼，新闻多，每条新闻都经过目加工，国内任何报纸都比不过。但是，由于我的精力不够，第二第三张，我就没有这个自信，往往自己看了也不满意。当然，这是张谦逊的说法，那时的《大公报》的副刊，还是很有水平，可读性相当高的，尤其是萧乾、杨刚先后主编的《文艺》周刊。

在解放战争时期，我重回《文汇报》，整个编辑部都是志同道合，就像一个角色极整齐的戏班子。我是总主笔，主持一切，还有一大批学识渊博、才华出众的同志，有不少还有很丰富的编辑经验。我当时设想：每天早上，学生、工人、公务人员，不把《文汇报》翻一翻就会不安心去上学和上班。回来后，读者至少可以看半小时或一小时。那时，《文汇报》的新闻窗，“文化街”“笔会”等副刊，由柯灵、黄裳等同志主持，周刊则常有郭沫若、茅盾、田汉等名家的文章，不仅立场正确，而且耐看，每篇文章读者都不愿放手。听说，《大公报》的胡政之先生每天早上上班就先要细看《文汇报》——他把《文汇报》看作《大公报》的主要竞争对手。

以上说明：报纸不仅要建立读者对它的信任，而且要具有强烈的可读性，紧紧抓住读者，像磁石一样吸引他们，即使受到压力，人们还千方百计抢着看。

（三）可感性

报纸不仅要可信可读，还要有可感性，要扣人心弦，感动人，鼓舞人。

今天——和今后一个相当长的历史时期，我们的中心任务就是宣传“四化”，宣传两个文明，党和政府的方针政策。假如宣传得普普通通，平平淡淡，或者是鹦鹉学舌一样照搬照抄，人家不如去看有关文件或原文。如宣传邓小平同志文选，你写文章介绍，却无精辟见解，没有自己的心得体会，文字也一点不动人，人家去看原文好了，何必费工夫拜读您的大作。所以要介绍，一定自己要有一股激情，写出来才可能打动读者，才能加强宣传效果。同样，对于党和政府的某项政策，对于社会新风貌，新人新事，要去写，就要求很生动，有情有理，有血有肉，有一股感染人鼓舞人的力量。这样，读者才会受你的激情的感动，与报纸发生共鸣作用，把你宣传的化为自己行动的动力。

总的说，报纸要用可信性来建立读者的信任，依靠可读性来使读者喜欢、热爱，凭借可感性来提高宣传效果。

根据我们的实际情况，要倒过来讲吸引力，说服力和感染力。

我不喜欢议论报纸的趣味性。这不是什么基本问题。从报纸本身讲，有它的客观规律，趣味性仅是其中的一点。事情本身没有趣味，你怎么能写出“趣味”来呢？

由于长期“左”倾思想的干扰，十年浩劫，报纸的声誉显著降低。应该说，党的三中全会以后，我们的报纸有很大的改进。强调吸引力，正是为了提高我们报纸的声誉。现在，如《人民日报》等报纸的质量提高了，但一些省报或地方报纸，怎样办出自己的特色，好像还未摸索出一套经验来。当前最主要的关键，是大胆改革三十年来行之成“套”的旧体制。继续肃清“左”的余毒，给办报者“松绑”，给新闻工作者以宪法所赋予的自由，而新闻工作者自己，也该主动地解开“绳结”，在这方面多下工夫，提高自己的基本功。

我们的报纸要有吸引力，就要办出独家的风格，自己的特色。50年代末期以后，上海《文汇报》必须每天晚上与北京通话，问《人民日报》头版头条是什么，二条是什么，标题几号字，求得“舆论一律”。“四人帮”时代，就更是如此了。除了报头不一样，各版都差不多，标题、文字，第一条、第二条，都几乎是一模一样，一副面孔。如什么会议，在什么人领导下，某些人参加——参加的人名一个也不能漏掉，也不能先后颠倒，否则就是犯了“政治原则性错误”。通过了什么议案，等等，全在新闻标题上，与正文几乎一样长短，那时的新闻标题，大概除“新华社某月某日电”几个字外，全排出来了，真是“千人一面，万人一腔”，开创了新闻史的新纪录。而且，相沿成风，谁也不敢触犯，所以那时的报纸，不仅没有人认真看，还被千万人痛恨，腹非。可笑的是，连科学杂志，如专门讲半导体，讲遗传工程的，也要把几中全会的公报、文件一字不易，不删节地登上去，否则就似乎没有政治性，就犯了“政治原则性错误”。如此浪费纸张和读者的时间，完全颠倒了报纸与杂志的区别。

经过十年浩劫，虽然我们的报纸已远非“吴下阿蒙”，但“余毒”还积重难返，创新不易，习惯势力延误了一代人。过去，外勤记者总要想方设法自己找新闻线索，努力把稿件写好；编辑总要尽量把版面设计得活泼一点，生动一点。但十年浩劫中，这些基本功都不要了，也用不着动脑子了，因为新闻都是领导机关布置下来的。有的记者不愿写正规新闻，主要写内参“消息”，为“四人帮”提供整人的武器。当时的新闻千篇一律，也不讲究标题、编排的艺术，都是按《人民日报》的规格。新华社的内容都要摆在标题上，一大堆姓名，所以编辑也不用练基本功。一个大的公告，一版登不下，转二版；二版登不下，转三版。自己也根本不必好好消化，不搞分题，不动脑筋将内容分解登载，读者看了像一块块大小砖头，怎么也受不了，更怎么会喜闻乐见，被说服感染？

现在的报纸与“四人帮”时期是大大不同，有些报改进很大，像中央的几张报纸，上海、北京的报纸，像《羊城晚报》、《文汇报》、《新民晚报》，等等，都比较生动活泼，办得比“文革”前更好。而有些日报则还没有恢复“文革”以前的水平。

《文汇报》1938 年创刊时，我就在那里。我回顾过去，自我评价，认为该报最活泼、丰富、有深度、有吸引力、感染力的时候，一是解放战争时期，一是 1956 年 10 月起复刊以后至被批判以前一小段时期。当时，1957 年 3 月以后，我去苏联访问五十天。那段时间，《文汇报》一下涨了近十万份，除《人民日报》外，当时算是发行很多的报纸。后来一个“反右”，报纸一下子下跌五万份。现在，有不少报纸的“尺度”已远远超过了当年我们所定的。像《羊城晚报》、《人民日报》，等等，比当年的《文汇报》好得多。但是，有些省市的报纸，还可以搞得更好一点。

今天，我把可信性摆在第二位，首先要讲吸引力，也是我考虑当前的情况，要做到报纸摆在那里，读者一发现就迫不及待要抢着看。我强调报纸的吸引力，常常用唱戏、做菜来作比喻。办报要像做菜那样，不仅原料好，处理清洁，还要注重烹调，做到色香味均佳，摆在面前，顾客一看就垂涎欲滴，富有吸引力，每样菜都想尝想吃，而且是食欲大振，非吃不可。现在的报纸，很多还没有达到这个水平。

清代《随园诗话》的作者袁枚说：一切诗词要立在纸上，不要躺在纸上。立在纸上就有生气，躺在纸上就没有生气。

我很欣赏这几句话。这对新闻工作同样适用。我们的标题也好，新闻也好，要让人看来是立在纸上，富于立体感，才有精神。题目躺在纸上，就像一个人睡着了，不可能神采飞扬，吸引读者。现在的导语，似乎仅仅是内容的概括，像文学的人民性呀，艺术性呀等等，这不是真正的导语。导语要引人入胜，要引导人去看，要很精简地把最吸引人的部分“导”在前面，几句话就把人抓住。就像唱戏一样，一下就进入角色。

王国维的《人间词话》，有一段说：“大家（意即大名家）之作，其言情也必沁人心脾，其写景也必豁人耳目，其辞脱口而出无一矫揉装束之态。以其所见者真，所知者切也。持此以衡古今之作者，百不失一。……”又他的《宋元戏曲考》中也一再说：“往者读元人杂剧而善之，以其能道人情，状物态，词采俊拔，而出乎自然。……”又说：“然元剧最佳之处，不在其思想结构，而在其文章。其文章之妙，亦一言蔽之曰：有意境而已矣。何以谓之有意境？曰：写情则沁人心脾，写景则在人耳目，述事则如其口出是也。……”

他所谈的，其实包括各种写作，新闻写作也不例外。言情（新闻写作中描写人们的精神面貌及心情变化等）要“沁人心脾”，即能扣人心弦。写景（新闻中写出现场背景）要“豁人耳目”、“在人耳目”，即能使读者如身历境，而又富有感染力（豁人）。述事（描述新闻发生的本末）要如其口出（像读者亲自看到，侃侃而谈一样）。他对于写作的要求，说得何等深刻，而“其辞脱口而出无一矫揉装束（做作）之态”。在新闻写作和标题方面，尤为切要之论。运用什么成语、古典，要贴切而“信手拈来”——如其口出，勉强拼凑，或用一些“热泪盈眶”、“岂非咄咄怪事”这类的用滥了的“套话”，怎么会“沁人心脾”、“豁人耳目”而有吸引力和感染力呢？

要做到这一点，除加强文学修养外，要磨炼新闻敏感，深入了解新闻的全过程及其背景，“以其所见者真，所知者切也”。这可以说是写好新闻——包括标题、导语、评论的最基本条件。

古来名史家的记述，以及近现代名记者如黄远庸、邵飘萍、邹韬奋、范长江、邓拓等的新闻写作，之所以能脍炙人口，而富有吸引力，都因为具备了这些条件（立场、观点且不论）。

过去一段时间，我们就没有讲究这些。每一条新闻都是“在毛主席的英明领导下，在市委的正确领导下，在各方面大力支持下……”讲了一大套，才讲到某一个局部的形势很好，出现了很多英雄人物，然后才具体到某一个人，讲到本题。看了你前面一大段，读者就会失去耐心，即使后面很动人也不想看。这种情况，由于反假、大、空、套，目前已经改变很大，但“穿靴子”，“戴帽子”的情况并没有完全改变，没有真正做到新闻立在纸上，沁人心脾，在人耳目，具有吸引力。

文章立在纸上并非易事，报纸的立体感要调动各种艺术手段才能实现，这要求标题写得好，导语开门见山或辞简意赅，几句话就吸引读者，还有图片，资料的运用，或者有多层次的新闻报道，等等。

总的说，要开创新闻的新局面，加强宣传的实际效果，首先要注意报纸的吸引力。广播也有这个问题。讲得很生动，语言很美，有吸引力，听众才爱听，电视宣传，如果故事是老一套的，尽管很热闹，也不会有很多人收看。

吸引力，就是打开报纸，打开收音机、电视机，就使读者、听众、观众感到一股生气扑面而来。我们社会主义社会，特别是党的三中全会以后，应该是非常富有生气的。尽管我们也有缺点和不足之处，总的讲，一切方针政策，在工农业和文教卫生等各方面都是顺乎潮流，深合人心的。宣传祖国的进步，宣传各行各业的兴旺发达，应该是生动活泼和富有吸引力的。问题是过去有些框框，同具体领导同志的意见不一样，甚至是说法不一样，最生动的写作，或全篇，或是记者最费心血、最精彩的一段、一节就被删掉了。不是化腐朽为神奇，倒是变生动为呆板，将好的事例勾掉。这类的事恐怕迄今还不同程度依然存在。如不改革，如何开创新局面，如何培养人才，培养出一批批名记者呢。

今天，我们搞大众传播事业的人，都要努力于怎样使传播工具更能发挥力量。首先，信息传播出去，读者、听众和观众就立刻被吸引。不是有气无力地躺着，而是生气勃勃地抓住大家的心灵。

第二是说服力。

报纸单有吸引力，使人愿意看、喜欢看、非看不可只是第一步，还需要讲究说服力。报纸是通过事实来宣传党的方针政策和社会主义新事物、新变化、新风尚的。如报道一个先进人物的事迹，就要让读者相信，感到有说服力，认为这个人的确先进，值得学习，而且是能够学习的。

要使报纸有说服力，这首先要改变我们多年来的写作态度——或者可说习惯态度。毛泽东主席讲过：思想问题，要通过摆事实讲道理来解决，而不是采取压服的方法。讲道理，不是讲空道理，搬教条，而是应该分析得透辟，分析得清楚。我们与读者的地位平等，却不要板着面孔，自以为是教育人的，读者是受教育的，一副教师爷的腔调对待读者。如我们学习朱伯儒，文章就写成你应该怎么样，满篇大道理，这样容易引起读者的反感。而应如实地报道朱伯儒同志的先进事迹，不要无限抬高，“出神入化”。让读者看到：的确，朱伯儒是完全值得学习的，可以学习的；他正是一个有血有肉的人物，是一个伟大的普通人。这样平易近人的宣传，才能收到好的效果。

所以，报纸对于读者，首先要用平等的态度。用交朋友，交知心朋友的态度。解放后有些宣传的效果不够好，一个重要原因就是无论报道、评论，都是站在教育者的地位，对读者不是朋友的地位。

周总理在国统区领导《新华日报》，他就是平易近人，报纸的内容和版面也亲切近人，让那些进步的朋友跟着走，中间的朋友通过看报转变立场，跟着前进，连国民党内那些较进步的人士，也喜欢看《新华日报》。夏衍同志办的《救亡日报》，也是这样的态度。

过去，凡是办得成功的报纸，都是平等待人，平易近人。因为报纸无强制性，就要靠说服力，吸引广大读者越来越喜欢读看你的报，受你的影响。即使冒极大的危险，如当时《新华日报》、《文汇报》的读者，往往被盯梢、被逮捕，甚至有牺牲的危险。这并不容易。如交一个朋友，他可能是党性很强的老党员，见面就讲你应该这样，应该那样，天天看到你都说的是大道理，都很正确。这样讲一两次很好，但讲得多了，总是那些话，就会感到心烦，也交不成朋友，只能敬而远之了。

报纸也是这样。如果是板着面孔训人，人们就会“敬而远之”。应该像同读者交知心朋友那样，讲得非常之亲切，读者看了，就像知心朋友间的谈话一样，自然亲切，生动具体，引人入胜。这样的朋友，我们就很希望经常谈谈，报纸潜移默化的宣传作用就发挥了。所以，要经常用生动的事实与读者见面，产生说服力，而不能采用强加于人的，满堂灌的态度。

孔子说：“益者三友，友直，友谅，友多闻。”

用今天的话讲，友直：就是是非清楚，明确，对错误的事情能直言。如对于社会上的不良现象，或者是经济犯罪，倚仗特权，以势压人等等，敢于揭发。

友谅：大多数读者的处境，苦闷，愿望以及接受水平等等，报纸能经常了解，记者写的报道、评论，都能反映这一基本点，使读者和你心连心，愿意向你倾述一切，而你也了解他，能正确反映群众的心情和意见。如对于失足青年，不是鄙视、蔑视，不是跟他们讲大道理，而是用了解，谅解的态度，讨论他失足的原因和如何面向未来，使他翻然悔改。再如有的农村承包户碰上困难，或者是中小学教师有困难，我们都能够用知心朋友的态度去深入了解，反映他们的问题，去帮助他们。

友多闻：就是经常调查研究，了解本地、本省、全国和国际的形势和情况，通过报纸，经常向读者介绍，无话不谈，知无不言。我们的报纸，应该经常正确、真实地报道国内外情况，反映中共中央和政府政策的精神；社会上存在的问题，哪些我们正在解决，成绩如何，哪些应该抓紧解决等等，无所不谈。

我们的报纸，要成为读者心目中“友直，友谅，友多闻”的益友，善于理解读者的心情和处境，在精神上和现实生活中对读者有帮助，就会同读者建立起一种血肉的联系。报纸要做到这点，是很不容易的。如《新华日报》，在国民党的白色恐怖之下，能使读者冒着被捕坐牢的危险，千方百计去买和阅读，甚至愿代推销，就因为报纸成为他离不开的知心朋友。这种人当然是要求进步的。《新华日报》的话能说到读者的心里面去，能够根据各类读者的思想状况，讲知心的话。这就是说服力。

今天，在我们报纸的标题、报道和评论中，命令、强制的口气都多了点，采用的是“必须怎样”，“应该怎样”，而不是交朋友的态度，希望怎样。最好是有些结论，让读者自己去下，而不是强加。强加往往会产生相反的效果。作为新闻艺术，这是很重要的方面。

第三是感染力。

报纸要有感染力，要有强烈的感染力。评价一张报纸的好坏，有无感染力或感染力的强弱是重要的尺度。

形成报纸感染力的因素颇多，但首先需要我们真正深入生活，与群众休戚相关，联系密切。对于采访对象，应了解得很清楚，自己先有深切的感受，产生一种激情，写出来的东西，才会有感染力。

我们采访写作中的激情，是产生于事实本身，是真情实感，而不是虚情假意。所以，千万不要讲过头话，搞“客里空”，或者拔苗助长地夸大事实。如果这样，人们就不会受到感染。很好的一篇报道，如果中间出现一些过头话，人们就会怀疑，连真的也不那么相信，这就破坏了全篇的美感，失去了感染力，甚至影响整个报纸的声誉。这样的问题，在有些报纸上不同程度地表现出来，应该引起我们的重视。

正如前面所引《人间词话》所说的，作品要“沁人心脾”、“豁人耳目”、“如其口出”，能使人受到这样的感染，原因是“以其所见者真，所知者切也”。

今后，我们省、市一级的报纸，要想开创新闻宣传的新局面，办出自己的特色和风格，首先要有吸引力，二要有说服力，同时要有感染力。目的是更有实效地联系广大读者，宣传“四化”，宣传两个文明。要使读者受到我们的影响，转变成实际行动，就需要报纸有强烈的吸引、说服和感染力，成为广大读者时刻不离、心心相印的知心益友。

四、新闻记者的基本功和“三关”

（一）常识关，政策关，文字表达关

这三关是最基础最起码的要求，我们搞新闻工作，一定要过好这三关才行。

1. 常识关

我们从事新闻、大众传播工作，编报、采访或广播，都应该具备很广泛的常识。不可能每个问题都很专，但从古到今，从自然科学到应用科学、社会科学，特别是中外历史、中外地理、法律、社会学、政治经济学等都应该一般的比读者有比较深广的常识。不应该在常识上出笑话，讲外行话，否则就会破坏宣传效果。

而且，常识没有一定的基础，采访也不可能深入。比如我们采访钱伟长教授，他是物理学家。要是我们不知道他的物理研究到什么程度，他的最突出的成就在哪几方面，现在正主攻哪方面，以后准备继续攻哪方面，你就不能采访他最近有些什么论文，那会写得很普通、很肤浅。有了前面的了解再采访，你就知道他哪一点攻破了，从这方面去了解他，进一步探讨是怎样攻破的，攻破以后对一般物理，对我国的生产建设有什么样贡献，在学术上有何突破。这

样的报道才深入，有分量。采访其他的人，也都是这样。

过去讲新闻记者是“万宝全书”，要比一般读者有更广泛的常识，而且要有许多深一点的常识。现在，由于新技术革命的浪潮滚滚前进，而我国又努力从事四化建设，新闻工作者要过好常识关，就更困难也更迫切了。

2. 政策关

政策关就是写出的报道要符合政策。当前讲，大方向要和中共中央保持一致，不利党的话不要讲，要了解和掌握党中央、政府的政策，“随心所欲不逾矩”，才能主动地、很好地、很生动地宣传党的政策，宣传人民群众奋发图强的创造性精神。

提高我们的政策水平，增强我们的政治敏感性和洞察力，是我们宣传工作的重要一环。只有过好政策关，才能从现实生活中发现符合政策的典型，写出感染人鼓舞人的报道。

这个政策关，不仅是我们社会主义国家的新闻工作者该过好，其他社会制度不同的国家，不过好这一关，也当不好新闻记者。我近年接触过不少在海外工作的同业，他们都说，由于传播媒介二十年来的飞跃发展，交通工具的改进，记者用于“跑”新闻的时间大大缩短了，大量的时间用于研究文件和有关的政策上。这样，在同一采访的场合——如公开的记者招待会上，你能比别人发问更深入，了解更全面，所写的报道和评论会更有特色，有深度。当然，所谓政策关，他们的含义和我们的有所不同；我们主要指党和政府的方针政策；他们则除本国的外，对别国的、国际的政策、组织、规章等，也包括在努力研究的范围之内。

其实，为了做好工作，我们的编辑记者——特别是国际、经济新闻的编辑和驻外记者，也应在这些方面多下工夫。

一位四十多年的老朋友，现在美国从事新闻写作和其他学术研究工作的梁厚甫兄，去年曾写信告诉我一个例子，说他有一位美国朋友，也是当记者的，平时总花三分之二的时间，用以学习和钻研政策。他举例说，当1981年元旦，我国人大常委会委员长叶剑英同志发表关于台湾回归、争取祖国和平统一的谈话后，他即向我国驻美大使馆索取了五份书面印稿，不到一个星期，厚甫兄去他家访晤，看到他书桌上放的那五份谈话稿，已用几种颜色的笔，勾画殆满，而且他还密密麻麻地写下自己的心得体会，加了许多注解。

可见，作为一个现代的新闻记者，该多么认真地下工夫钻研，过好政策关。

“没有调查，就没有发言权”，这的确是至理名言。

我们也可以说：没有调查研究，过不好政策关，就没有采访“权”，也没有编辑“权”——版面安排不会恰当，标题不可能恰如其分。一句话，当不好新闻记者。

3. **文字关**

这是最起码的要求。

当记者，要天天写东西，应该懂得语法、修辞、逻辑，在这几个方面不出差错，不闹常识性的笑话。当然，还要有文采、有特色，能运用各种方式、方法，真实地写好新闻或评论。

记得解放初期，有些记者写报道，比如收集大会反映，写某某人，某某人都说，大会成就多高，对今后的工作有多大影响等等，并且用引号记下来。几个人的意见，不能用引号代替。意见一致不等于说的话都是一样的，这岂不是把新闻搞得千人一面、万人一孔吗？这不仅不合逻辑，也违反常识了。当时，胡乔木同志很注意这点，曾多次纠正这些语法上的毛病。至于词不达意，公式化、教条化这些毛病，例子就举不胜举了。

对于常识关，政策关，文字关，“文革”前是比较注意的，报纸上出现这些错误的时候也较少。但十年浩劫的内伤之一，就是我们现在的新闻干部青黄不接的情况相当严重。像上海的几个报，上班的编辑能独当一面负责编一个版面而能胜任的，大都在五十到六十岁之间，有的已近七十岁。没有办法，年轻人顶不上。听说《新民晚报》有三分之二是年轻人，但有些同志文字关过不了，常识关更过不了，稿件还需要老编辑仔细润色、修改。他们大多是“四人帮”时期的受害者，现在要重新考高中文凭、大学资格，所以在常识和文字等方面还不能说已过了关。其他各地报纸，大概也差不多。

前两年发生了这样一件事：有一条外轮上的中国海员因台风刮到了台湾。船靠岸后，受到台湾海员和各界人士的热烈欢迎，领他们去参观市容，逛百货公司。后来，这个消息在国内报纸上登载，有一张报就登了封读者来信，说我们也希望台湾的同胞多来祖国内地看看，参观，我们一定也同样热烈招待。这本来很好，后面却引用两句：因为多年在海外，现在就“青春作伴好还乡”。这是引用杜甫的诗，他是在安史之乱后在四川所写，叛乱已经平息，才喜极而写的：我们可以青春作伴而归返故乡了。在这里引用，不是把共产党政权比成“安史之乱”么？这是常识性的严重错误。上海的一些老先生看后哭笑不得，颇有感慨。

最近，上海某报登了一条新闻，报道发明了一个塑料制作的人工关节，试验的结果很好，同天然的腿关节一样，原来长期患关节炎的，使用后还可以跑步，等等。题目为“孙膑若在世，两腿健步飞”，看来似乎很生动形象，实则犯了常识性的毛病。因为“膑刑”就是切掉了腿的大部分，孙膑的膝盖骨及其下面关节都丧失了，怎么能使用这种辅助装置呢？

这类常识性的错误，恐怕各地报纸都有一些。上次去北京，遇见一位语言学专家老先生。他说，北京的报纸、期刊、广播、电视，如果要抓语言上、语法上的毛病，常识性的毛病，每天都可以编一本书。

这当然是慨乎言之，是这位老朋友、前辈的高标准要求。但是，我们自己也应该有严格的要求。文字的准确、贴切、优美，关系着一代文风，关系着语言美，精神美，值得我们下工夫。至少，在文字上，常识上，应该消灭错误，不要闹笑话。

恰好，与这位老先生谈完话，有个朋友就送来一本文史资料方面的刊物，翻开一看，其中的一篇就发现语法上、常识上的两个错误。他写大特务戴笠1946年到北平，蒋介石也要前来，戴就四处布置奔忙做警卫工作，搞所谓的抓汉奸。资料很好是第一手的。但下面有两句话："戴笠在北平期间，整天奔忙，一刻也没有停止。直到他离开北平，机毁人亡，遗臭万年为止。"遗臭万年为止，就是说一万年里都在奔忙，怎么通呢？这大约是后遗症的原因，要批判斥骂戴笠，所以加上这样一句。"遗臭万年"可以摆在另外的地方，在这里就意思不通，闹出笑话。该文还有一句："戴笠很能够笼络人心，使得下属对他都有一种肝胆相照，荣辱与共的感觉。"本来引用得不恰当，再加上胡耀邦同志近年恰恰用了这两句话，号召各党各派与无党派人士应该"肝胆相照，荣辱与共"，这不是把中共与各民主党派、民主人士的关系，与特务内部的关系相提并论了么？写的人当然无心这样，但却是太疏忽，缺乏常识的表现。本来词汇很多，如内部推心置腹，"抱成一团"等等，都可以用的。这不仅是文字整理的问题，也是政策上的错误，而编辑也照样发排，未加改正。

我1980年去香港时，中文大学新闻传播系主任余也鲁先生说，大陆上的报纸，50年代的编辑很严谨，错字很少，语法上也没有什么问题。而报纸的编排和标题，40年代中期尽管宣传有些偏颇，一般说文字优美。现在编的上海报达到最高峰，而香港报纸和台湾报纸的编写技术、文字水平，还不及40年代上海的报纸，且不论内容。

海外的有些报纸，至少是销路很好的报纸，也重视这些方面。如《读者文摘》的中文版，约有五六百万份的发行量，就很注意文字常识等问题。这是一本知识性、趣味性的杂志，政治色彩很淡，政治倾向性却是明显的。它刊登的内容主要是新发现、新成就，惊险小说、中英对照的长篇小说等等。据我看，这本杂志英语更道地，很多人从它学英语。政治倾向表现在小的地方，包含在小幽默、小故事和笑话之中。比如，台湾学校的老师问学生："海峡两岸的区别是什么?"一学生答："台湾方面一季可以穿四种衣服，大陆上四季只穿一种衣服。"看看是幽默的话，但宣传的却是台湾好，丑化大陆的生活，倾向很明显。但用长篇报道骂我们的情况却没有，假如这样，它的销路可能就不会这样大了。有一点使我注意的是，从该刊上很少或几乎没有发现文法、常识上的错误。他们除总编、责任编辑之外，还有一个文字审查编辑，特别请梁实秋教授负责修改润色工作。应该讲，他是一个很有学问的人，中文、英文都很有修养，经过他的检查审定，这家杂志才几乎没有错误。我们现在就没有什么杂志请叶圣陶先生，或者是王力教授等人当顾问。

所以，搞新闻工作、编辑工作的有三关：常识关、政策关、文字关。这三关比较难，但都应该过，否则，无法搞新闻工作。广播也不行，如文法、语法上念颠倒，引用的字都可能念错，那就不够格当一个广播员。有同志向我提出，要求出版社出一部语音词典。我看很需要。书内的意思看懂了，但字却念错，像我这种情况，其他人也可能有。现在，的确有广播员念错字的时候。中国字有个特点，好些字在不同的地方就应念不同的声调，即使认识，不注意也会念错。没有语言表达的丰富常识，就会出笑话。另外，把人的生卒年月用错，或引用的成语、典故错误，或把长江、黄河的流向搞错，上下游颠倒，等等，都可能造成很大的笑话。

"三关"中最难的是政策关。要真正了解、领会和掌握政策，使报纸能发挥主观能动性，积极地用事实，用新闻语言要事实来宣传政策。不应该被动地、党中央讲什么话我就照抄。如学习《邓小平文选》，就大段大段地引原文。这也叫宣传？这是消极地被动地，因而实际上是无效地宣传。应该把邓小平或胡耀邦同志的话的精神吃透了，针对读者对象，用我们的语言在报纸上生动地宣传。

过去，鲁迅先生说："牛吃的是草，挤出来的是牛奶。"鲁迅的毕生就是这样，生活非常简朴，却勤于写作，勇于战斗，写出了很多杰出优美可以流芳百世的文章。引用个事例来说，我们报纸的宣传，主要指评论文章，应该做到像蚕吃桑叶而吐丝那样，党的方针政策是桑叶、原料，经过消化以后，吐出来的就是新闻语言，就是美好的丝。但是，我们现在的报纸却常常做不到这点。吃的是桑叶，吐出来的还是桑叶，不是真正吃透了中央精神，用新闻语言写的文章。

所以，记者要过好三关。记者包括编辑、采访，特别是责任较重的，如当总编辑、部主任或组长的同志，更应该强调，前两关不用说，尤其是政策关要能够把握得好，把握得牢。

（二）三个基本功

1. 分量

新闻有大有小，有重有轻，是客观存在的。哪条新闻是头版头条，应该怎样突出宣传，这可能因阶级观点不同、角度不同而处理不同，但新闻本身有它的客观价值。有些是一看就知道大小，如唐山地震，当然是很大的新闻，或者是党的十二大召开，当然也是重大的新闻。林彪"爆炸"，"四人帮"垮台，更不必说了。

有的新闻，初看没有什么了不起，但它有很强大的生命力，是一个大新闻的萌芽。处于萌芽状态，你就要有一定的识别能力，才能够辨出和掌握它。

从采访、编辑到总编，都要有这么个基本功。一个新闻到手，能够"掂"出它的分量。这要有经验，一般说新闻工作的时间越长，积累的经验越多，“掂”分量的本领就越大，新闻到眼里就看出，这是一个大新闻。编辑一看到各组送来的稿件，就能够挑出哪段新闻最重要，立刻摆在头条，哪些新闻应该加框——即鲁迅说的“花边新闻”，哪些新闻应该配图片，应该怎么加工处理。总编辑应该立刻辨别出来，哪条新闻应该加强力量，使之更完备，或者还要组织写评论。总的目的，是增强吸引力和说服力，提高宣传效果。

在旧社会，那样多新闻出来了，处理的时间很短，分量要掂得很准。当时的上海，就有一二十家日报，同样的新闻，各家报纸出来就显出差别。有的把很大的新闻处理得很小，当然与立场有关系，比如民主运动，它故意抹杀或者歪曲，那是另外一个问题。还有一些跟阶级立场没多少关系的，有些报纸分量掂不准，很大的新闻处理小了，引不起人家注意。有些报纸分量掂得准的，报道很详细，标题也好，又及时写出为广大读者所同意因而深受感染的评论，这样，在读者中的声誉、信任就提高了。

我们多少年来关于分辨新闻大小的权，有些常是由上面决定的。如省报由省委宣传部，北京、上海等市或中央一级的报由市委或中宣部决定，某些新闻要采访，某些新闻要配评论，有些是各部把稿件直接发来。这绝不应该说是正常情况。实际上，新闻记者应该自己能够掂出分量，分辨出新闻的轻重来。自己能发现新闻线索，配备力量，写出有分量的报道，再送到（假如有必要）上级有关单位征求意见或审批，工作就可能更主动更出色，进行党的宣传可能更有效，更能发挥力量。最近，为了开创新局面，提出“松绑”问题，改革体制问题，对大众传播事业来说，主要关键之一，就是要解决这些不正常情况。

我过去常讲，做新闻工作，尤其是当编辑、总编辑的应该像上海苏州河上抛西瓜的工人那样会掂分量。旧社会，苏州河上有很多从苏州、常州、平湖等地运来的西瓜。当时没有统购统销，水果店就派人去那里批发，一定要请几个能掂分量的大师傅。有些工人在船上抛，上面有个大师傅接，立即顺手放进筐子里。他的手能掂出每个西瓜有几斤，等过秤时基本上每一筐是一百斤。要掂得那么准，上下几两半斤的误差当然也是有的。我们新闻记者，也应该有这样的本领，应该掂出分量。新闻到眼里，看到送来的稿子，或电话里听到某地发生一个新闻，就立即能掂出分量，这是大新闻，这是中等新闻，或者尽管看上去不是大新闻，但是一株大苗子，具有很大的生命力。

掂出分量是一个基本功。报纸要办好，要有这套功夫，否则会搞得很被动，没有什么生气。上面叫你发什么，你就登什么，怎么能谈得上主动性和报纸的生气呢？这样，在眼里经过的许多很好的新闻，应该及早发表的，却因为你不能及时"掂"出，或上级扣压，可能就此把它轻轻地漏掉了。

当然，要有掂出分量的本领，并非轻而易举，要有丰富的常识和新闻敏感，要有多少年的工作经验的积累，还要经常很好地学习党和政府的路线、方针、政策。这是我们与资产阶级新闻观不同的地方。他们说新闻记者有第六感，有新闻敏感，而一般人只有五个感觉，即视、听、嗅、触、味。他们把新闻敏感神秘化，似乎是生来就有，先天具备的素质。其实，你学习得多，懂得多，积累的经验多，就会对许多事物发生敏感。比如，你也学习一点钱伟长研究课题的知识，对他的一般研究情况了解较多，就可能发现他又有突破，是什么方面的突破。如果没有这方面的知识，就不会有敏感。对农业承包责任制，你做了调查研究，就能在刚在局部地区试验时，就能"掂"出这是必将大大推广的新生事物，应该大力宣传。

掂分量要求过好政策关。要对政策研究得够，真正吃透了中共中央的精神，就能在实际中发现新问题，大胆提出来。比如十一届三中全会以前，《光明日报》发表"实践是检验真理的唯一标准"

的文章，如果你没有政治敏感性，看到这文章，就会一眼而过，不加重视。反之，你就会感到这是一个很大的问题，是路线变动的信号，即错误路线改变到正确路线的信号。这是打破“凡是”的思想武器，这样的新闻就有很大的分量。当时，我注意到这个问题，有的党委书记表态早，有的表态迟，上海有些报纸用大号字发，有的则根本不转载。有的人胆子小，有的人因为和自己的思想有抵触，认为真理要实践检验，那么毛主席思想要不要实践检验？“凡是”思想的人就想不通。还有一种人，对此却没有什么印象，不敏感，“吃不准”。而这篇文章（新闻）的客观分量，实际上就是即将在三中全会开始走上正确路线的最重大新闻。

掂分量，是新闻记者很重要的基本功，但这不是唯心的东西，不是记者第六感的天才表现。这是靠经验，靠不断地学习、观察、实践，才能积累掌握。北京的模范售货员张秉贵，抓糖一把准，也是这个本事，也是长期锻炼出来掂分量的一个好例子。

当然，掂新闻，要做到十分准很难，有时判断会出点偏差或失误。但是，一般讲，应该大新闻不要漏，应该把别人发现不了的所谓独家新闻，别人看不到的，而你看到了，在萌芽状态就抓紧深入采访，写出报道。如某一个地方承包责任制很好，或出现什么新气象，恰好可以宣传我们的某项精神，你立刻报道。这样，报纸的独立性提高，就能更及时更生动地宣传党和政府的方针政策，所收的宣传效果更强。

每天新发生的事很多，哪些有代表性、有典型意义，哪些事情分量重，哪些问题不那么强，能抓得及时，“掂”得准确，这就要靠自己主观上的努力，当然，必要时可以争取有关领导机关的帮助。掂分量，就是了解“行市”，懂得“行情”，也就是知道整个局势。解放前，一个记者，一个总编，就要学习交易所里的营业员，对各种行市，像粮食、燃料、布匹、债券的行市涨落，起伏，都要了解清楚。胸中有全局，才能使报纸办得生动活泼，不漏掉大新闻。

只有熟悉过去，才能对新发生的事情进行比较，对新鲜事物掂出分量。这样，记者就会有敏感，发现新闻，及时下工夫深入采访；编辑才能辨别新闻的大小、轻重，分别恰当安排版面，做好标题。总编更要注意这点，有这个本事，能够抓好全局，包括每天的新闻、编排、资料和新闻评论。

平时，我们要经常培养和锻炼这种敏感，遇到重要新闻才不会漏掉。

我年轻时最得意的新闻采访，就是在太原采访冯（玉祥）、阎（锡山）合作反蒋的内幕，获得独家新闻的成功。这并非我特别有采访天才，或有多大经验。那时我才二十二岁，是刚走上新闻岗位的大学生。主要因为我多年爱读报纸，留心时事和历史对冯玉祥及西北军下过一番研究工夫，了解他的情况，知道这个人治军很严，可以说在旧军队中治军好纪律严，是最突出的。他对部下的要求中有三不准：不准讨小老婆，不准赌钱，不准喝酒。所以那天到山西大饭店去采访，看到他的几个重要部下在那儿打牌，我就发生疑问：怎么会打牌？一定是冯玉祥离开太原了。假如我不知道冯的情况，就不会因此而产生问号。那天，我就找到一个熟悉的采访对象，问冯是否离开太原？果然这里面有一个大新闻：冯是偷偷离开太原，与阎拟定一个联合反蒋的计划。如果不知道冯不准部下打牌喝酒的习惯，看到这种现象也不会产生新闻敏感。这说明要掂出分量，抓紧采访的机会，是靠平时的学习和知识的积累。

今天，要掂出分量，则需要很好地研究马列主义，研究党和政府的文件，研究国内外形势。比如，某些人对《邓小平文选》研究太少，就不懂得三中全会政策的由来，将来什么是正确道路，什么是偏离方向。认真学习研究，才能在现实生活中看到哪些是新鲜事物，是符合党的正确路线的，哪些是偏离的，这里面就能找到大的新闻或重要的新闻。不论是正面或反面的典型都能“掂”出来。

掂分量，同平时的学习有关，独立思考也很重要。假如一个记者，上面怎样布置就怎么做，毫无主观能动性，那就不能称职。什么事都应该问一个为什么，上面为什么这样布置。看到一个社会现象，比如，社会治安大有转变，是什么原因，应该有穷流溯源，打破沙锅问到底的精神，才能发现和写出重大新闻。

2. **分寸**

新闻本身是客观存在的，分量是一定的。是大新闻、小新闻，有多大的发展前途，对人民的生活有多大影响，也是客观存在的。我们能发现它，就要写出来见报。但是，见报时掌握到什么分寸才恰当呢？要能掌握得恰如其分，这也是新闻工作者必需的基本功之一。

对于新闻，我们不是客观主义，有闻必录，最注意的是要看对人民的目前利益或长远利益是否有关，对党和政府是否有利，是否符合国家和党的政策。无论在言论上、报道上，分寸都要掌握得恰到好处。

褒贬要有一定的分寸，要准确贴切。真理多走半步，就会变成谬误。我们宣传工作，也是这样的。有时候，分寸仅一纸之隔，穿过这层纸，就可能发生相反的效果。

多年来，我们形成一股风，什么指示一下达，某位领导同志一席讲话，就一拥而上地拥护。其实，拥护也要恰当，如果过了头，往往变成帮倒忙。举例言之，胡耀邦同志曾发表了一个讲话，大意说国共曾有两次合作，第一次使大革命能够兴起和取得胜利，第二次则有效地发动民众，取得了抗日战争的胜利。他说这两次合作都没有善始善终，大家知道，责任不在我们方面。希望有第三次合作，发展国家，振兴中华。这个讲话有很大意义，也很注意分寸。但我看到香港左派报纸载的一篇署名文章说，“我是一个老国民党党员，大革命时期就参加工作，又亲历抗日战争，亲眼看见两次国共合作，都是国民党背信弃义，破坏合作”，等等。这样说就不妥，因为我们不是与国民党算旧账。胡耀邦同志的讲话是号召与国民党第三次合作，统一中国大业。“责任不在我们方面”已说清楚了，而且，过去的事彼此心里都明白，你何必戳穿那层纸呢？说那些，分寸过头，就只能起相反作用，怀疑我们这方面没有合作的诚意了。

过去，梁漱溟先生于抗战后奔走于国共之间，力争和谈。他当时是民盟秘书长，对国民党的阴谋认识不足，在国民党即将发动全面内战的前夕，他还在努力于奔走继续和谈。周恩来同志劝他不要对国民党抱幻想，要态度鲜明，民盟内部的不少知名人士如沈钧儒先生等，也是这个意见。但梁仍然好心好意，还是存有幻想，直到国民党宣布全面“讨伐”的命令。那时，南京的消息传来以后，我们很震动，《文汇报》的标题态度鲜明，但对于梁先生，我们也注意分寸。因为他是受骗上当，是出于好心的民主人士，所以我标的题为“梁漱溟一觉醒来，和平已经死了”。就没有责怪他，而是含蓄地说他受骗。如果以“梁漱溟幻想破灭”作标题，那就过头了，会伤害朋友。这说明掌握分寸的重要性。

另外，有些涉及国家机密的报道，也要注意分寸。我们的新闻，在涉及重大政策和涉外关系时，外国人认为是代表国家，代表党的，这是多年来造成的对我国并不有利的“习惯看法”，所以分寸要恰当。

当然，分寸问题，多少年来一直是中共中央，宣传部掌握，但我们新闻记者也不能完全被动。如写一篇新闻，尺寸掌握好，标题恰当，领导机关看看就觉得可以了，就能提高效率。

要肃清长期存在的假、大、空、套的流毒，千万要掌握好分寸，不要过头。英雄人物的宣传，形象要合情合理，不要架空、过火，描写得就像不食五谷的神仙，这样对内对外的效果都不会好。

3. 辨清分际

分量、分寸之外，还有分际，这就更细微了，与分寸比较，很难形象地讲清。

有些新闻，这样发表正好，那样发表就不好。这种写法可以收到正面的效果，另一种写法就会得到反面效果。

时机也是这样。特别是有关重要的决策，或内外政策的改进，比如，今天在六届人大大会召开时发表，会收到很大的效果，早一点，晚一点都会“不合时宜”。

以上看来是比较神乎其神的，但这是新闻中确实存在的分歧问题。原则上，我们的新闻要及时、迅速、详细，但有些重大的国际问题，需要把握好时机，不能像西方那样去抢新闻。

其实，在资本主义国家，抢新闻也会因不合时机而受到干涉。举个例子来说明，1943 年中美英三国在开罗举行会议，那是非常机密的，有个老新闻记者叫赵敏恒，他当时是路透社中国分社的主任。路透社，像其他外国通讯社一样，很少用中国人作主任的，最多当当特派记者。但因为赵的英语好，写作新闻既快又好，所以被委当了主任。1943 年，他到伦敦总社请示工作，回来路过开罗，看到飞机场停了很多小汽车，就向总社发了一条新闻，说开罗有迹象说明正在举行一个重要会议，他是用无线电发给总社的内部参考电。实际上，的确蒋介石、罗斯福、丘吉尔正在开极秘密的开罗会议。希特勒的无线电收到路透社的这条消息，就提高了警惕，知道几个国家在联合对付他，就准备了一套军事上、政治上的应付措施。事后，罗斯福跳起脚来向丘吉尔提抗议，丘吉尔大光其火责问路透社，路透社就把赵敏恒免职了。这说明，报道要辨清分际。尽管有新闻，但涉及国家机密，甚至涉及人类的前途就要想到其影响会有多么重大。这类涉及国际关系的事，要特别注意分际，否则就可能有损国家和人民的利益。

在我们社会主义国家，发表新闻既要掌握分寸，又要辨清分际。发表到什么程度，怎样发表，特别是关系到外国的、友邦的，分际尤为重要。

毛主席说，对敌人，对朋友，对自己，分别有三种不同的态度。我们发表新闻，写杂文，写评论，都要掌握这个分际，恰到好处。对待同志，要使他引起警惕而又不刺伤他，对哪类批评、表扬应掌握什么方式，什么“火候”，这中间的分际是很细微的。实践出真知，多学习多积累经验，才能在分量，分寸，分际等方面越来越掌握准，把工作搞得更加好。

总的说，新闻记者要过好三关，掌握上述三个基本功。这中间无捷径可走，也没有三天就会的秘诀传授。“读书破万卷”和“观千剑而后识器”，博览群书，在新闻工作的实践中锻炼，提高，我们才能成为新时代的合格记者。

五、新闻的采访与写作

（一）新闻的采访

新闻采访，是一切大众传播手段中最基本的、最主要的工作。

这道工序非常重要。因为产品的质量取决于原料，采访就是提供第一手原材料。没有采访就没有新闻，也没有报纸和其他的大众传播的内容。

采访是一个有选择的活动。如果没有目标，没有选择地到社会上去看，去采访是不行的。要有选择，凭新闻敏感去了解各种情况，挑出有价值的、重要的内容，或者从读者中得到新闻线索，或者从大众传播工具中发现线索或可疑之点，值得继续深入“挖掘”。

解放以前，《文汇报》最多时只有十六位记者。中央社的新闻基本上不能用，其他通讯社也是反动的多，主要要靠自己采访。所谓有选择，就是要看出真正的新闻，确有价值，才去采访。如果一天中掌握有不少新闻，就应分清轻重缓急有所取舍。或暂时搁一搁，或分给别的同事去“跑”。那时，采访主任孟秋江同志掌握得很好，对同志要求严格，每个同志回来写稿毕后，都要写采访日记。经他审阅后提出意见，他自己也经常参加较重要新闻的采访。那时，平均每位记者每天要写三条到五条长短不同的新闻。如果只写了一两条，秋江同志就要查问，这位同志，见了他也往往低头而过了。现在，我们的各种报纸都有分工，有自己的读者对象，去重点采写自己报纸的读者特别关心的新闻。

1957年我曾在报社内提出一个口号：“人取我弃，人弃我取。”当时的《文汇报》，是以知识分子为主要读者对象的，与《解放日报》等等的对象不同。他们不注意的，而为我们读者特别关心的，我们就去重点采访，这就是“人弃我取”。一般的财经新闻，不是我们的重点，登新华社发的就可以，还可以缩短。后来，“运动”中批判我，这是一条罪状，说我取的都是资产阶级的，弃的都是社会主义的，凭空上纲上线。现在，这个分工的道理，已经是常识了；各报都有自己的主要读者。如青年报就要突出青年的特点，青年人所关心的，与一般老年人、干部关心的就有所不同，重点也不同。少年报、工人报、农民报也都有自己的特点。所以，采访是有选择的活动，不是资产阶级的有闻必录。因为资产阶级记者以新奇、猎奇的事刺激读者，而我们是有目的地选择，以提高读者情操，增长见闻，对学习和工作有好处的，当成我们着重采访的新闻。

温故而后知新。以下谈谈中国报纸早期的采访情况，谈谈自己过去的所见所闻和亲身经历的一些事情。

《申报》是我国很老的报纸。1872年创刊前，如《上海新报》等，还无所谓采访。当时所有的上海新闻，都是从外文报纸翻译过来的。从《申报》开始，才有采访。当时的记者叫“访事”，一般是采写些“委巷琐闻”，比如某一棵大树上雷电击死了一条大蛇，或者小媳妇受不了虐待而自杀，外滩上两帮流氓打架，火轮船来了以及发生盗窃案，等等，这些就是“委巷琐闻”。此外，就是行情，昨天的米价、杂粮、油料价的涨落，等等，初期的《申报》就是采写刊出这类新闻。用的是有光纸，十年后才改用新闻纸。

那时的记者，被人瞧不起，称为文人末路。考不上秀才，当不上官，又不能教书，流落到上海，就到报馆去当访事。也没有正式的固定的工资，登一条新闻就给几毛或一块钱。报上还有诗词、对联、诗谜、短的小说等等，把“斗方名士”的作品集中到一个版面上，这也算中国报纸的特色，发展到后来就成为副刊的滥觞。英美的报纸就没有副刊，而我们则从最初的形式延续下来，读者愿意看。《申报》的“自由谈”（在黎烈文、张梓生主编时除外），《新闻报》的“快活林”，就是消遣性质的。

中国的报纸认真进行采访活动，大约开始于辛亥革命前，章太炎、章行严主持的《苏报》，于右任主持的《民立报》等。他们比较注意政治新闻和社会动态，也有固定的访事。这时也有了外埠新闻，大都是报纸在外地的分销处找个人写当地新闻，成为登载地方新闻的开始。

中国初期报纸真正当得起记者称号的，是民国初年北京的两位报人：黄远庸，刘少少。黄自然有名气，刘写作的通讯也不少，但现在新闻史上很少提到他。

黄远庸活动的范围很广，同当时的政界、军界、金融界都有联系。他大概出身进士，中文很好，写的报道有夹叙夹议，有批评，有综合的分析，经常透露一些鲜为人知的内幕新闻，并且加以褒贬，很受欢迎。刘少少也为上海报纸写通讯、新闻。

邵飘萍的出现，标志着新闻采访的又一个高峰。他创造了更为多种多样的采访方法。

我们四五十年代的记者，当时都知道美国的李普曼，是《纽约时报》的名记者，后来成为权威的专业作家，不仅美国，连英、法几家大报，都争取刊载他的报道，以招徕读者；他的采访很灵活，采访官员，只要写便条或打电话约那些国务卿、部长们和他共同进餐，人家知道他了解的情况多，又有见解，也希望听听他的消息，所以愿意应邀赴约。他就从交谈中得到许多政治上的内幕新闻，如罗斯福想做什么，财政部的情况如何等等，他都能写出高质量的、受人欢迎的独家新闻。

邵飘萍的采访还没有达到这个程度，但也很有本事。他开始坐包车——自备人力车，坐马车，后来坐自备汽车采访，气派很大。当时北京汽车还很少，有些穷部的总长还没有汽车坐。北京的活动中心当时在六国饭店，他不时在那里请客，请他的采访对象，如某总长、某次长、某国会议员等等。据说他的房间幌幕后藏了两个记者，记录席上的谈话（当时自然没有录音器）。他表面上同采访对象热情而无拘束，谈笑风生，使对方没有警惕的感觉，而记者就在背后把新闻记下了。当时，他用各种办法，能得到很多人家不知道的内幕新闻。这说明邵飘萍在20年代初期，采访就比较深入细致了。当时军阀混战，各派势力消长，今天这个下台，明天那个下台，矛盾激化，政局动荡，人们普遍关心政局的动荡，所以他采取上述活动，深入了解内幕情况，用新闻或通讯的形式告诉读者。

这些，对我们还有一定意义的启发。我们的采访活动，一定要深入、真实。当然，不该用他们那一套的手段，但重要的新闻，也像开矿一样，不要满足于开采露天矿。往往一些新闻，露在表面的并不是值得重视的。要深入挖掘，穷追猛打，才可能得到重大新闻。有时候，你没有估计到这是个重要新闻，但深入采访，却是出乎意料之外的有价值。凡是从事采访工作的同志，恐怕都有这样的体会。

比如我采访冯玉祥的消息。我在太原时，本来没有估计到阎锡山这个老奸巨猾的军阀那时会放走冯玉祥将军，冯、阎终于会结成联盟打蒋介石。这个新闻变成后来的中原大战，双方动员一百多万人，死伤三十多万。这是很大的新闻，而我当时并没有认识到，是随便跑跑。记者要经常到处跑。我到冯军驻地，发现他的部下打牌，灵机一动，凭新闻敏感想到可能有重要新闻。于是，我就去找到刘治洲和李书城。这是记者应该结交的可靠采访对象和朋友之一。他为我讲了内幕，并关照我事关反蒋大局，报上不要透露。从人民的利益讲，我也认为不该透露，但必须想办法把消息告诉编辑部，特别是让张季鸾知道。我就做了巧妙的处理，把消息传到张的手里了。

记者要经常学习，经常了解情况，磨炼自己的新闻敏感。这样，才能判断出新闻的价值，透过表层看到深处，了解新闻下面还有什么内容，写出高质量的新闻。

比如，过去我们采访学潮，如果只看到军警包围学校，盘查学生等表面情况，就写不出国民党残酷镇压学生的真相。还需要了解是否开了黑名单，逮捕了多少人，找学校当局，找进步教授、学生、工友等，从多方面了解他们的所见所闻，才能使新闻全面、深入、具体、生动。

由于我们采访的是社会上新近发生的事情，无论是本市、全国或国际，任何事物总是在变动之中。一般在量变中不可能成为新闻，要发生质变或部分质变，那就矛盾表面化，发生新闻了。如两伊战争的起因，虽然是同一民族，但有历史上的恩怨，土地上，石油资源的分配上有矛盾。矛盾在发展，没有解决，这是量变阶段，不成其为新闻，即使是，也是小新闻，直到爆发战争了，才成为轰动世界的大新闻。

一个记者，能知道谁放的第一炮、第一枪，由于传播手段的先进，这不算大本事。记者对两伊的纠纷有常识，有研究，判断出发展到某一阶段，战争已不可避免了，首先注意采访，也显出本领、功力。每一个问题都有关键性的环节，进入关键时刻，矛盾激化，非采用战争手段。记者能观察出这一点，看到矛盾已发展到非用战争解决，就密切注意和分析，在战争爆发的前一天，哪怕是提前几分钟，就能判断出两伊战争的初次爆发，这才算头等记者。在外国讲就是抢到了独家新闻，在炮声未响或刚响时，新闻就已经出来了。

我 1980 年在香港时，正好是美国大选。卡特和里根竞争得很厉害。左派报纸的记者，可能是出于主观愿望，都判断卡特最有可能连任。实际上，我们还缺少研究，缺少对美国的经济情况和历史的研究，缺少对外交情况，大选历史的规律的研究。香港有几张英文或中间报纸就判断里根一定当选。美国的一些报纸也作此判断。当然，有些是同情共和党的，但有些党派关系不明显的也判断较准。所以，大选未揭晓前，他们就把里根的所有资料，他的家庭情况、历史、照片都收齐了。到时候，新闻的内容就丰富，多层次，也就写得丰富多彩，很有吸引力了。

过去旧的报纸，像上海《申报》、《新闻报》、《大公报》等，都是到有关机关找一些线索，不像现在与读者有广泛的联系。更早一些的"宫门抄"，就是找皇宫的管门太监。各省的首脑要知道皇帝的动态，就买通管门的太监，把今天朝里的大事抄几条出来，如皇帝下了什么话，召见什么人，某官员来呈告发生水灾等等。抄后即用很快的驿马送到本省，以便知道朝廷的情况，便于应付。这就是"宫门抄"。后来，太监看到各方面都需要，就用简单的纸条印出，听说订一份"宫门抄"每月要几百两银子。最初的《申报》等，就是靠"宫门抄"。"辕门抄"次一等。如两江总督下属的官员想知道总督的活动和情绪，就买通辕门的人，由他们写好送达州县。中国早期报纸的官方消息，主要靠"宫门抄"和"辕门抄"。民国以后，此类就变为政府公报，大总统的命令，国务院的通告，还有一些法令、法规等，这就叫政府公报。但这些都是冠冕堂皇的东西，要了解内幕的情况，就需自己派记者。上海的几家大报，都有驻京记者。而且所给的薪水、津贴都很高。天津报纸也派有驻京记者。

后来，上海的报纸增多，印刷技术也提高了。本市新闻要包括各方面的。如花钱买通法院的书记员，预先获得有关审案的日期，到期去法庭旁听；买通救火会的人，以便及时得到火警的情况；买通租界工部局和公安局的人，才能得知他们抓的人，有哪些重要措施。这些机构，名义上是找的联络员，每月给二三十元。实际上却是报纸消息的来源。

报纸需要与读者建立朋友的关系。建立了信任，读者就会来报告情况、线索。如《文汇报》学潮的消息，主要就是靠进步学生打电话来，告诉开什么会，黑名单已经下来等等。我们马上派人去采访，还可以帮他们解决一些困难。如南京下关惨案，就是我们与学生组织，以及在上海就和马叙伦先生等民主人士都有很好的关系。我们知道学生组织和民主人士，坚决反对内战，反对独裁，要搞活动，就在报上天天给予鼓吹、支持，并大量发表读者来信，主张应该派代表到南京去请愿和平。国民党中宣部后来公开讲，南京下关血案是《文汇报》鼓吹出来的，这当然是因果倒置的胡说。

一个记者，有了新闻线索后，更重要的是需要独立思考，经常在工作中磨炼自己的新闻敏感。不要轻轻放过任何一个值得注意、可以深入采访的线索，就像采矿师和勘探人员看到某种矿苗，就知道下面有矿藏，像用仪器（新闻记者凭经验和敏感）测量出矿藏有多少那样。要经常注意从小新闻中发现大新闻，尽可能采访得准确、完整、深刻，又要保证及时，写得快，还要注意扩大勘测面，看是否有副产品可附带挖掘。

1948年，我在香港办《文汇报》，每天写短评，每周写三篇社论，还要写一二版主要的标题。由于经理远在上海，我们当时的经济也很困难，我还得兼管经营部门。虽然很忙，我也经常注意报纸的新闻信息。一天晚上，已经到了10点多钟，我接到李一平先生的一个电话，说："你有空吗？请到浅水湾某号来一趟。"我说："什么事？""你的一位老朋友来了，他很想立刻见到你。"李先生是在云南很有声望的教育家，龙云将军很尊重他，曾任云南省参议会副议长。蒋介石运用阴谋，逼龙离滇后，李先生也愤而离滇。那时——1946年以后，他流亡到香港，和我一见如故，定了忘年之交。

我接到这电话，心想：莫非龙云来了？赶忙关照总编马季良："（我的名义是总主笔，掌握言论、编辑和用人行政的全局）在第一版留两千字的地位，我在12点半以前一定回来。"说毕，坐上出租汽车（香港叫"的士"）就去了。果然，是龙云来了。他谈到自己怎样买通了美国某航空公司，在他们的掩护下，化装摆脱南京政府特务严密监视，坐飞机逃出南京的经过。我赶忙回报社，立刻写出约两千字的新闻，加框放在头版。第二天早晨，立刻轰动世界，报纸一再加印；还被抢购一空。因为这不仅在香港，在全世界都是一独家新闻。如果我说今天太晚了，不去，或者估计错误，轻轻放过，这个新闻就可能丢掉了。所以，新闻记者要随时研究情况，具有高度的新闻敏感性，不放过任何一条线索，还要打破沙锅问到底，才能采访到好新闻。

新闻，就是要抓住每一个机遇，随时随地发掘。比如，长江同志能写出《中国的西北角》等轰动一时的新闻报道，也是能抓住机会。1935年，他在北大读书，兼任天津《大公报》的通讯员。暑假时，他写信给《大公报》的总经理兼副总编胡政之先生，说他打算回四川家乡度假，计划在回家乡时沿途写些通讯。胡政之很有眼光和魄力，马上给他汇了一笔旅费，并为他印好了特约记者的名片，支持他写旅行通讯。机遇是他回到家乡，长征的红军刚好从四川西部经过，他就出发旅行，沿路写出了红军留下的动人事迹。国民党区的人很不了解红军，长江同志用同情的笔调，以他的特有风格，写得很细致，很有感染力。所以，头一两篇问世，就有很大吸引力，使《大公报》和全国的读者都感兴趣。后来，通讯汇集成单行本，长江也由此成为名记者。当然，这主要取决于他的立场、观点和平常的修养，但那样的机遇也是很难得的。

新闻记者，特别是外勤记者，要像战士一样，时刻处于临战状态，有什么新闻既能立刻去采访。这种情况，解放后比较少了，因为很多是上面布置下来的。写出的新闻如果不合领导机关的胃口或意图，往往得不到编辑的正确估计，因而不被采用。这种状况是否有利于新闻的采访，值得我们探讨。

过去，《大公报》、《文汇报》能培养出一批人才，重要原因是实行一套内外互换的制度，经常把记者和编辑的工作调换。如《大公报》考进一批或请进一批外勤记者，先是派在本市或北京采访一般新闻，有一年半年的经验，总编辑看出有培养前途的就调当学习编辑或助理编辑，过一段时间——一年或两年，再派出去，到上海、南京、汉口等处当特派记者，然后看成绩和报社的需要，调回来任要闻编辑或编辑主任。这样，就知道什么是报纸的需要。这样内外互调，使记者磨炼新闻的敏感，怎样写好符合报刊风格的新闻和特写，而当过记者再当编辑就会知道采访的甘苦，不会轻易乱改或否定别人的稿件。这对记者、编辑都有好处。

新闻记者要广交朋友，多交朋友。其中要包括新闻界的同行。特别在社会主义社会要互相交换新闻线索，各凭本领，根据各报的读者分工，写出好的报道，而不应采取封锁的办法。竞争表现在谁有本事把同样的新闻写得更好。过去，我在香港《大公报》，金仲华同志任《星岛日报》总编辑，我们经常互通消息，交换新闻线索。每天下午一道喝茶，交换对时局的看法，晚上得到路透社或美联社的电讯，还在电话中互相核对。我们不互相封锁，搞小动作，我们也有竞争，看谁的新闻写得好，内容生动活泼，标题好，社论精辟。我同金仲华同志成为好友，就是在这方面比较、竞争。当然，像龙云忽然到港这类独家新闻是例外。总之，在办报的认真，写作、标题、版面安排、新闻评论等方面，精益求精。当时我们这两张报都是下了工夫的，香港的读者都有极高评价。

广交朋友，就能扩大消息的来源，提高新闻的质量。

（二）新闻的写作

新闻的写作，总的要求是鲜明、生动、准确，这样，才有可读性、可信性和可感性。

态度一定要鲜明。对任何事物，你总会有倾向性。站在什么角度写，说明什么问题，自己的态度、观点，要显示得很清楚。当然，观点不能外加，而是通过事实本身来显示出宣传的倾向，表明自己的态度。

其次，要严格注意准确性。不但事情本身应真实可靠，连细枝末节的地方也要准确。稍有失真，就会引起读者的怀疑，失掉读者的信任，降低宣传效果。十年动乱，报纸的声誉下降，新闻事业也经历长期的浩劫，教训惨痛。经过十一届三中全会近六年的拨乱反正，报纸工作已走上健康发展的道路，但残留影响，在读者中还不易肃清；有不少读者，迄今往往还会怀疑宣传的内容，好的，不见得有这样好吧？坏的，事实可能有甚于此吧。这些，都是长期“左”倾，长期假、大、空、套，说过头话，“客里空”等的后遗症。所以，我们今天要对新闻的准确特别重视。要经过很好的调查研究和深入的采访，把每一个细枝末节都搞得清清楚楚。

再就要写得生动，有吸引力。如果文章很呆板、平淡、死气沉沉，没有洋溢在字里行间的一股活鲜鲜的生气，即使正确，也抓不住读者。最近我听广播中播送有关引滦工程的通讯，很受鼓舞。过去的类似宣传，往往一般化、公式化，讲一个大工程，就是劳动大军发挥冲天干劲，怎样争分夺秒，老一套百唱不厌。但这个通讯抓住了重点，写出了特色，如内行的领导，各部门的密切配合，减少公文旅行等等，很有说服力，措辞也生动。

新闻报道大概有两种：消息、特写。用简单的比喻，消息与特写的不同，就像摄影与画画。消息像摄影，把采访的事物，某一个场景，以及有关人员，都照得清清楚楚，选的角度也好，很能吸引人。特写仿佛是画画，画这个景象，画这个人和场面，那就要比真的还要真，要把摄影不可能照出来的方面，如精神面貌，内心世界等都反映出来。这就需要高度的艺术。所画的人物，能把精神世界都显示于画面；画一个东西，也要有很强的真实感、立体感。这是很不容易的。当然，还得保持自己的风格。有的用泼墨山水，有的用工笔，有的善画油画，有的素描高超。使用各种艺术手法，无论是摄影还是画画，都要真实，不能有外加的“浪漫主义”。画画是艺术，好的要比摄影还显得真实，这需要很大的功力。

我们多少年来受假、大、空那一套的影响，再加上不少人缺乏新闻记者的基本功，有些记者同志，还达不到上述的要求。

我们要做一个好的画师，应该继承和借鉴中华民族的优秀遗产。不但要临摹、钻研那些名篇佳作，更要有所前进，创造出自己的风格。

中国古代文学的词汇很丰富。同样描写一种事物，有不同的字眼。一种是音韵的不同。大家知道有一本《佩文韵府》，供写诗词歌赋参考的。同样描写桃花盛开，或者杨柳发芽，或者明月初升，为了押韵，押的是一东韵，二冬韵，还是三江韵，四支韵，就有各种不同的字眼可以选用。还有一种就是上面讲的分寸、分际。同样的意思，如早上，可称晨光熹微、黎明、清晨、初晓、朝暾初上等等，看似相同，而含义有些微小的差异。报道中用黎明恰当，还是用清晨恰当，用晨光熹微好，还是用朝暾初上好？分际就要掌握得准。还有成语，很多意思相近，在这个地方某个成语恰到好处，用另一个可能过头了一点，或者可能不够分量。所以，要对语言下苦工夫锻炼。杜甫有“语不惊人死不休”之说，人们常称古今中外的大文豪为语言的巨匠，语言的大师，可见掌握语言的重要性。搞新闻工作，在运用语言方面如果没下千锤百炼的功夫，达到得心应手，挥洒自如，信手拈来，恰似“言从己出”的境界，就很难状物叙事，使人喜读、可信，有震人心弦、沁人心脾、如在目前之妙，写出真实、准确、生动传神的报道。

报道的语言需要下苦工夫，说话也是同样的道理。如我们听球赛。为什么宋世雄的口头报道能够使人有亲临现场之感呢？他懂行，对各类球赛的规则，各位球队队员的长处都掌握，口齿伶俐，用语生动，讲得形象具体，活灵活现，大家听了都感到够味，过瘾。那次在香港的中、日、美三国女排比赛，那个广播员就没有这本领，报错的地方可能不多，但老腔老调，球怎么过去了，怎么往下一扣，某某球员发的是上手飘球等等，像听流水账，没有真实感，不能把场上的气氛，争夺的激烈情况从广播中表现出来。这就是功力的问题。常识关、表达关都没有过，所以听众听了不过瘾。

不久前看到《北京晚报》有一篇小特写，写中日友谊。我认为写得好。友谊是在描写交游中说明的，分量掌握得好，用词准确、生动。比如写一位日本的进步朋友，也想日本成为社会主义社会，但却没用这样的字眼，这就是一种技巧。这是我们在场的一位学员写的。我在上海经常注意年轻同志写的东西，达到如此水平的不多。大概上海《青年报》有些青年同志写得好一点。但总的还显得不够。一是标题太一般化，什么友谊，什么感情，任何文章都可以用。这就使这篇特写减色了。二，比较而言，词汇的生动、文笔的简练还不足。如果同过去的名记者比照，还显得功力不够。当然，这是以高标准而言。

关于新闻的采访和写作，先谈这些。

六、新闻编辑与报纸版面

编辑工作分两个方面，一是怎样把稿编好，整理好；二是怎样把版面安排好。

编辑工作是报社里最主要的工种，以工厂作比，采访工作是采集原材料，或初步整理为部件、半成品的工种，编辑工作则要把这些原材料或半成品加工、组装、变为成品。报纸的面目、内容、精神状况、态度倾向等等，都与编辑工作关系极大。等于是商品，出来的报纸是否受欢迎，合不合规格，达不达到宣传的要求，效果高不高，编辑部门的工作有决定性的作用。一般而言，编辑不外以下几个程序。

（一）清理工作

我是常常把编辑比作厨师的。我讲新闻烹调学就是这个意思。

清理工作，等于原材料、部件、半成品送到编辑手里，有两道工序。一是分辨。比如蔬菜，如黄瓜、毛豆、青菜等，是否新鲜；鸡、鸭、鱼、肉，有无腐烂、变质现象？首先要加以辨别、清理。如外来的稿件，未必每篇都全部可靠，有没有过头话，有多少“水分”，要仔细核实处理。如青年报对财经新闻，就要缩短或改写，少年报就更要选择而文字通俗化、口语化，有些少年儿童不必知道或不能理解的，不要勉强用。即使本报记者采写的稿件，也不可能是全可用的成品。像蔬菜，外面还可能有烂叶、泥土，还得剥去、洗干净。

这工作很关键，编辑的文字关、常识关、政策关就体现在这里。

由于过去假、大、空那一套的流毒未清，外勤记者中的一些稿件总要加点帽子，如在某党委领导之下，在什么环境下等等。对此，编辑就要衡量，是否需要这些话。还有，编辑对有一些问题要了解、判断：其稿件中有没有“客里空”的东西。

旧社会用银元时，我们去买东西，伙计都要能辨别真假，敲一下听听声音，查明是否假的或“哑板”。那时的每一个钱庄里，总有一两个老师傅，清查的本领很高。钱庄里每天成千上万的银元，不可能一块一块地敲，老师傅用右手拿一百块银元，往下“泄”到左手，就可以把假的、成色不好的，过眼就挑出来。而且很准，几块“哑板”，几块假的，一下子就抽出来了。我们一个好的编辑，应该有这种本事。那么多稿件送来，要凭你的本事、功力，看出此稿虽然是新华社或外国通讯社所发，里面却有“客里空”，虚假，甚至不合常识的成分，应挑出来。这样，报纸就不会有假的东西混进去，像保证蔬菜又清洁、又新鲜，等于一道菜的原料，鸡、鸭、鱼、肉、蔬菜，下锅搭配时要先清理，这块肉有点味道，不行，不新鲜；菜根似乎没洗干净，得冲一冲。这项清理很重要，否则下锅后，炒得不管多好，还是会出毛病。

（二）加工的问题

对稿件加工，就是润色、标题、决定编排在什么地位，没有好导语的就重写，对记述有增删，使结构文字简练、生动、精美，至少要消灭语法上的错误。有些再配上图片，等等。等于菜的加工。

还要考虑读者的口味，“消化”力。《人民日报》登这条新闻，就可能与《光明日报》不相同。因为主要读者对象不同。工人报，青年报，少年报，也各有主要的对象，都要有各自的特色，有自己的“菜谱”。同样的菜，烧的火候要因人而别。要想到老年人的胃口不容易消化，壮年人却吸收力强，需要就有所不同。目的是增加读者的营养，让党的方针政策深入人心，变成自己的动力。火候还要因菜而异，炒腰花、猪肝，火要大，而炖鸡、炖蹄膀，则要用文火慢慢炖。否则，不是老了，不嫩脆了，就是还半生不熟。

新闻要打扮，像女孩子要修饰。打扮就是编辑上的功夫。

有人讲“七分人才三分打扮”。女孩子要美，但如果不打扮，即使长得很好看，蓬头垢面，就显不出美色风度。

报纸的打扮也很重要。标题、导语、摆的位置都要注意，有时候要加框，使其醒目，特别是好的新闻，要富于立体感，让它立在版面上，而不是躺在版面上。这是编辑的第二道工序。标题很重要，后面还要详细讨论。

（三）版面安排

一个版面，好比一桌酒席，要搭配恰当。不能像蹩脚的厨师，端上来的菜都是一个味道，全是大鱼大肉，全鸡全鸭，尽管原料好，却不是淡了，就是太咸，没加葱姜，或辣味太重了，总之，全引不起别人的食欲，甚至看到就使人倒胃口。像《中国烹饪》杂志所介绍的各地名厨师所精心调制的筵席那样，大菜小菜，热炒冷盘，甜菜酸菜，各尽调味之能事，花色丰富，搭配整齐。这才能色香味俱佳，使人闻到，看到，就食指大动，垂涎三尺。一个版面，特别是第一版，要在这些方面多下工夫。因为第一版一向被称为要闻版，橱窗新闻版版面，应有更大的吸引力。

我国在20年代以前，几乎谈不到有什么编排艺术。有的报纸只是标出一行的简单题目，有的则是分“本报专电”、“外电”、“国内通讯”、“本市新闻”等几个总栏目，每一新闻，不写标题，胡子、眉毛一把抓，像一大锅大杂烩。后来，才分国际新闻、国内新闻、本市新闻、经济、教育新闻等等；也有了标题，不分主次，一律是同字体的一行标题。大概从1926年天津《大公报》开始，学习日本的编排，所有的重要新闻都放在第一版，以后是国际新闻、经济新闻、教育新闻等，开始讲究版面艺术，突出重要新闻，大小搭配有致。

重要新闻摆在头版，这仿佛是商店的橱窗。比如王府井百货公司进来的最新货色，最吸引顾客的商品精品，摆在橱窗里，让人家看，吸引顾客去买。报纸也是如此，橱窗应设计好，今天重要的，最新的，最吸引读者的新闻都拼进去，安排得又恰当，这就是艺术，百货公司或其他大商店的橱窗摆得好，吸引人，这也是艺术，有专门的人员布置。

第一版尤其要有立体感，叫人家一见就非细细看、看下去不可，像小孩看见心爱的玩具而被吸引那样入迷。

当然，其他各版也要注意这个问题。尽管不是橱窗，但每一个部门，每一个货架，陈列得要整齐，又要把重点的货色，畅销的、新来的货色，都安排在重要的、突出的地位。

头版的版面，要人家看来像一桌酒席，色香味俱佳。一进餐厅，来到桌前，就感到这些非细细品尝不可。但不称职的编辑搞的版面，一看就是老一套，使人生厌。就像掌灶师傅所烧的菜，尽管质量好，但总是大块的红烧肉，下面衬点冬瓜，没有什么味道。天天如此，只有饿得厉害才会去吃，有什么吸引力呢？在“文革”十年中，则是满桌腥臭，而且一味加辣再加胡椒、葱姜，使人味欲呕，入口则辣得满头大汗，无法吞食下去。一个好的编辑，拿出来的不说每条新闻都好，至少有几条是立得起，而且烨烨生光，一看就被吸引住了。

当然，有些接待外宾的菜，有的上面雕一个凤凰，中看不中吃，吃的时候还得拿掉。这有点“形式主义”。但是，对于菜的本身要配好。比如加点香料，加点蒜，姜末子。像小笼包子，加点姜丝，就是应该的，是提味。有时候，要摆得好看一点。炒什锦里放上几只红的大虾，切两片番茄，加点蛋皮，调和色香，又有吸引顾客的作用。这就要每个菜和一席菜都搭配好。报纸的整个版面也应该如此。过去的编辑，相当注意这个问题。版面要有几个一栏，几个三栏，几个两栏的，加框的，搭配都很讲究。主题和副题的位置，标题的字要精练，不能撑天立地，这样每个版面都要搭配整齐。很活泼、生动，又能根据新闻的重要性，分清主次，使整个版面，流动疏畅而有立体感。

编辑在拼版时，往往是自己到排字房指导工人去动手。但有经验的，在发稿时就有一个全盘的考虑，胸有丘壑，统筹安排。今天上班时看到来稿，就知道有多少新闻，哪些是大新闻，哪些是中等的，一般的，有些可以删节成为简讯的，哪些是较长的，应加分题，使人醒目；哪些虽是小新闻，却特别有趣味性，宜加个框成为“花边新闻”。哪些应该登较突出的地位，都心中有数，发新闻时就妥当安排，做到错落有致，富于整体感。有经验的编辑，一发完稿，大样拼出的版面是什么样子，早已展现在眼前了。

我初编版面时，是教育版、经济版、地方新闻版，后来编要闻版，有三四年。开始时，发一篇写上发稿单，大概多少字，三栏的就画四个圈，两栏的画三个圈，两栏题一栏画两个圈，加框的则另加符号。发一条都记一笔，拼版时再衡量，注明哪些在前，哪些在后。写次序时，版面如何拼起来，已心中有数了。外行的编辑或经验不够者，写的一、二、三、四，拼版房按你的意图就拼不下，或者是两条题目上下“碰”在一起了，或者几条大新闻——四栏、三栏的拼在一起，转不了弯。有经验的就不至于如此，所排的次序都参差错落，合于版面。后来，我到香港《大公报》主持工作时，亲自掌握第一版，就比较有经验了。拼版的老师傅也知道我的习惯，等我下的发稿单划好次序送给他，一分钟内就把大样打上来了。同我的意图完全一样。因为这位拼版工人也摸熟了我的“路子”，早已做好准备，三栏是怎样摆的，两栏是怎样摆的，比较沉闷的地方，就加一条花边新闻，让读者感到新颖，既耐看，又吸引人。这些多是多年积累的经验，所谓实践出真知嘛。

编辑，是一项很不简单的工作。但“文革”中就很简单了，样样都打电话问《人民日报》，不考虑编排技巧，版面设计，艺术安排。长文章摆不下，都转到别的版面去——有时只剩下十几行，也照转而不加变动。没有整体性、灵活性；使人望而生厌。

现在，我们的一些报纸，像《人民日报》、《羊城晚报》、《新民晚报》等等，都各有特色。各个版面都不同，也打破了不少常规，晚报对于日报上用过的重要新闻稿摘要，不再照登不误了。总之，都能力求突出自己的特点。

我对这几年新闻广播的内容有看法。往往是晚八点的广播与第二天早上的内容有百分之六十的重复。当然，重要的也可重播，但是否稍有差别？像外国的新闻，每个时间都有一次广播，基本上皆不相同。不是重要的，次要的新闻广播也可以。最近，不论中央台、北京台或上海台，在这方面大有改进。

我们的报纸好像有一个框框，登的头条二条往往不是按新闻的重要性，而是按“政治待遇”。等于我们开会，政治局委员是一个规格，部长是一个规格，等等，好像都是有一个规定的。我们的报纸应该生动，考虑的主要是政治影响，宣传效果。我的想法可能错误。比如人大六届一次会议期间，上海朱建华跳高打破世界纪录，这个新闻却登在一个很不显眼的角落。如果我是版面编辑，就要加框摆在头条。当然，人大开会是重要的，但那天恰好没有大会，是小组会议，军队组、教育组的发言。这些也应该摆在重要位置，但是否可以突出朱建华的跳高新闻，摆在头条。因为这与振兴中华大业有关，是激动人心的事，是震撼世界的大新闻，有史以来，在田径项目中，这是我国最突出的成就。为什么旧中国无法梦想，“四人帮”

时也不可能出现这种纪录？我们今天的体育运动冲出亚洲，面向世界，说明三中全会以来的精神面貌大大不同，各方面都奋发图强。朱建华能打破世界纪录，而且是田径项目，非常鼓舞人心，为什么不可以登头条呢？就吸引力讲，不管是老年、青年、少年，也不管工人、农民、干部，都会注意这条消息。而鼓舞、感染力也很大。假如人大、政协那天是开大会，当然不能把朱的新闻放头条，但那是正在进行中的小组会，所以应根据实际情况灵活处理。

今天发表中国女篮获第三名的消息，我看也处理得小了一点。可以摆在要闻版。中国的女同志真是了不起，垒球得世界锦标，女排两次夺得世界冠军，现在女篮也冲上来，冲到第三位了。运动不算小问题，这说明一个国家的志气，拼搏的精神，对各界人士，特别对青年是很大的鼓舞。我们是否有老的框框，体育新闻都得摆在本市新闻、国际新闻或体育版里？好像只有女篮得世界锦标时，才能摆在要闻版。我看，框框也可以"冲"破一点。

我记得，1956年，《文汇报》复刊之初，我编辑一条新闻：全国人民代表大会代表、越剧名演员袁雪芬同志三十多岁结婚，家庭生活很美满。我加框登在头版。这打破了规格，解放以来没有这样的新闻登头版。有些人不以为然，去问夏衍同志。答复说：这是《文汇报》大胆尝试敢于创造的精神。我们就应该这样革新，这说明夏衍同志对办报真是内行，富有创新精神。他当时是文化部副部长，特别答应我们的恳请，任《文汇报》驻京馆外编委。

这说明一个版面要多思考。像朱建华跳高破纪录的新闻，考虑它的政治意义和影响，摆的位置就该突出一些。等于我们办一桌菜，很不容易才搞到一条活鲜鲜的、品种珍贵的鱼，做成菜，当然应该细细调味放在菜单的重要地位。顾客会特别重视。不要老是海参、鱼翅、鸽蛋作头菜，形式一成不变。

还有一项基本功。好的编辑，能够对稿件顺势整理。文字的功夫，有时能点石成金。比如过去，有些外勤记者的文字水平差，或写得不生动，或者详略不当，重点不突出。我们就把作者找来，指出哪些段删掉，并问清内容，哪些应补充，哪些形容不当，修改后，好的编辑可以把一篇报道加几个字，换几个形容词，或加点形象化描绘的话，就能点石成金，把不够好的变成生动引人的了。例如，过去我在《大公报》，看张季鸾修改稿子，就有这样的本事。很多社论、星期论文，尽管是名家所写，他都要润色。胡适的稿件，他认为不符报馆的风格，同样要修改。王芸生编的《中国与日本的六十年》，曹谷冰写的《访苏游记》，差不多每页都细细改过。当时王比我大三四岁，文字水平、经验都还不怎么成熟。经过张的修改，文字够通顺优美了，应该补充的事实，也得到充实。曹是德国留学生，那时不过三十多岁，先后从苏联寄回来的通信，经过张的整理、修饰，读起来就流畅、吸引读者了。包括范长江同志的《中国的西北角》刊出前，也经过张在文字上一定的加工。这是编辑应该具备的基本功。

现在我们评特等、高等记者，外国也有。好的记者，工资比总编还高。像李普曼这样的，可以写出很优秀的新闻。过去一些报纸没有高级记者的名义，但驻京、驻沪记者，待遇一般和总编相同甚至还要高。如邵飘萍月薪为三百元，张季鸾在没有办《大公报》前，是《新闻报》驻京记者，月薪也是三百元，张蕴和，《新闻报》的总编李浩然先生，听说月薪也不过三百元，而《申报》的总编只有二百六十元，副总编如严独鹤等，只有二百多元。这个传统也可借鉴。要用其所长，很好的记者不一定要让他当总编，很好的科研人员不一定当所长，担任行政工作。我知道有一位化学家，很有研究才能和发展前途，但提升为校长，他苦不堪言，什么公文都要他签字，还有各种会议，忙得很，没法发挥自己的长处。报纸应该有些特级记者，工资可以超过总编。这样，既符合“按劳取酬”的实质——凭劳动质量评薪，也可以鼓励各显所长，使人才辈出、后浪更胜前浪了。

以上主要讲一个版面，就是一个整体。同时，一张报，各版之间，也要有机联系，像一桌大菜，搭配得好，是一个整体。

在这个问题上，有两种想法。一是有的报纸着重搞副刊，有几个副刊。是否报纸除新闻外，可以搞科学、文学、史地，作为副刊？另一种认为报纸主要是搞新闻。当然，并非四个版都是新闻，而应该多层次地进行宣传，不要脱离报纸的主要任务。报纸是用事实来宣传的。例如中国女篮得了第三名，可以多层次报道。宣传比赛的情况，成长的历史，过去情况如何，现在怎样跃入世界第三位，成为世界强队之一。此外，训练的过程，教练的作用，可以作为材料，图片，多层次运用。过去，一个新闻出现，可以介绍其背景材料。如国共和谈，目前碰到障碍的新闻登出，我们还有个版面叫“新闻窗”，把重要的国内外新闻的背景材料，及时提供。如遇到上述新闻，就以材料说明国共谈判不能进行下去的焦点何在，责任者有意破坏的往事和用心如何。再如 1946 年的下关血案，也是多层次报道。报道国民党有意制造暴行，然后报道去南京的代表，如马叙伦先生、雷洁琼先生等的简况。多层次，就多姿多彩。

当时，徐凌霄反对报纸搞那么多副刊，认为脱离了报纸的任务。我前面曾说：中国报纸有一个传统，登一些文人的诗词歌赋，所以后来发展为副刊。今天，我们仍然还要保持这样的传统，像《新民晚报》就有两个副刊，这也是好的。但要注意，不能悬空不着边际，与新闻完全脱节。我认为徐凌霄先生讲的与时事无关的文艺不应见报，这是有相当道理的。我们报纸主要应多层次地报道新闻，第一版，国际版或本市新闻版报道新闻，另外的版面篇幅，可以用文艺形式出现，可以用新闻窗，或读者来信，形式多样，但中心问题都是反映社会情况，作为新闻的另一形式，多层次出现。这关系着如何改革，打开报纸新局面的问题，值得我们探讨。

今天，一般的报纸只有一张，登广告还要占一定篇幅，地位有限。要真正做到多层次，使新闻报道更有说服力，解释清楚，背景材料充实、及时，版面就有点不够。副刊应该有，但似乎不宜汪洋一片，轻重倒置。最好能与新闻扣紧，作为一个层次。如用杂文和小说反映社会最主要的新面貌，新人新事，还有如以杂文形式，批评经济犯罪现象、社会上重视法纪不够等等，而不能毫无联系，如今天来写一篇赛金花的小说，明天写一篇光绪皇帝的掌故，与现实毫无可联之处。发表这些作品不是报纸而是文艺刊物的任务。

当然，像晚报等，发表新闻只是日报的补充，主要有调剂读者工作之余文化生活的任务，自当另作别论。

虽然我们的文化事业，包括报纸，是以商品形式出现的，但不能商品化。如果完全以推销商品的形式去迎合读者和观众，加一些色情和武打的刺激性东西，产生的社会效果就不好。现在的报纸，往往有小说连载。我看也可以。但多少应能与当前的形势有关。比方，登李惠堂的传记小说，写得好，把他苦学苦练足球的经历，把他在球场上带新生力量的动人事迹，把他高尚的体育道德，都生动形象地写出来，这也可以对今天的运动员和其他人有教育意义。但是，如果无缘无故地登一个西太后外传、吕后故事、七侠五义等小说，就是商品化，没有现实意义了，也与中央的政策，宣传的时事重点没有关系，这样的连载就没有价值。假如登历史事迹，也应借此讲透社会现实中的某些问题，不要凭空去谈历史风气问题，或讲以前的农民运动，就没多大意思。科学也是如此。如新的发现，新的成就，当然应作为新闻登出。反之，则应考虑与现实的联系。

总的来说，要使新闻宣传多层次、高效率，与读者血肉相连。不要忘掉报纸是以事实来进行宣传的，编辑应时刻牢记和重视这点，密切注意报纸编排的新闻性。

新的技术革命浪潮，正在汹涌澎湃地滚滚向前，其发展之迅速，真正已达到日新月异的地步，正如一个美国人讲的：以前——70年代以前，制造出一套新设备，至少可以维持三年五载的先进，进入这新技术革命后，一部新机械、新技术成果，刚试制成功，可能已发现是落后了。在信息机构本身，当然更是如此。我1980年旅港时，看到“摘字机”——代替中文排字的电脑机器，已在广泛试用，只是改稿有困难——改动、添、减一个字，颇麻烦，所以还只用于排制标题上。现在，听说自动转“行”、调整的问题已解决，国外很多中文报纸已废除排字车间了。我们在英文《中国日报》馆也可以看到，发稿、拼版等都可在电脑、荧幕上进行。至于印刷，则用胶版、电脑印报机，既清晰又迅速。据旅美友人函告，美国报纸的记者，可以在家中写稿，由电脑自动打字机直接传到编辑的屏幕上。编辑不再用笔而用电脑机改稿、整理、标题，按电钮存储起来，拼版也利用电脑机。

据预言，到90年代初，可以利用电话、光导纤维和人造卫星，不论多么远，报社可以把“报纸”立时传到订户的屏幕上，读者可以逐版细细阅读；认为有用、有参考价值的内容，可以按电钮存储或复印、放大。

总之，单说传播媒介领域，今后的变化，必定越来越迅猛，三五年内，将发生什么样的变化，像我们这样已闭塞了二三十多年的人，实在难以想象。所以，我们的新闻事业，要赶上现代化的步伐，也应有一个急起直追的紧迫感。

但无论传播媒介——工具变化多么大，发展、改进多么快，人的头脑，总还是要起主导作用的。比如写稿，尽管可以运用自动打字机，很快可以传到编辑部，不必重抄、誊录，但如何写，写得如何明确、生动、有特色而富于吸引力、说服力、感染力，还要靠记者自己的脑子。

编辑、总编辑也一样，可以利用电脑设备，迅速清理稿件，迅速修改，并能迅速得到要的资料——不必再去资料室翻阅。也可以迅速制出图表等新闻配合材料。

但标题应怎样写，改稿如何掌握分量、分寸、分际，图表表现些什么等等，还是要编辑多动脑筋，还要讲究艺术，才能提高宣传效果。

所以，上面所谈的一切，即使到了90年代或21世纪，依然还可供新闻工作者参考。

七、新闻的标题

为什么要把新闻标题单独抽出来讲？因为这个问题有很高的艺术性。

我们讲题目，这“目”就是眼睛。随便见到一个人，首先看他的眼。如果很有吸引力，炯炯有神，你就会多注意。题目在新闻中，就是纲举目张中的纲。像渔网那样，把纲举起，就能把新闻的整个精华抓住，高度地概括出来。过去——解放以后，我们就不讲究，只注意政治性，到了“文革”十年，更是乌七八糟，一些重要“新闻”都是长题目，一行不够就转两行，甚至三行，完全违反新闻题目的要求。

题目要简练、明确。不能含糊，一般化。好的题目，有高度概括性，能够非常恰当地把新闻题目或社论内容有机地结合起来。

过去，标一个头条新闻，主题常用八个大字，要炼字炼句，很花工夫。中国的方块字也富有艺术性。用什么字才准确、恰当、生动、形象，还要讲究音调，读来有音韵节奏，朗朗上口，很值得推敲。一般讲，无论大题小题，总需要概括，万不可千篇一律的题目，像“四人帮”时那样动辄在“伟大的毛泽东思想指引下，形势大好”等一类空套入题。

过去，我们故意把某些题目标得一般化。如我们反对伪国大，一般新闻，不能不登，只当作“例行公事”，就写个“国大简讯”，或者国大近况，天天的题目一样，表示没有什么新内容。这样做，也是那种形势下的宣传艺术之一。

一般地说，要把真正的新闻内容概括地标出来。1980年，我同香港《文汇报》的同志做试验，曾把当天香港二十几份大报的同一条新闻的标题抄下来比较，几乎没有一条好的。一张左派报纸登了赵丹病危的消息，副题是两个：一是黄宗英经常在医院照料，二是华国锋主席和韩××女士昨日亲往医院探视。我说第一个是废话，黄是赵的爱人，经常去照料是应该的，何必标出来？不去照料才是新闻，应该标出。第二是在那样的环境，何必提“主席”这类字样，就写“华国锋夫妇昨日亲往探望”即可以了，无须那样多的字。另一个中间偏右报纸更荒唐，文不对题。刚好那时有个美国影星也病重，它标了《中西两影星同病相怜》。其实，赵和这个美国同业从不认识，患的病也不同，一是肺癌，一是脑子的病。另外，他们既无友情，也谈不上相怜。这怎么能如此乱连一起呢？这是为了套用一句老话弄出来的。

标题，一定要确切。中国女排在日本首次取得世界冠军，当时我正在厦门讲学，就把当天国内各大报的有关标题浏览一遍。有的标“五星红旗在大阪体育馆升起”，眉题，“中国女排取得冠军”。头一行题偏于一般化，因为我们在国外比赛中，五星红旗升起已不是第一次了。还有些标题也一般化，什么经过激烈的多少分钟的拼搏，中国女排取得冠军等等。但是，《体育报》的标题就十分好，眉题是“三大球首次面向世界”，比较确切地把这个胜利的重大意义概括了。我们过去主要是羽毛球、乒乓球等小球好，而三大球在世界上较落后，所以这样的标题很贴切。

前几年，有《冲出亚洲，面向世界》的标题，在亚运会时《体育报》即用此题。这表明中国决心在亚运会上出成绩，我国的健儿们有此雄心壮志，标题能概括这些意思，不过，将来随着我国体育水平的提高，像女排、女篮、男子的体育水平也上去了，到某一天，“面向世界”这四个字就可以而且应该用“问鼎世界”。这就是分量、尺寸。冠军多一点，当然应该问鼎世界。

标题，是评论和新闻的结合部。它既要能概括新闻，又要带评论的意义。我们的倾向性，立场、观点，要在题目上表现出来。但这不能外加，要恰如其分，顾及新闻本身的事实。这就是客观性与倾向性的结合。

每一个报总有倾向性。资产阶级的所谓客观主义，实际上也带着本阶级的倾向性，不可能真正客观。我们反对所谓的客观主义，但一定要尊重客观。新闻事实是客观存在，不能主观臆造的。所以，作题目要根据事实，而不能采取客观随意性的手法。

为什么说新闻标题有评论意义呢？一个好的标题，可以代替一篇评论。比如前几年为马寅初先生平反时，《光明日报》的标题为《错批一人，误增三亿》，很有力。因为当年错批了马寅初先生控制人口、计划生育的理论，提倡我们有六万万双手，有社会主义，加上人民群众的积极性，人口再增加几倍这类的“豪言壮语”也不要紧。现在事实证明这个说法是错误的，马先生的理论是正确的。只因错批一人，却使国家损失很大。假如按照马寅初的理论实行，可能今天的人口不是十亿人，而还能控制在七亿人上下，中国的事情就好办得多了。这样的标题就是一篇评论，既概括，把马寅初先生受冤屈的事实标明，又带有鲜明的评论语气。

标题中常借用诗词，因为优秀的佳句能给人立体感，美的享受。当然要信手拈来，恰合事实。

我年轻时（1925 年）在中学听恽代英同志讲话，他那时不过二十七岁，口才好，一上台，眼睛把会场一扫，开头就能吸引住全场的学生。他讲话非常通俗，但意义非常深远。我们无锡师范本来是一个保守学阀控制的学校，从那次讲话后，却有三分之一的人参加了大革命。报纸的标题应该像优秀的演说家，一露面就抓得住广大群众的心。

如果说一篇社论代表一张报纸的立场、面孔，那么，标题就是报纸的眼睛，特别是主要标题，更有目光四射，传神达意的作用。从眼神就可看出报纸是死气沉沉、昏暗无光，还是炯炯有神，光彩照人，区别出你的优劣。

在旧社会，同样一则新闻，各报的标题可以完全不一样。除立场、观点外，谁的标题吸引人，谁就可以吸引更多的读者。在那种情况之下，每一个标题都是需要精心思考，下一番工夫的。

周恩来总理是一个了不起的革命领导人，在办报上也是一个能手和好的领导者。他把中共中央的统战政策很好地体现于报纸宣传中，例如大家知道的一个标题：《千古奇冤，江南一叶，同室操戈，相煎何急》。多么概括，多么凝练，立场又多么鲜明，而分寸又如何掌握得好！我常想：当时《新华日报》如果能发表关于新四军事件的消息，总理一定用这个标题。结果由于国民党政府的千方百计的阻挠，只发表出标题——题词的形式，这是个头等的标题。上半句指出国民党制造这个事件的真相和谁是罪魁祸首，下半句体现党的“有理、有利、有节”的政策，尽管国民党反共已是第二次高潮，但我们还是要团结抗日，是揭露，是责备，不是痛斥，更不是谩骂，很有分寸。假如新华社在蒋管区自己发稿，也会用这个标题。

标题是一门艺术。

近年来，各报出现了不少好的标题。像《羊城晚报》，去年有一则消息写某区委书记主动调查本区冤假错案，给予平反。如果用具体的题目，就说书记怎么关心群众疾苦，深入平反。但这个题目借用古代民间故事中，有冤案只得到大堂击鼓的情节，用《未曾击鼓已升堂》，更高一着，表明共产党的有些好干部，不用老百姓找上门来要求申冤，而是去主动解决。很形象而有吸引力。《新民晚报》也有类似的标题，如一条新闻讲的是某干部不受关系户的影响，如何好，题目为："打不开的后门"，也能概括，有神。还有《羊城晚报》的小标题，也做得聪明。有次报道过路少年搀扶老人过街，他平时做了很多好事，标题不落俗套，用"美哉，少年"，借用戏剧《红梅阁》里的一句白，表现其行为美，心灵美，很有吸引力，点明了主题。

标题，一种是实题。就事论事，概括其内容，抽出文中最主要的部分，直截了当。一种是虚题，更要高度概括，并且带有总结或论说之意，是间接性的。

某天，《新民晚报》中出现两个可作正反例证的标题。一是上海正处黄梅雨季，各处房漏，有关部门忙不过来修理，题为"阴雨绵绵月，房修处处忙"，读上去音调很好听，又微含批评之意，为什么平时不维修，下雨就忙了？同一版还有个标题，我很不赞成，"孙膑若在世，两腿健步行"。一是太夸大，分量过多，分寸没掌握好，二是用典错误，起了相反的效果。这些，我前面已谈过了。

1980年我在香港时，《大公报》、《文汇报》、《新晚报》对有些国外新闻不敢登，怕是假的。我不赞成这样的选稿标准。我认为可以登，在标题上见功夫。假的，可以在标题上指出，让读者明白。半真半假的，可在标题上加以区别。一律不登这些消息，那即使是很进步的读者，也非另订别的报不可，因为它们的消息全。

我有亲身的经历，国民党侵犯延安后，许多报纸都大吹特吹，得意扬扬。什么"国军昨日空前大胜，攻克延安，包围歼灭共军数十万人"等等。南京路上一些国民党机关还大放鞭炮庆贺。我那天晚上写的标题是这样的：《延安昨日易手，国军长驱直入》。"易手”，说明换了人，不用什么“攻克”，在这环境下，自然也不能用“失陷”等字样，显得很客观；“长驱直入”，说明没有遇到抵抗，我们是主动战略撤退。当然，在当时情况下，不可能说延安“共军”是坚壁清野，主动撤退。但上面这样的题目，读者一看就明白：原来国民党军是“开进”延安没遇到抵抗。国民党的一切胜利，什么歼灭多少人，“共军”怎么惨败的谣言，不攻自破。同时，这样的标题还能通过新闻检查，抓不住什么问题，因为全是事实的概括。这不仅是标题的艺术，也是斗争的艺术。

所以，我认为总编辑要把关，掌握标题的尺寸，是批评、斥责，还是拥护，标题上要巧妙而又妥帖地体现。

好的标题，令人拍案叫绝，印象深刻，多少年后还不会忘掉。1980年我去香港，同《文汇报》的同志谈标题问题。当时总编辑金尧如同志插话说：在1946和1947年间，他是上海暨南大学学生会主要干部，经常到《文汇报》去送学运的稿子。他说，当时有一个标题至今未忘。蒋介石与孙科闹矛盾，别的报纸有的说孙科态度消极，有的否认此事。《文汇报》的标题是《孙科何事消极》，让读者自己思考。思考后，自己会下判断：原来蒋、孙之间发生权位的冲突了。自己下的判断，印象最深刻，金尧如同志三十多年后还记得清这个标题。

写新闻，作标题，不要完全露在外面，要有内涵，耐人寻味。不要写十分，自然更不该写十二分，过头话千万要去掉。我们讲艺术品，中国好的山水画，内涵丰富，笔意深远，看一遍还想看，百看不厌，总觉得这里面还有很多有余不尽的东西，这就是中国的艺术特色。好的标题也应该有这样的魅力。

解放之初，我有一次在怀仁堂看梅氏父子演“断桥”，朝鲜艺术家崔承喜坐在旁边，我问她观感如何，她说：梅先生真了不得，年近花甲，唱腔还这么美，表演则一举一动都很美，是古典舞蹈的美。

而且，他的美有七分是内涵的，观众会体会、欣赏，表面的美只有三分。姜妙香先生的艺术也不错，但表面上的美有七分，内在美只有三分。小梅先生毕竟年纪轻，功夫、唱腔的美全表现在外面，看不出内在的东西。后来我回上海，同周信芳先生谈起崔的这段话，周信芳说，崔对中国的艺术是真内行。他还告诉我上海过去有一位老演员王琴侬，年已近花甲，身体发胖。但他的艺术根底深，站在台上，怎么看，总有一股内涵美的感受。他一表演，就像看到一尊观音菩萨，内在很美，使观众越看越美。

我们的新闻写作，应该学习这些方面。不要像某些新闻和特写那样一览无余，看了就不愿再看。长江、子冈等同志当年写的通讯就有这种内涵的力量，能使人多读。余叔岩的“搜孤救孤”、“空城计”使人百听不厌，老舍的《骆驼祥子》、《茶馆》，看一遍就有一遍的味道，让人沉醉，有一种美感，印象非常之深刻，久久不能忘怀。这就要高度的艺术。新闻的写作和标题也应如此。

1931 年，我在《大公报》当编辑。红军第一次反围剿胜利，活捉了国民党军师长张辉瓒，还消灭了谭道元一个师的大部分，群众把张的头割下来，放在竹排上顺赣江流入国民党区域。陶菊隐先生当时为《大公报》写特约通讯，就用化名写了一篇通讯，把国民党失败的情况很巧妙地反映出来了。张季鸾为这一节写的小标题是：“江声无语载元归”。元，即头。说明国民党失败的凄惨景象，很高明，使我印象极深。快六十年后的今天还能记住，可见是感人之深。

在旧社会，好的标题可以让反动派哭笑不得，读者看了却非常之高兴。有一次国共和谈破裂，国民党要单独召开伪国大会议。他们拼命拉民盟，民盟表示坚决不参加。但上海有些流氓，无聊文人和小市民却组成一个什么“中国民主党”，要作为一个少数党去参加，实在不像样，国民党中宣部的人宣布不让其参加。我标的题为《要者不来，来者不要》，概括了国民党的狼狈相，巧妙地嘲笑了伪国大这幕丑剧。很实的标题，就不能概括这些意思。

好的标题可以化腐朽为神奇。消极的新闻，有了好标题，可以让其发出光彩。过去，像《文汇报》这样认真严肃的报纸，总编每天要检查废稿，怕新闻漏掉。有一次，我发现华东通讯社发来的一条消息，纪念戴笠死去一周年。当然，这完全可以丢掉。但当时正是国民党特务横行，“申九”罢工好几天，学生被捕，白色恐怖严重。我就将消息缩短，写了一个标题：《戴笠音容宛在》，把它作为花边新闻，同国民党镇压工人、学生的消息拼在一起。读者一看就明白，我们的意图在表明，戴这个特务大头子虽死了，但特务活动有增无减，这个新闻本来是“臭豆腐”，但化腐朽为神奇，对读者可以起“开胃”作用，读者一看，就会发出会心的微笑。所以，新闻标题搞得好，就会发生意想不到的作用。如对西方的、海外的某些新闻，也可采用类似手法。当然要掌握尺寸。如香港的精神空虚现象。可在标题上表现出来，使某些青年人惊醒，起预防、教育的作用。

新闻标题，如果运用精练准确，形象鲜明而又贴切妥当的成语、典故、诗词，常可收到事半功倍的效果。好的标题要信手拈来，如王国维说的“没有矫揉装束之态”，这就一定要有丰富的古典文学知识，有较深的造诣和修养。我们应多看书，多背诵一些古代文学作品中的名篇佳作，名句警语。这样，一则新闻来了，猛然就会想到某句话，或其中的几个字，信手拈来，就很妥帖。运用恰到好处、深处，不要去生搬硬凑，强拼起来的题不会好。过去有的报纸，是先有标题，再凑新闻，很生硬，不自然。运用古代的应恰到好处，天衣无缝。

三中全会以来，特别是近两年，报纸多样化，形式变活泼，好的标题也越来越多了。我有个想法：能否把报纸的栏目再改小。现在，主题的字太多，常在十个字上下，这样不容易精练。但栏目宽，只标四个字又不大好看。栏目改小，标题可精练突出，也便于登小文章。这与当前的改革是有关系的。

现在的标题，仍有穿靴戴帽，字数过多的，起不到眼睛的作用，应加以改革。新闻工作者在这方面的基本功，也该注意学习，过好这一关。

八、新闻评论

新闻评论，不同于以前几讲。前面讲的主要是新闻、编辑等方面的一些意见，可以供大家工作中参考。新闻评论的问题，就不大相同，可以说，有现代意义的，新闻概念意义的新闻评论，解放三十多年，几乎如凤毛麟角。今后应该怎么办?

我们的报纸是社会主义报纸，是党和人民的宣传工具。报纸尽管没有强制性，但有指导性。是否仍像过去那样，《人民日报》的社论就等于是党中央的指示，各地日报的社论，就是省委的指示。这些问题都值得认真思考。

1956 年，邓拓同志曾经有个设想：报纸的评论，一种是代表党中央，一种是代表本报的某些看法。这样就灵活得多。新宪法颁布后，我们有四项基本原则，作为最高法律，这当然是一切工作都该遵循而不该逾越的。报纸用社论的形式出现，完全可以同党中央、省委的步调一致。但保持一致，并不等于腔调、语言一律，使人有“千人一腔，万人一面”之感。新闻应该以事实说话，语言、文风应和公告、指示有所区别。

现在好得多了，有些报纸也可以议论外交问题。《人民日报》评论员的文章，比如对两伊战争的看法，就能写。而以往则是用社论的形式，代表行使了党和政府的职能，不过比正式的外交部的照会或政府声明灵活一点。外国人看到我们一篇《人民日报》社论，表明对某些问题的看法，他们就很注意，如中国对美国向台湾出售武器的批评意见观点。甚至一本月刊的某些论点，也被认为是代表党中央的，这种“习惯”看法，对我们报纸发扬社会主义民主很不利，在外交上也会造成被动。现在我们有些改变，中央与各部都有新闻发言人。比如外交部就有外交部的发言人，不一定用报纸代表政府发言。

将来怎么样，我不敢断言。设想是党中央的指示，指令性的，还是用指示。有些事不像指示那么郑重的，是否以党中央的某一个权威人士发表讲话，对某一个问题，如对《邓小平文选》，提倡大家应该学习。这样就可以使报纸不会完全变成公告式的“公报”。

另外，一张报纸，还可以自己写社论。指导性的作用降低一点，但可以起一个舆论监督的作用。现在一听到舆论监督，就认为是要监督党。不是这个意思。比如卫生部门可以用《健康报》，对社会上不讲卫生的习惯进行批评，或者号召大家打某种预防针，做好儿童保健，等等。社论就可以用报纸的语言，进行舆论的指导和监督。对某些不讲卫生者提出批评。舆论监督是社会主义民主的一种重要表现，是在四项原则的基础上，让报纸有更多的自主权，发挥的作用可能更大一点。这当然关系着体制问题，是报纸打开新局面的参考意见。作为一个老新闻工作者，提出我的看法，目的是更能收到报纸的宣传效果，受到人民喜爱，并非要走“回头路”。

我在某地讲过一句话：我们过去的报纸，威信很高，但这好比党中央是太阳，报纸是月亮，报纸的光是靠太阳的反射。后者借助于前者，本身没有多少光。我们能不能让报纸本身也发点光，更美、更亮。当然，报纸是在党的领导之下的，但本身发出一些辅助性的光彩，岂不更好。过去，报纸有没有吸引力，同自身发光的程度有关。《新华日报》在周恩来同志的领导下，就有强烈的吸引力、说服力，本身就发出了强烈的光和热，使广大读者受到感染、教育。

下面讲的，是作为新闻意义的评论应该怎样写？主要谈谈过去的报纸，中国近代的报纸，以及现在各国的报纸，所体现的新闻评论自身的规律，这与建设中国特色的社会主义有联系。报纸改革，也意味着要变成带中国特色的社会主义报纸。这就需要回顾和探讨中国报纸的新闻评论，研究其发展历史和自身的规律。

新闻评论，在中国经过长期沿革，并不是一下就形成的。过去是文人论政，像王韬、梁启超等人，对国事发表意见，在《申报》、《时务报》等报上登出。但严格来讲，用英美式的报纸的标准衡量，他们的文章不是新闻评论，而只能说是政论，没有时间性，和新发生的大事没有紧密联系。政论是对一个时代或近几年政府的措施、国事发表意见。比如主张议定宪法，召开国会等等。反复说明自己的意见，与时事有关，但不是很紧密。是某个阶级政治经济的意见，所以是政论，而不是新闻评论。

新闻评论，严格地说应该是评论昨天发生的事情，或者是最近发生的事情。报纸应该把自己的看法告诉读者，判断、分析，提供背景材料，把来龙去脉说得清清楚楚，让读者对这个问题加深理解。有说服力，争取读者同情、同意报纸的看法。

初期的中国报纸只有政论，没有新闻评论。后来，于右任、宋教仁先生等创办《民立报》，才有现代意义的新闻评论，当时还有一张《时报》，狄平子先生创办的，也有时事评论。两张报对辛亥革命的态度不同，如民军在武昌发动起义，《时报》就讲昨天发生了什么事，应该平乱；《民立报》则在评论中说这个乱子很好，乱是中国人民得救的标志，应该拥护革命军。而且，还讲明很多道理，在辛亥革命中起了很大的鼓舞作用。

当时《申报》只有小言论，没有时事评论，是站在所谓纯客观的立场。它收到一个消息，说民军已经占领的汉阳，被冯国璋带的清兵“攻克”了。《申报》收到了这个新闻，发表了，群众不相信，说是造谣，很多人包围上海《申报》馆，把玻璃窗都砸了，可见民心所向。因为《申报》用了客观主义的标题，没有评论。《时报》、

《民立报》有时事评论，但匆忙写成，比较粗糙，只有几百字，还有署名。如宋教仁的笔名为“渔父”，于右任的笔名叫“骚心”等等。他们的评论很有吸引力和说服力。

辛亥革命后，报纸的舆论一时归于沉闷、复旧，根本不怎么注意新闻评论。有的报纸请孟心史、章士钊写长文章发表政论，对某些内政、外交问题、国际大事、第一次世界大战等重大问题，提出作者自己的意见，这属于政论体。报纸也有“时论”，代表报纸对一段时期的评议。

五四运动前后，北京《晨报》，上海《民国日报》、《时事新报》等，都起了一定的推动作用，主要表现在副刊上。有些报人的北京通讯也较有力量。但就新闻评论而言，则没起什么作用。

真正能够符合国际上一般新闻评论意义的，是1926年从天津《大公报》开始。最先也署名，创刊后三天，就不署名了，以“我们”的口气发言代表报社对某个问题看法、评议。一件事情发生，第二天立刻就有评论出来，代表报馆的看法，不是代表个人。风格、议论和基本态度一致，评论有说服力，能吸引人，其他各报也竞相仿效。当时张季鸾先生的文风很为读者所喜爱。1926年我还在大学里，下午天津报纸到了北京，同学们抢着看《大公报》，首先看社论，可见其威力之大。这不但在学生中，在社会上的影响也很大。他文笔犀利，见解精辟，文字优美，动笔又快。他写社论时，等稿件齐了，很晚才动笔。有时则写一段交一段给排字房。等全文写好，再在小样上润色。他还有个本事：动笔时先问排字房，今天社论地位有多少字？说是两千字，他就写二千，如果是一千二百，就写一千二百，还不使人感到有松散或压缩的感觉。这是多年苦练的结果。当时印刷较困难，他的笔可以使排字房不增加负担。我后来也学他，但总是学不完全。人们说，《大公报》一纸风行，是靠张季鸾的一支笔摇出来的。

后来，《益世报》请罗隆基当主笔，每月五百元，比大学教授还多二百元，还给一部汽车，待遇很优厚，想以此和《大公报》竞争，罗每周只写三篇社论。他的文章也好，很流畅，但他对新闻毕竟是外行，写的不及张先生。

当时，《北京晨报》、《时事新报》是研究系的报纸。它们的社论也尽量用新闻评论的形式出现，也是对每天出现的新闻提出看法，进行分析，让读者加深了解。

新闻评论的诞生，在中国与外国的情况差不多。随着传播工具的改革，印刷技术的进步，新闻越来越迅速，人们对报纸的要求也日渐提高，不仅希望从报纸上知道新闻，而且要知道新闻的背景，新闻事态的发展前途。所以，新闻评论的产生和健全，还是由于新闻本身发展的规律所决定的。

一般讲，新闻评论是报纸的灵魂。它表明报纸的态度，最集中地体现其立场、观点。任何一件事情，总会使人们产生各种看法。不同阶级的人对于某件事情的反应、看法是不同的。你这张报是站在广大人民、工人的立场，或者站在封建、资本家的立场，当然有很大差别。比如在美国，是站在民主党立场还是共和党立场，尽管大同小异，但对于政府的批评和赞扬是不一样的。

旧中国，在上海就有二十多种报纸。各报的立场和态度，总要表现在新闻评论中。这个报是真正的民间报，评论得到人民的喜爱、认同；那个报是半官方性质的，以民间形式出现，但一碰到重要关键问题，政治核心问题，就对国民党政府采取包庇和拥护态度。当时还有青年党的报纸，或者属于研究系的报纸，有各种各样背景的报纸，对一个事件有各种不同的态度。《申报》创刊初期到辛亥革命前，是站在帝国主义和买办阶级的立场。1912 年以后，由于张謇的关系——他是《申报》的主要操纵者，反映立宪派的立场观点。“九一八”事变后，史量才先生才转变到爱国的资产者立场，和人民大众的观点日益接近。太平洋大战爆发后，先后被敌伪和国民党霸占，那是另一回事了。《新闻报》也大体如此。

新闻评论的不断变革，在资本主义国家也是如此。最初也是政论，时论。随着传播工具的不断改善，又由于处在资本主义发展的时期，大家都想知道新闻，了解新闻，又要辨别哪一家报纸分析判断比较正确，对报纸有了选择，所以新闻评论也是在竞争中发展和完善的。比如，这与印刷很有关系。王韬很早就在香港创办《循环日报》。他刚从苏州到上海的时候，看到印刷发展快，用牛拉动平版石印机器，一小时可印几百张，颇有感触。认为西方的物质文明的确很先进，应该学习。因为过去我们是木版雕印，很慢，新闻很难"翔"实，报纸当然也不可能写出及时的评论。

上面讲新闻评论的沿革。现在具体讨论新闻评论的范围及写作中的一些问题。

新闻评论有社论、本报评论员文章、短评等等。广播、电视也都有新闻评论。凡以各种形式的言论，反映报社、电台、电视台的观点、意见，均属新闻评论的范围。

新闻评论工作者，应该比记者和一般编辑有更高的文字修养和各方面知识的修养，站得比较高，对各种政策有较深的理解，在我国来说，当然要求对马克思主义有较高的理论基础。

在老一辈的记者中，张季鸾先生的记忆力很强。由于写作时间短，不可能都临时去多翻查资料，因此，重要的历史事实和重要的各种数据，都要牢记于脑。我当年和张先生初接触，发现他对中外历史的重大事件——特别是近代、现代的，发生时期，有关数据，他都记得。如欧洲百年来的重要会议，公约宪章，中国的重大历史事变等等，滚瓜烂熟，一清二楚。不用查资料，引用绝无差错。

新闻评论的写作要思维敏捷，判断准确。这离不开正确的立场观点和广泛的调查研究。我们过去要经常抽看读者来信。张季鸾每天都要接触读者和各界代表性人物，了解各种情况，到深夜才动笔写评论。

新闻评论的文字要流畅、生动。结构要灵活多样，深入浅出，新鲜、活泼。不能陈词滥调，使读者发生呆板平凡、老套之感。也不能说了半天人家却看不懂，或者用些生僻的古字，就很难吸引广大的读者。

新闻评论要爱憎鲜明，激情洋溢于字里行间。如日本侵略中国，一个新的事件发生，民族的激情就要在评论中表达出来。过去，梁启超形成一代文风，其中就包含他讲的“笔锋常带感情”。张季鸾的文章分析透僻，感情充沛，他本身也是一个很重感情的人。

社论代表报馆。评论的文风，观点要基本一致。对某个问题的看法要有一贯性，不能今天拥护国民党，明天拥护共产党。《大公报》初期的社论，不少是吴鼎昌、胡政之执笔的，也要经过张季鸾的润色。我们后来的《文汇报》也是这样，解放战争时期，是宦乡、陈虞孙、张锡昌等主笔，他们的文章写得很好，但为了统一文风，我都要看看，在观点、文风上大体相同，作点修改。在香港《文汇报》写评论的有陈此生、梅龚彬、千家驹、吴茂生、胡绳、狄超白等同志，有的年纪比我大，大都是学者、权威，但既然为《文汇报》写社论，就要由我统一文风、观点，有的分寸不准，不适应当时当地的“尺度”，还得改一改。各报大体都是这种做法。解放初期，《人民日报》社论，听说都由胡乔木同志看过，使观点和文风基本统一。

在旧社会，在白色恐怖之下，新闻评论还要有斗争艺术。因为，报纸没有一天不接受新闻检查。在香港《大公报》时期，也要受到英国政府的检查，有的评论整篇被扣，文章中空格，“开天窗”的就更多，主张抗日的话被勾掉，连帝国主义、剥削这类的字样也不准见报（现在，听说香港在这方面“自由”了，那是新闻界多年奋斗的结果，也与祖国的强盛分不开）。抗日战争时期，国民党的新闻检查特别厉害，每天都有人到机器房来看，拼版时哪一份稿件没有打上检查的图章，就要抽下来；所有版面都经过检查所，才允许开印。那时，要发表我们的主张，就需要技巧，需要同检查所斗智，让他看不出来或抓不住漏洞。像鲁迅写杂文那样，有的小题大做，有的大题小做，有的借鸡骂狗，有的指桑骂槐，使用各种各样的手法。

“文革”中，我被揪出来，说我写过一篇为蒋介石祝寿的社论，是“没有国民党党证的国民党员”。其实，那是很费了心血的一次战斗。那时是1946年冬天，大约是蒋的六十寿辰。国民党中宣部通令所有的报纸都要写祝寿的文章，并出版特刊。因为不能骂，也不能批评，就只能以“皮里阳秋”、“绵里藏针”的笔法，表面上恭维他，说他领导抗战，但胜利还应该归功于军民，希望他珍惜自己的地位，珍惜国内的团结，把中国引上民主富强的道路，再不要依赖外国，做人家的附庸。这是指他处处仰美国的鼻息。当时怎么能骂他独裁、蒋光头呢？检查通不过，抗战胜利不久，一般的人民也接受不了。我们出的特刊，就集中他过去所讲过的许多好话，包括抗战胜利之初期停止内战等讲话如“双十讲话”、四项诺言、在旧政协开幕时的讲话等，全部编排重刊。目的在于用来对照他一年中的行动，看他是如何“好话说尽，坏事做绝”的，用以擦亮人民的眼睛。这样做，新闻检查所无法反对，因为这都是“主席”自己说过的话，全张没有一篇其他的文章。和其他报纸满腔歌功颂德的特刊，是鲜明对照，态度截然不同。这就是斗争的艺术。

抗战胜利后，不少进步朋友很欣赏我在《大公报》所写的一篇社论（那时我任《大公报》上海版总编辑。还未辞职重回主持《文汇报》），题为“论车辆右行”。国民党统治区原来仿照英国的办法，所有车辆都靠左行，抗战胜利后不久，即宣布改按美国的办法，一切车辆都靠右行。这本是交通方面的事，不一定写社论。但是，当时国民党政客们唱出一种论调，说共产党尽管经济政策好，但阶级斗争太残酷。我们三民主义不主张阶级斗争，但同样要搞土地改革和其他改革，是以右手行左策。这种论调颇有迷惑性，有些知识分子害怕阶级斗争，对此很感兴趣。第三条路线有相当市场。针对这种状况，我就在社论中说，车辆右行，交通规则改变后，应严格执行，开车的不能三心二意，只能眼光注意右面，循规一行向右开。管理的人也应一心一意向右指挥，如果左顾右盼，交通秩序就要混乱。轻则人仰马翻，重则秩序乱成一团，所以向右行就不能顾及左面（大意）。读者都会看懂，这是借题发挥，以交通方面的小题目来做大文章。

还有就是指桑骂槐。在桂林，桂系军阀鼓吹他们“三自”——即自治、自力、自强的成绩，说他们在城乡的统治办法很好，已有基础，吹得很厉害。我那时（1942—1944 年）任《大公报》桂林总编辑，有一天，看到记者写的报道，说东江桥弯了，亟待修理。我就写了一篇社论，题目就是“东江桥弯了!”，说桥为什么发生倾斜?主要是基础没打好。不要看桥面修得漂亮，基础太差，总有靠不住的一天，如不真正把基础打坚实，只是治标的修缮一番，终究免不了垮下去的。人家一看就知道是批评桂系的政治。

新闻评论，有时候则需要尖锐，态度鲜明，给读者正确的判断。读者接受你的意见，后来的事实又证明了你的观点，就会加强对报纸的信任。在香港时，国民党发行金圆券，我们通过上海的地下通信员掌握了大量资料、情报，我就写了篇社论：“给金圆券算命”，根据各种经济情况和国民党的收支现状，断言金圆券的寿命不会超过三个月。后来侯外庐先生讲他看了感到写得很痛快。果然，金圆券发行才七十多天就如“法币”一样不值钱，全盘失败了。那时，英国的、国民党的报纸都吹这是币制改革，可以把中国的经济稳定下来，有些中间报纸，也说金圆券虽非治本之策，维持至少一到二年是有希望的，而我们判断它生命只有三个月，事实证明，是我报正确，报纸的信誉就更加提高了。

最后，谈谈新闻评论的态度、文风。

报纸有指导性，这是对的。但毕竟对读者没有强制性、约束性。对此，前面讲新闻本身的规律时已经较详细地谈到。

所以，新闻评论要服从新闻本身的规律，以事实说话，并讲求新闻艺术，善于吸引、说服、感染读者。切勿以指导者自居，居高临下，更不能以势、以教条压人。首先要把读者当知心朋友，态度亲切、平易，事实摆足，道理说透，而且能联系大多数读者的实际，语气像和读者谈心一样，使读者感到亲切，心悦诚服地接受你的意见，不是以理压人，而要平易近人。做思想工作应该有这种艺术。周总理就是这方面的典型。大约在1946年底，我在上海见到周总理，一看就平易近人。我当时的有些想法不正确，曾向总理提出："《文汇报》在解放区能不能进一步推广？"总理似乎很理解我的心情，含笑对我说："《文汇报》是进步的报纸，在解放区是受欢迎的，特别是知识分子出身的干部，很爱看《文汇报》。但是，解放区的环境和这里大不相同，人民享受充分的民主，忙于土改、战斗和支援前线。解放区的一般群众喜爱当地报纸，因为它们主要刊载有关这些方面的消息和经验，使他们感到亲切。至于外地的报纸，无论多么进步，所刊载的东西，一般群众总会感到新奇而非切身有关，所以，要普遍推广就有困难；解放区报纸和国民党统治区的进步报纸，任务不同，对象不同，这也是自然的分工嘛。"说得很委婉、亲切，把我的思想疙瘩全解开了。其他担任负责工作的同志，如陈毅、夏衍、乔木同志，都是能根据你的水平和思想情况，很亲切自然地同你谈心，使你的观点逐步改变。邓小平同志讲话，包括《邓小平文选》所刊载的，同样是摆事实讲道理，循循善诱，一点也不以势压人。《陈云文选》也一样。

新闻评论的态度，也应该如此。我们今天的人，不可能整齐划一地对三中全会的各项政策都完全理解，全部贯彻。十年动乱的余毒还未肃清，西方资产阶级的影响不能忽视，鼓吹西方如何好，如何民主的情况，“右”倾思想，“凡是”思想，都还存在。解决这些思想战线的问题，新闻评论就要立场正确，还很需要高度的艺术性。属于认识问题，人民内部矛盾，态度应该像对待知心朋友，设身处地，娓娓而谈，寓理于情，解开对方心上的疙瘩。且不可居高临下，给读者造成以势压人的感觉。

我们有些人，写新闻评论的风气不好。动不动就搬领袖的话来压人，或者以党中央的什么文件，某领导的讲话来装点门面。毛主席历来提倡反对党八股，你这样做，就显得确实没有本事，只能搬八股。我们小时候写文章，没有办法写下去了，就来一个“子曰”，孔子如何说如何说，这是文章写不好，写不连贯，只能求救于孔夫子。今天，我们有些同志也总是以领袖如何说，大做文章，实质并没有真正领会其精神实质，就像四书的旧注一样，没有什么新鲜见解，却拿来吓唬人，这算不上新闻评论。

“听君一席话，胜读十年书。”我们同高水平的朋友谈心，深受启发，常有这样的感慨。报纸也如此，要把读者的心“抓”住，通过我们这些桥梁，让广大群众更紧密地团结在党的周围。不必主要依靠公费订阅，更多的读者会乐意自己出钱订阅了。这样，为党宣传的实际效果也就更提高了。

近一段时间，《人民日报》有不少文章写得入情入理，《体育报》也是。这次女篮得第三名，同样发评论：一方面鼓励，指出这是大球第二个冲出亚洲，走向世界的，意义重大。另一方面则分析几个不足之处，讲得很有道理，很内行，既有指导性，又有说服力。

新闻评论是报纸改革的重要环节，值得重视和探讨。我认为要写得好，首先是态度问题，其次，就是力求准确、鲜明、生动，强、快、短、真、活，这不单是新闻写作，也是新闻评论的要求。

九、编辑部是一个志同道合的战斗集体

编辑部应是一个战斗集体，从总编辑、副总编辑，到其他工作人员，职责都是记者。记者是一个光荣的称号，和解放军指挥员到列兵都是光荣的战士一样。所不同的，战士的武器是枪、炮，我们的武器是笔。

战士，当然有孤胆英雄，但要战胜敌人，总的说还是需要组织严密，生气勃勃的战斗集体，要有很强的组织性。

记者要做好党和政府的宣传工作，当好人民的喉舌。作为党的战士，不仅是自己能写善编，孤胆作战，还要把整个编辑部组成一个志同道合的战斗集体。

这方面的范例是重庆《新华日报》，在周恩来同志的领导下，成员们艰苦卓绝，坚强团结，像一个人那样。不仅勇于战斗，而且善于战斗。那时，我在重庆与潘梓年，章汉夫等同志有接触。他们在艰苦的环境中斗争，有时候总编、编辑也参加卖报。在关键时刻，周恩来同志亲自出来同国民党人周旋。并指挥全报社职工，英勇、机智地跟敌人斗争，竭力争取读者的支援。

当时，重庆、桂林有些大报馆的待遇比较好。如《大公报》的成员，干普通工作的都能温饱。但《新华日报》的待遇就要差得多，职工们有时吃饭也成问题。在这样艰苦的物质条件下，他们始终保持旺盛的斗志，团结得非常之牢固。另外，像夏衍同志领导的《救亡日报》也是这样，无论在广州、桂林，经济一直很困难，职工的生活也难于维持，外出还受到特务的盯梢，报纸的发行也困难。但是，夏衍、杜宣、司马文森和报社的其他同志，都紧密团结得像水泥一样。只有团结，白色恐怖黑暗势力才压不垮这样的堡垒。自然，中共地下组织的关怀、支持，也是主要的。

编辑部要志同道合，像一个战斗集体。《文汇报》初创时，敌伪经常恐吓威胁，投过三次炸弹，送来一筐注射了烈性毒汁的水果，用匣子装了一支被他们残杀者的手臂，上面写明："主笔先生：如不改你的毒笔，有如此手。"即使出现这些情况，我们照样坚持工作。我上班，汽车不能停在报馆门口，今天这个地方，明天那个地方。门口雇人站岗，后门和弄堂口装了两道铁栏门，像在铁笼子里工作。有时去附近小旅馆里订好的房间休息。有时像老鼠一样，趁人不备，偷偷回一趟家。但那时大家情绪很高，斗志旺盛。尽管初期的《文汇报》没有党员，都是来自各方面的"乌合之众"，但有一个志同道合，都坚决反对投降，反对敌伪，坚决宣传要抗战到底，而且，有一定的民主生活，有事情大家商量。上下之间的工作协调，民主集中，互相关心。《文汇报》初期的一年半，我根本没有去看电影，听京戏。我喜欢听评弹，有时，偷偷地到一个偏僻的小书场听一两档书。我们每两三星期，搞一次聚餐会，每个人都从家里拿一样家乡菜来，没有家的就买一点酱鸡酱鸭之类的下酒菜。大家工作结束后吃起来，生上炭炉，拼起桌子，团坐饮酒，漫谈，最后煮面充饥，在四周刀光剑影中，我们生活得很愉快。我那时只有三十一岁。

抗战胜利后复刊的《文汇报》，有许多地下党员先后参加，事后知道最多时有十五个，如宦乡、陈虞孙、马季良（即唐纳）、张锡昌、李肇基等等，互相之间也很团结。那时物价飞涨，生活艰苦。经理部有些人是被迫跟着我们走的，有一段时间经济困难，有钱的话先发工厂的工资，再发经理部，轮到编辑部，往往时隔半个月以上。本来，我们的待遇比《申报》、《大公报》低得多，加上那时通货恶性膨胀，我们领到工资时，币值已比工人又少了三分之一。在这种情况下，大家毫无怨言，坚持战斗，与读者的关系搞得非常之好。读者听到一点不利于报馆的消息，马上跑来或打电话告诉我们。1946年底，报馆经济实在难以周转，公开登报招读者股，读者热烈响应、支持，纷纷来认股。有些青年、学生、工人，自己生活也困难，就几个人凑一股。这些，既显示出我们报纸与读者的血肉联系，也说明我们编辑部本身是一个志同道合的战斗集体，加上经理部主要主持人目光远大，才可能如此。当然，就我那时的思想水平，对中国共产党方针、政策还了解不深，认识不足，报纸也不是革命的报纸，只能说是进步的报纸。但我们志同道合的共同努力方针，是反对内战，要求进步，反对独裁，要求民主，反对重走半殖民地的老路。这些方针，是完全一致的——志同道合的。当时，在白色气氛十分浓厚，在国民党官报、半官报的包围中，《文汇报》站在少数进步报的前列，英勇斗争，得到各界进步人士的支持和广大读者贴心的爱护。

在旧社会，编辑部上下一心，成为团结的集体，是一个报纸能够生存、发展的必要内在条件。《大公报》也是成功的，职工都愿为办好报纸，尽其全力，它有一些鼓舞人的方法和措施，比如，工资比较高，婚丧大事和子女上学、婚嫁，有补助，做了五年以上还有额外的年资薪。也有一个团结人的口号。如提拔我当编辑时，胡政之就找我谈话，说我们的报纸不像《申报》、《新闻报》那样的纯追求赢利的报纸，我们主要是“文人论政”的论坛。而且主张“事业前进，个人后退”，新陈代谢，青年们只要努力，一定会逐步递升，他并说：“希望你不要把报纸工作当成职业，而是当成事业。我们的宗旨是这几个人，年龄已过中年，不能老当‘主角’，事业是要一代一代传下去的，要培养年轻人顶上去。只要努力，将来的主持人，将在你们这些人中选拔，主持报馆。”他一番话很使当时的我受到鼓舞。那时每月工资有保证，按时发给，从不拖延一天。而且有急用时还可透支一个月。《大公报》在1926年由胡政之、张季鸾、吴鼎之三人接办之初约定，三年内，生活费由吴完全负责，他在盐业银行当总经理。投资五万元，两万元为开办费，其余三万，存在银行，三年内如不能收支相抵，贴光为止。三人还约定，都全力以赴，不在外兼职。由于他们的努力，当时，我们当记者编辑的，也认为是终身事业，工作卖出全力。比如，我 1929 年去沈阳采访华北运动会新闻，白天紧张地在运动场看各种比赛，挂电话到城内办事处报消息转发天津。晚上，还要访问运动员，回来还要写一篇详细报道，并写会内外花絮，一天只睡三四个小时。整个精神扑在事业上，希望报纸刊出的新闻，能比其他报又快又好有吸引力。以后，我在《大公报》多年，也一直保持这种精神状态。抗战时期周恩来同志曾说：《大公报》有三条：是爱国的，抗日的，培养了不少人才。

当然，《大公报》的口号可能是虚伪的，但很能迷惑人、团结人。当时，大家确实志同道合，为了争取国家的独立、民主和富强。在个人讲，是希望把报纸作为一个事业，成为文人发表意见的机构。当时编辑部只有三十多人，人很少，每天出版两张半到三张，一个人总要兼一二项工作。我编教育新闻时，还要兼编经济新闻版；编地方新闻时还要帮助徐凌霄编副刊《小公园》。徐在北京，我在天津，把来稿看后，有用的寄给他，每天帮助他画版样看大样。碰到重要的政治新闻，还要作为特派记者出门去采访。1930 年这一年中，我就跑了四次太原一次广州，因为大家努力，《大公报》头一年就收支平衡，第二年买机器，1936 年增出上海版时，资财已有一百多万了。

《申报》、《新闻报》主要是靠广告，商业性较重，“九一八”事变后，史量才、老板汪伯奇用人倚重徽州同乡亲友，编辑部中是雇主与雇员的关系，没有结成一个战斗集体，不可能办得有生气。像李浩然先生学识渊博，道德高尚，文笔有根底，长期任总编辑，不能发挥力量。

我在解放初期时想：现在，志同道合当然不成问题。因为都是人民的报纸，有党的领导，都是为了社会主义建设、实现共产主义的大目标而努力，与旧社会的情况完全不同。因此，所有的报纸都应是战斗的集体了，但是，情况并非如此。因为，尽管党的政策是明确的，但个人的理解能力不同，看法会有不同。何况，我们党也有阴天的时候，如过去的“左”倾，特别是十年浩劫，那就不可能志同道合。有理想、有品格的人怎么能同那些帮派爪牙和“造反”分子讲志同道合呢？

我很佩服《人民日报》有一个志同道合的集体，尽管“文革”中很难发挥特点，而且如邓拓同志已被迫害牺牲，其他骨干，都受不同程度的诬陷、迫害，但十年动乱之后，靠边站的很多同志马上就能团结战斗。《人民日报》当时的自我批评非常深刻，不像有些报躲躲闪闪。《人民日报》在胡绩伟同志主持下，为三中全会做好舆论准备，作出突出的成绩。大家知道，当时有些新华社稿是“凡是”强迫发表的，别的报登了，《人民日报》却顶住不登，这要有多大的胆识，在“凡是”思想严重，“凡是”头头控制宣传大权的时候，要进行抵制，至少不紧跟，就很不容易。假如这个集体是松懈的，不那么志同道合的，几个主要负责人，主任、编辑之间有不同意见，就不能那么坚决地贯彻十一届三中全会精神。

《羊城晚报》也是很了不起。1980 年我从香港回到广州后，有一个小青年来找我，请写文章。原来他是暨南大学一位教员的儿子，在《羊城晚报》制版房工作。本来，他不是编辑部成员，没有组稿的责任，但他那么热爱自己的报纸，希望办得更好，主动前来组稿，而且一再来催，使我很受感动。这说明该报从管理部到工厂部门和编辑部都结成了一个志同道合的战斗集体。据我所知，当时《羊城晚报》的总编吴有恒、副总编许实等同志组成的领导班子团结得紧，什么事该谁负责，能担当得起，敢于批评不良风气。现在，这个报纸发行量很高，在香港和海外也有较大的销路。这不是偶然的。他们还有一个很好的制度。晚报中午的工作很辛苦，有的编辑要到排字房去看拼版，作必要调整。食堂同志就早一天把菜单排出，编辑预选，第二天中午就把热汤热饭送到了排字房。这说明他们的团结和互相支持。有些报纸就不能这样，能这样做的不多。

一个报纸能生动活泼，编得好，有较强的吸引力、说服力和感染力，有一个志同道合的集体领导是主要条件之一。各行其是，得过且过，有事向上伸手，不能发挥集体的能动性，工作就不可能出色；领导只是当官，不能紧密团结群众，不负责任，也办不好。

今天，凡是发行量大的、受到广大读者欢迎的报纸，在组织上总有一套团结同志的办法。好比军队要能打胜仗，成为志同道合有勇有谋的战斗集体，内部有一定的民主和高度集中。这是毛泽东思想的重要组成部分。我 1957 年到苏联去参观，波罗的海舰队的一位指挥员暗地对我讲，中国有个毛泽东，了不起，连军队也能实行民主。军队本来是讲究纪律，讲究集中的，一般不可能实行民主，但中国人民解放军还有民主生活。这说明部队机关中越是民主，越有集中；贯彻民主集中制越好，越能成为团结的集体。作为新闻战士，在思想宣传第一线，尤应以解放军为榜样。

一个编辑部，或者是其他大众传播机关，要成为团结的集体，第一点是内部的民主集中很重要。应该让群众用不同的方式发表意见、讨论。我在上海《文汇报》时有体会。报纸没被封以前，总主笔、副总主笔、部主任等每天开碰头会交换意见，有时我也到采访部和大家谈谈对时局看法和我们应付的策略，该我承担的事我就负责。有一次，我们反对上海实行警官区制，即分段由警察管治的保甲制度，用不少版面登反对的言论和群众来信。其中登了一封信，是以两位警察来信反对这个制度。警察局就来人追问：编辑是谁？写信的警士姓名是谁？我回答：我是总负责人，不允许追问谁是编辑，一切责任由我承担。他们还要追问，我说：报纸有保护作者的责任。并把抽屉一拉说：原稿就在这里。但根据新闻制度，不能看，随你们怎么处分我。其实我知道这封信是为了制造气氛而由编辑同志写的，抽屉中也没有原稿。后来，警察局把我们的报纸停刊一周，读者纷纷来信慰问，我们的报纸反而得到更多的同情、支持。这说明负责人要真能负责，不要把责任向上推，更不要向下推。

第二是要同群众多商量，碰到困难大家想办法。但我在香港创办《文汇报》时，却有一个痛苦的教训。当时香港读者的认识水平较低，不如上海。潘汉年、夏衍等同志很清楚地劝告我：香港政府对我们很不友好，我们的《华商报》随时都有被封的可能。你们千万不要摆出太“左”的面孔，要以中间偏“左”的姿态出现，否则，可能同归于尽。我们经过商量，决定立场坚定，表现出《文汇报》一贯的民间报风格，立场坚定，但态度要灵活、明确，总的还是办民间报，以中间偏“左”的姿态出现，对国民党政府的反动政策，揭发嘲笑比在上海时更厉害。如解放军包围长春时，郑洞国将军曾负隅顽抗，声称自己是蒋介石当黄埔校长时的学生，要忠于校长，坚守到底，城在人在，城亡人亡。不少中间报纸和国民党报纸都鼓吹郑的顽抗和声明，有一张报的标题为“黄埔精神不死”，吹得特别起劲。但第二天，解放军就攻入长春，郑就被俘向人民投降了。我们马上用了一个标题，就照国民党报的一样，加了个逗号，惊叹号，为：“黄埔精神，不死！”给了一个很大的讽刺。

我们平常以中间偏“左”的姿态出现，但我没有向一般编辑记者好好解释，征询大家的意见，有些“家长”作风，内部就产生出一些风言风语。《文汇报》创刊时，许多著名民主人士如沈钧儒、郭沫若、章伯钧等都题字，马叙伦先生还为写报头。这叫我怎么办呢？我就与潘汉年同志商量，他说：你们何必自己“戳穿西洋镜”呢？我来给你还，一家一家去讲清道理。但我太简单化，没有把道理向同事们讲清楚。编辑部中有一部分是上海跟去的，一肚子气，认为现在到香港，应该畅所欲言，反对以中间报的姿态出现。后来，《大公报》一百八十度大转弯，头天还骂“共匪”，一夜之间就改称解放军。为此，有人议论《文汇报》是进步报纸，还不如《大公报》。后来有一天，《华商报》登出一篇通讯：“为什么《文汇报》还要称国民党军队为国军？”我就去找夏衍同志说：“这是讲好了的嘛，为什么登这篇？”他说：“这是你们报纸的同志写来的，你要做好内部的工作。”我如梦初醒，发现自己没有向大家讲清楚。这是个很大的教训。我后来离开香港《文汇报》，内部矛盾公开化，一派主张保持我办报的方针，另一派要赶快完全表现“左”的面貌。发展成派系斗争。这个教训太惨痛了，说明尽管基础好，但应该有过细的思想工作，才能保持报社的一致；才能保持和发扬团结战斗的集体精神。民主作风少一点，就会给工作带来损失。

编辑部，不管是报社的还是电台的，总编要集中，但必须建立在民主的基础上。同时，分工要清楚，但分工不能分家。过去，我们还没有什么工业部、农业部等，而是外勤、编辑两个部。应该经常交换对稿件取舍的意见。解放前，总编、采访主任，总主笔、副总主笔每天下午碰头，商量社论写些什么，采访有什么线索，重点应放在哪里，等等，都仔细商量，然后分配使用力量，对版面、选题等做好准备。

还有，就是对干部的培养、使用。要组织一个精干的核心，团结广大群众。

可能这些问题与现在不怎么相符。现在不像那时简单。在使用干部方面也不合现在的人事制度。《大公报》为什么能培养出那么些人才？胡政之经常看全国各地的报纸、刊物，发现人才。有见解的，写得好的，就约来谈话，然后征求他来《大公报》，如徐盈、子冈等人都是这样约请进《大公报》的，我也是这样来的。

同时，还要对人才大胆使用，大胆提拔。这在今天很难做到。《文汇报》那时编辑部共约六十多人，里面曾经有四人是出身《和平日报》的，他们写信给我，感到在那里很苦闷，对《文汇报》很热爱，问能否有机会来？我就约他们谈话，是真心实意的，就录用。现在，这四位中已有两个是党员，而且在《人民日报》工作，地位较高。在当时，我对《文汇报》的经理约法三章：第一，编辑部的言论态度你不要管；第二，用人问题我有全权；第三，我的名字要登在报头。这不是为了出风头，而是万一报纸被国民党收买，改变态度，我就把姓名去掉，读者就知道变化了。

不是我吹嘘，胡政之确实会用人。好的他就重用和提拔，如范长江同志，先鼓励他写旅行通讯，当旅行记者，以后又委以重任，提升为采访主任。比如我，1927 年参加国闻通信社——是《大公报》的姊妹机构，当一个小小的体育记者，两年后调到《大公报》任编辑，五年后又调去汉口当特派记者，工资比原来增加五倍。我在《报海旧闻》中写过，我二十二岁还未大学毕业，他就叫我代理北京国闻通信社主任，对我破格信任。这就给了我锻炼的机会。《人民日报》副刊以我为例，说伯乐应该识马。伯乐不易求，但有了千里马，不要埋藏。就是说，我毕竟对中国新闻界有一点贡献。假如没有胡当时的提拔，后来的情况就不一样了。

我有些地方远不及他，但也有好一点的，是能够容人。一个领导，特别是编辑部的，对下级的短处要能容忍。当时张季鸾不管人事，胡政之管。胡在创刊初期，能大胆提拔人的，1936 年上海版创刊后，遇到点失败，对有些记者几次稿件写得不好，或者编辑不如他的意，就不耐心培养，很多人被他辞退了。我在这方面好些，比如郭根同志，当时很自由主义，我让他当总编辑，过了几个月，他不干了，我问他喜欢干什么，他要到北平当特派记者，我就让他去。解放后，还是请他回来当总编；不久他又不愿干，要回山西教书，我只好放他走。以后一直写信来表示后悔，想再干新闻工作。这位同志已逝世了！学识相当渊博，也能写，就是太“天真”一点。

还有黄裳同志，很有才华，看的古书很多，写了不少书。文字也很漂亮，但有点倔强。1946年底他初进《文汇报》时，我请他编文化版。外勤的稿件送来，他润色得很好。但外勤记者提点意见，他就嫌水平低，闹脾气，把笔一丢，说："现在当语文老师来了。"这就把外勤的很多人伤了。我就把他调到南京当特派记者。他在那儿也干得很好，有一天，他去监狱采访周作人，还让他给写幅字，编辑部许多人对此有看法。我想了半天，认为了解周在狱中的情况，也不算丧失立场。至于写对子当然不对，不过周的字也确实写得不错。我就写信劝他，小的地方还是应该注意，以免招惹口舌。我看大节，重人才，后来还提升为编委。现在，他还在《文汇报》，给本报和海内外的报刊写文章，很受不少读者的赞赏。

当领导的，要看到别人的长处。特别是要"不拘一格求人才"。干部用人，要像知心朋友那样与之交谈。总编辑在人事上，至少应该有点权。像一个战斗的集体，总编至少有建议使用权。比如，王同志热爱新闻事业，尽管某些条件不具备，也应该千方百计培养他，给他锻炼机会。当时像《文汇报》真正写稿能达到发表水平的，也只有二十来人。所以，队伍要精干，要真正对事业热爱，愿意献身，不是追求个人名利的，应该挑选这样的人，才能够培养成才。现在，有些大学毕业生，愿意干的不一定分来，分来的又不一定热爱新闻工作，所以合用的人比较少。一个战斗的集体，要志同道合，在组织上，思想上，理想方面还要相同。班子不宜太大。有的部门应分开，编辑工作的人要精干。人多不一定能办好事，人才还可能因此而被埋没，人多反而不好办了。所以在选拔干部、组织这个集体的时候，应注意这点。

编辑人才的修养很重要。领导要关心，培养，为他创造各种条件，使之由不成熟到成熟，逐步成长。另外，自己也要不断自我充实、提高。除了一般的学习外，现在要抓紧《邓小平文选》和《陈云文选》的学习，学习中央领导同志的讲话，学辩证法。要经常看必备的新闻基础知识。准备写社论的，尤其要多读文学、历史书和有关现代科学知识的书。也应多读点古书。如前四史、《晋书》、《左传》、《国语》、《战国策》等书，多熟悉历史，从这些书里学习表达方法，还能学到一些推理的方法，分析问题的方法。曹聚仁在他的回忆录里，对王船山的《读通鉴论》很重视，常读、精读，说他写新闻评论颇得力于此书。这与我不谋而合。我对此书和《宋论》都精读过。司马光的《通鉴》只写到宋以前，宋朝的又是另一部。这些书的好处就是能启发人独立思考，没有故意标新立异。如给曹操翻案，秦桧是坏的也硬说他好，没有这些怪论。但一般认为是定论的，他却要想一想，深入分析当时的主客观条件，提出精辟的见解，文字也流畅，对我们写新闻评论的很有启发。从王船山的用字来看，张季鸾对他的书也是花过工夫的。当然，近人如鲁迅、茅盾的作品，我也爱看。对古典文学作品，我特别爱看《儒林外史》和《聊斋志异》，后者可能看了不止一百遍。它描写人物太深刻很准确，而且非常生动。寥寥几笔，就能刻画出一个人物，仿佛是“如在目前”，呼之欲出。而且，此书运用古典和成语非常之灵活。头几遍看它的故事，以后就注意文法，注意它的炼字炼句和成语典故的巧妙运用。《儒林外史》有一种白描的手法，所谓“绵里藏针”，有些话不直接道出，而是意在言外，话中带骨。如马二先生这些人物，有的写得迂腐，看似恭维，实含贬义，把各类士大夫的嘴脸都刻画出来了，而且个个栩栩如生；但又不像《二十年目睹之怪现状》那种赤裸裸的暴露。

鲁迅在《中国小说史略》中对《儒林外史》评价很高，他的杂文很多是意在言外，白描手法，值得我们学习。

作为一个新闻记者，要学很多边缘科学，如社会学、人类学、国际法、比较政治等等。还有历史、地理，自不必说。学过的不能丢，没学的需要补。单靠领导的辅导不行，自己要努力，才能在需要时能胜任新的工作。

平时要多练，掌握十八般武艺。一旦需要，就能用上了。这就是所谓的“宁可机会负我，我不辜负机会”。

我还有个看法，自己要做好资料。应该进行各方面的资料的积累。尽管报社有资料室，但为了方便，为了比较深入，还是要亲手做笔记，做卡片。宦乡同志从当记者起，就有卡片箱，每天把报纸上的重要东西剪下来，搞了很多，分门别类，大多是国际国内的大事。解放后，周总理让他去当外交官、当大使，就能胜任。以后又当共同市场大使，研究经济问题，也能对世界经济问题发表精辟见解，成为行家。他现在社科院当顾问，他坚持不断学习，从不放松，我就做不到。主要没有像他那样几十年如一日的恒心。积累资料很重要，可以锻炼自己。自己动手的，比从资料室调来的印象深，运用可以更得心应手。而且，正如上面我所讲过的，有时要赶时间，赶写一篇报道或社论，资料自己手边有，就方便多了。

总的说，作为大众传播机关，应该成为志同道合的战斗集体。个个很精干，可以“孤胆作战”，而正常情况，战斗要靠“群胆”，既志同道合，又是坚强凝聚的集体，就可无坚不摧，取得预期的战果了！

十、时间是新闻现代化的尺度

新闻是广义的。

一切大众传播事业现代化的尺度是时间。

新闻事业现在已经发展成为大众传播事业。新闻的手段不仅是报纸，还有广播、电视。这是新闻传播媒介发展的必然结果。它成为信息社会的重要核心，成为推动新技术革命的重要枢纽。

有人大惊小怪：“传播学是不是资产阶级的东西?”甚至还有人说：“是不是传播基督教义的?”

我没有系统研究传播学，但我知道这是一个新的学科。外国的有关书籍中，可能有唯心主义的成分，我们应该像鲁迅那样，采取“拿来主义”，“拿来”后加以分析研究，去除其糟粕，把合理部分，精华部分掌握好，并结合我们的历史传统和具体情况，改造成为社会主义的中国的大众传播学。

传播，不仅是人，即使是动物，为了生存，为了防卫，也采取合群的活动，需要传播信息。如蚂蚁发现一个死苍蝇，就会招呼本群的同类前来，往往一会儿工夫，就有一群蚂蚁赶来。这是凭它们的触觉传播信息。蜜蜂采蜜也是这样，一只蜂发现了可采蜜的花丛，可能是用分泌气味作传播手段，指引群蜂到花多的地方采蜜。动物中还有很多，如萤火虫是凭光来传播信息，狼、狗则是凭声音。传播是动物界的自然现象，是它们为了发挥集体力量，求得生存发展的一种手段。

人类以前说有一百万年的历史，现在有人说有一百五十万年，也有说二百万年的。人类的历史，也是传播手段越来越发展，不断提高进步的历史。

人是高等动物，可以直立行走，会讲话，做手势。据说原始人类的语言有几百万种。他们最初用手势、用各种原始语言传播信息，为了取得食物，也为了防卫野兽袭击。以后，有了比较规律和通用的语言，能传播更完整更复杂的内容，不仅能传递当时的信息，也开始有思想，能思想交流。

人类的飞跃是产生了文字。各国的原始文字都是象形字，画山川、走兽等等，是象形的，我国的“六书”也以象形字为首创。看到牛，就勾画一个简单的形象，头上有两只角。看到水，就画了水的流象。慢慢发展成文字。我在大学读书时，听钱玄同讲文字学，讲到最初的文字甲骨文、金石文，大概在殷商以前就有了，几乎都是象形字。加了些简单的会意字。如森林中着火，就画了“焚”字，火烧着树木了。又如，两牛相斗，以后成为“斗”字。

文字的发源，是由于生存斗争，生产劳动的实际需要而出现的。可以说，最初发明这些文字的人是最早的新闻记者。他们把当时发生的情景、事件，在岩石、土墙上刻划、记录下来，或作一个标志，用以提醒人们，或作为“笔录”，留备以后参考。有文字以来，就有了新闻记者。

古人说“六经皆史”。六经中的一半——三“传”——全是当时的“大事记”。其他三个“经”，《易》是记录朝廷占卜吉凶、丰歉的；《书》记载当时的典章大事；《诗》则专门搜录各地的民谣，等于我们现在的报纸副刊，刊载民间诗歌一样。所以，我们也可以狂妄一点说，六经皆报，不过时间性差一点，是像《新华月报》月刊、年鉴、《时事手册》那样的新闻汇编罢了。

最初记录的是业余的新闻记者。后来，有了官方记者：皇帝设有两个史官，左史记言，右史记事。中国的文字很早，新闻记者也早，一方面是官方记者，记本朝的各种大事、修史；还有民间记者，写野史，做笔记，反映各种活动情况。每一代都有。中国经过不少战乱，如秦始皇焚书，三国、南北朝的战祸等等，烧掉了很多好书，但留下的史籍还是不少，如《二十四史》等等，都是靠官方、民间的史家——记者的记录，加以编辑而成的。以后，还总辑成《永乐大典》、《四库全书》等丛书、类书。

有了文字，传播就进了一大步。最早是在甲骨上或钟鼎上刻字，非常费劲。后来使用竹简，并编订成册，仍然不方便。当然，这是人类传播的发展结果。有了书，就可以把人类的知识、经验传送更远，还能够传之后代。但太原始，毕竟很困难。所以鲁迅说古书内容很简单，是记事、记人、状情状事，都只能是提纲式的。《春秋》

只用几个字就记录一件史事，原因之一是刻字很费工夫。这样的好处是简练。

中国是世界上造纸最早的国家。蔡伦发明造纸后，对于文化发展很有利，但书写只能一份一份的，仍然麻烦。那时出书，要一版一版地刻，花很多工夫，要好几年的时间。后来，毕昇发明了活字印刷，比欧洲最初发明的德国古腾堡活字印刷早一百五十多年。毕昇的字块是泥土制的，德国的是金属的。活字可以排版印刷，比过去方便得多，文化就可以更广泛地流传。

新闻事业的正式形成，在毕昇发明活字印刷后成为可能。过去如一个政府的公报，不知要刻多少版。有活字排版，报纸就能广泛流传，从萌芽状态逐步发展。

假定人类有一百多万年的历史，从有文字到印刷，只有几千年的时间，而能刻活字印刷，不过是几百年的时间。这段时间进步很快。我小时候在家乡看见的印刷，就是石印，没有铅字的。王韬初从苏州到上海时——19 世纪 50 年代，看到有牛拉的印刷机，中国的近代式报纸，开始创设了。以后，有了铅字印刷，有了卷筒印报机，中国近代报业，更蓬勃发展起来，如雨后春笋。我于 1929 年到《大公报》，才看到了平板印刷机。翌年该报买回第一部转筒机，这是当时印刷的现代化新成品，北京各报都是平板机。上海的《申报》、《新闻报》则比较早有了转筒机。当时中国还不能造。后来，《时报》新进了一部最新的印刷机，可以印三种颜色、印照片，震动了全国。当时开运动会，每天印一张画报，销路大大上升。

我做新闻记者之初，我国还没有无线电报，只有有线电报。从太原打一个电报到天津，加急电每个字收费三角；也要五个小时送到。只有一根线，只有一家外国公司的水线，从天津到上海、香港，传递新闻电报要快一点。美国到日本、中国，在海里有一条水底线，还需要经常维护。华盛顿会议，决定日本归还中国的胶济路和青岛等十九条条款，日本两张大报，《朝日新闻》和《每日新闻》竞争厉害，两报记者都同时得到了会议文件全文，《朝日新闻》的记者就写了个简单报道，即九国公约决定把青岛和胶济路归还中国的简讯，打电报到大东电报公司，先发走，并以发圣经占住线路，写好第二个详细的报道立刻再发。《每日新闻》的记者写了长稿，但却因线路被占而无法发回日本。可见资本主义社会报纸竞争如何激烈。

1930 年，从北京到沈阳试用无线电报。以后，无线电普遍了，新闻传递很快。有一个留学生到《新闻报》，对汪伯奇说，他可以从空中截获电报，就是路透社、哈瓦斯社、德新社等发的无线电报，他也能从空中“抓”下来翻译。他是学无线电的。《新闻报》就买了一个收报机，改为自己的专电，销路大增。后来，各报都如此。再后来，有了电传照相，更加推动了报纸的改进。我在沈阳采访运动会的消息，当时还没有电传照相，我就先打听谁的成绩最好，分析估计谁可能出名，如刘长春，就在这次运动会会场先给他照一张，跳高的也是如此，照好后编号寄往天津，等到运动成绩一公布，就试用当地的电报局，按编号报成绩，消息发得快，第二天的报上全部登出来，照片也同时出来，读者很新奇，轰动了天津北京。这是对传播手段的不得已的补充办法。

1932 年，中国才开始有广播电台。初期只有南京中央电台，后来，上海先后出现私营电台，那时，我国不能自制收音机，买一部美国的收音机，非几百元不可，一般人根本不敢问津。

印刷机器也不断改进。30 年代中国能自己造卷筒印刷机，比国外便宜得多。国民党末期，也能自己生产转筒纸了。

这些，都使传播事业进入一个新时期。

七八十年代，世界进入电脑时代。由于电脑的广泛使用，和人造卫星以及光导纤维等的发展与实用，大众传播事业成了信息社会的中心，从而掀起新技术革命的浪潮，日新月异，大大推进了人类社会飞速前进。

一切传播事业，说明人是万物之灵。动物只能凭它的肢体和本身的器官，靠声音、触觉、味觉等来传播信息，而人能不断地发明工具，把五官的能力越来越延长，到现在，神话中的千里眼、顺风耳等等已经被现实远远抛在后头。如电视伸延了视觉，人们可以通过“同步”卫星看全世界刚发生的情况，如在西班牙举行的世界杯足球赛，就会在眼前出现其现场拼抢的情景。听觉也通过电波而扩大，北京的声音可以立即传遍全中国全世界。如邓小平等同志在某些重要会议上的讲话，党的十二大开会的过程，世界排球比赛的现场音响，我们都能借助于收音机而听到。

传播，是一切动物都有的本能，而人类却能够有意识地不断发展它。有了传播，就有了教育的手段，有语言、书籍，才能传之后代。大众传播，新闻事业，不仅能面向少数人，而更重要的是向大多数人，广泛地传播，无远弗届。速度之快，可以同步。新闻工具使传播更快更真，如足球赛，还有慢镜头，可以检查是否犯规。传播事业通过电脑和卫星，进入一个崭新的阶段。新闻的采访、编辑、印刷、媒介、工具的每一步改进，都能缩短传播时间。落后就要挨打。

我有一个很痛苦的经历。《大公报》发行上海版，机器每小时只能印两万张份，每天出版三张，还有本市增刊，负担重。同样的新闻，《申报》、《新闻报》机器多而新，他们能赶上，我们赶不上，速度上竞争不过人家。当时，上海开往苏州、无锡、常州、嘉兴和杭州等地的火车清晨 6 点半左右开出，去各县的运报卡车也在 7 时前开出，报纸必须在这之前送去。卡车为《申报》、《新闻报》所控制，司机都听他们的话，这两家的报到了，这卡车就开出，不再等别的报，赶不上自己倒霉，江南各城就看不到当天的《大公报》。我们的工作很紧张，把时间都计算好，报纸要按时送到火车站和汽车站。必须在开印之前发下大样，差不多每天要等印刷机开动了，车子开出去了，并回报说：赶上了！我才放心。等我回去睡觉时，大儿子已经背起书包上学了。所以落后就挨打、被动。《申报》、《新闻报》就没有这样的问题，它的印刷力量占强、设备先进。

目前，我国在传播工具上已经大大落后了，由于“文革”的耽误，落后了二十年。我们必须加紧赶上去，走进前列。这样才能实现传播事业的现代化，才能迎赶新技术革命的浪潮。

美国传播学大师宣韦伯博士讲了一段很生动的话：如果以人类历史一百万年作为一天来算，那么这“一天”的“一小时”就等于41666.67年，一秒钟就等于11.5年。人类的原始语言产生于公元前十万年，相当于这一天的下午9:33；人类有正式语言在公元前四万年，等于晚上11:00；文字产生于公元前三千五百年，相当于晚上11:53；宋朝的毕昇创造活字印刷已经是11:59′4″，仅差午夜四十六秒；1839年发明的摄影仅差午夜十二秒；爱迪生发明的电影仅差午夜九秒，无线电的发明仅差七秒，广播电台1919年的出现仅差六秒，到了1926年电视的发明仅仅差四点五秒钟；1945年有了电脑，这时差午夜仅三秒钟；1954年发明了人造卫星，接着又有了卫星转播，这些新的发展都是在最后的“一二秒”内出现的。所有最新式的传播工具，都是在最后“一秒”钟创造发明的。

我国在人类发展的历史上是一直领先的，如文字、印刷等等。蒸汽机问世后我们落在了后面。辛亥革命后，慢慢地赶上去。我们偏偏是在最后的“一秒”，即使用电脑、卫星转播、激光、遗传工程时代，新的技术革命时代白白浪费了二十年，因而大大落后了。所以，在今后的时间里，我们要在工业，农业，也要在大众传播方面赶上去。在历史的长河中我们只落后了一秒钟，但关系重大，非赶上去不可。时间是衡量大众传播事实现代化的尺度，意义就在这个地方。大众传播学是时代发展的必然结果，不能因习惯于锄头犁耙，就不采用拖拉机，也不能置现实于脑后，像鸵鸟那样。

现在，党中央，新闻领导部门都重视这方面，如何打开新局面，增设广播学院，有关大学里也加强了电脑的学习和使用。今天，80年代的新闻记者，应该懂得现代化的采访工具、采访手段，印刷工具，印刷手段。《人民日报》、《中国日报》已开始试用自动打字机，印刷用电脑胶版印刷机，用中文电脑“排字”还没解决。据说台湾、香港已经着手解决汉字电子编排问题，走在前面了。

我在厦门大学参加筹建一个新闻传播系，就是一个初步的尝试。我对大众传播学、电脑是外行，但我认为这是一个趋势，新闻现代化必然要走上这条路，而这就需要培养人才。我们在工业上吃了苦头，有好机器却不懂操纵，印刷，采访等有了现代化的工具，同样需要人去使用和维修。

现在我们出版一本书要几个月，慢的需要一年多时间，而日本几天就能出一本书。我的《报海旧闻》在日本翻译出版，我在1982年12月中写日文版序言，12月20日寄去，1月20日他们已排在书前，全书已印好发行了，翻译印刷总共才一个月，15日付印，五天就完成了印刷过程。这说明我们的差距有多大！

报纸也有这个问题。很多传播工具正在改进之中，很多专业人才缺乏，能运用现代机器的人也不多。我想：三五年内，我们的报社应该实现电子编排。记者可以坐在家里，或车子里，用自动打字机“写”出稿件，立即在报社荧幕上显现，编辑可以用电钮改稿、审稿，总编通过电视屏幕决定取舍、最后润色并拼版，很快可以付印。这些新的传播工具，记者、编辑都应该好好掌握。

我在香港时，发生疯狗咬死人的事情，香港当局要求全港，在两天内检查全部的狗并打预防针。当天下午电视里播出了全过程，警察、医生来到某家，怎样把狗抓起来，怎样检查，检验，看得清清楚楚。这就是电视台记者跟踪现场采访的成果。

人类越来越聪明，传播技术越来越发达。历史证明，中国人的头脑绝不比任何所谓先进国家的人差。近年来，我们在国外的留学生，很多人成绩突出，不少人还有重大的发明创造，受到高度的评价。党的十一届三中全会后，知识分子正在新觉醒，决心要振兴民族，振兴中华，在科学、生产、教育、国防等方面智力投资，为赶上或超过先进国家作出贡献。民盟搞这个多学科学术讲座，也是这方面的工作。

我们要有雄心壮志，响应党中央的号召，迅速赶上去，不甘落后于人。我们不能想像五年、十年以后，记者还凭着一个笔记本、一支笔，就去进行采访，当好记者。总有一天，不仅中央的报纸，省报和地方报也都要采用各种新式的采访编报设备，以及最新的电脑机，在各方面实现电脑化、现代化。

听说，美国、日本等国的学者，已在搞第五代的电脑了，我们真该争分夺“秒”，赶上去啊!

结 束 语:

新闻事业的生命力在于不断改革

中国的报史是一部不断改革的历史。

中国现在的报纸还比较落后，但我们的历史悠久，从文字的产生就有记者，史学一向是先进的，二十四史各国都没有。外国人就从这些史料中搜集整理，编出一部《中国古代科学史》。其实，这方面还有很多，如中国的水利史、地质史、交通史等等，都包含在史书和有关书籍中，值得研究和传播的内容极为丰富，有待于我们的努力。

改革一直延续到现在，进入一个大变动，大改革的重要时代。在这新的时代中，改革应该注意到两个方面：其一，物质的、科学技术的改进，推动了新闻事业的发展。这是基础。另一方面，新闻艺术需要相应的配合，提高，适应传播工具的发展。如早期的报纸，只要多动脑子多动腿，有一定的文字表达就能搞好。现在，如果不会使用照相机、录音机、录像机、步话机、打字机等先进的采访工具，就很难当好记者。再如编辑，新的改稿办法是通过屏幕显示稿件，与过去的看稿纸的艺术就不同。如何运用新技术，尽力使版面好看，同过去也有很大差别。如标题，在香港使用电脑排版机，字体可由电钮控制，标题字可以侧排，非常富于立体感。过去只有四五种字体，现在却能变化无穷，更有吸引力。

近代报纸产生后，在中国一百多年来，一直是在不断地改革，特别是解放以来，改革加快了步伐，大都是从这两方面进行，互相促进。目前，世界上的科学技术突飞猛进，在人类历史的最后一秒，也就是这二十年内更加如此，而我们恰恰落后于这个时代。所以，要抢回时间，不仅在传播工具方面，在新闻艺术方面也是如此，我们要不断研究，不断改革，促使新闻宣传的效果更好，为社会主义物质文明，精神文明作出贡献，发挥更大的效益。

报纸的改革，大众传播工具和新闻艺术的改革，是顺应时代潮流，符合历史发展规律的。新闻现代化跟不上，就要拖四个现代化的后腿。照规矩，传播事业、出版工作要打头阵，造好舆论，但目前却显得不够。报纸受到社会的要求和来自各方面的压力，非加快改革的步伐不可。所以，要打开新局面，就不能因循守旧。老一套的，不管是设备和写作方面的，凡属落伍或过时的，都应改造或收拾起来。要总结历史经验，吸取教训，特别是近三十年来的经验教训，使新闻艺术更能跟上时代的步伐，适应振兴中华的需要。1956年，报纸进行了新闻艺术改革的尝试，受到读者的欢迎。到十年动乱，改革不仅中断，而且回到了原始的、落后的状态。不讲时间性，不讲新闻性，充满了谎话，套话，除少数受骗者外，稍有头脑的人都不相信报纸，十分可悲，太可悲了！

今天，党中央拨乱反正，使我国现代化的过程走向稳而快的发展阶段，新闻事业的改革也应走上稳而快的发展阶段。我们作为新闻工作的成员，不管是像我这种退伍的老兵，还是新参加的战士，或者是担负重任的领导，都应该具备献身精神，有志于新闻事业的改革，为社会主义新闻事业现代化贡献自己的力量。

报纸改革，也是新闻艺术提高的过程。随着设备现代化，新闻艺术就必然要改进。我们的新闻艺术过去落后了，有些方面呆板、僵化了。今天的社会日新月异，生气勃勃，要把僵化的东西打破，更快起步，实行改革。现代化的标准就是时间。采访、编排、印刷，都要求快，争得一分一秒，现代化就跨进了一步。我们不仅要在国内尽快传播新闻、传播信息，更要在国际上有竞争力，消除落后状况。如六届人大开会9点讲话，别人9点03分即发出去了，我们就做不到。我们的新闻虽然更正确，但时间落后，别人就可能先入为主，发生不好的影响。我们的通讯卫星上天后，自己有那套设备，就可以向全世界各国大众传播编辑部的屏幕上传播消息，包括台湾的报纸和电视台，一下子就能收到正确的消息。这样，不仅对人类的文化交流更有益，对争取祖国统一也更有利。所以，要多多学习这方面的知识，包括传播技术和新闻艺术的知识，才能在波澜壮阔的新闻事业改革中，成为冲锋在前的弄潮儿，把新闻工作干得出类拔萃，真正有所建树。

我已到了垂暮之年，但一是不服老，二是不自量力。人总不免一死，但事业却是永存的，是一代一代传下去的。我还始终抱有为新闻事业多添砖加瓦，助其成为摩天大厦的精神。所以，本来我没有系统学习传播的知识，但看到当前的趋势，要现代化就需要设置这样的传播系，故向厦门大学提出建议，得福建和厦大领导赞同和支持，海外的朋友也支援了不少器材和人力、物力，前景可喜。这次讲新闻艺术，也是尽自己的一份心意。知识分子的觉醒，在各个历史时期都发挥了巨大作用。当前，在振兴中华，加快改革步伐的新时代，知识分子的新觉醒必然带来丰硕的成果，其中也包含着新闻艺术的更上一层楼。

附　言

这组讲稿，最初由我的学生——复旦大学研究生贺越明同志整理详细提纲。1984 年春，武汉大学新闻系讲师侯德江同志，根据民盟中央的录音，逐句加以笔录整理。德江同志学识丰富，文笔流畅，所以初稿整理得很好。在向知识出版社交稿之际，应先向这两位同志和民盟中央科学文化委员会的同志们致深切的谢意。

又一年多过去了，新出现的事实，更加说明提高宣传实效、讲究新闻艺术的重要性。以信息社会为核心的新技术革命，更加汹涌澎湃，滚滚向前；作为信息社会的重要枢纽，大众传播事业也更加日新月异，奔腾前进。

旧中国的报纸，都标榜新闻翔实。翔，就是快。而现在信息的传递，不是飞翔，而是事实与传播像影、形一样，同步出现了。

在这样的时代，传播的信息不准确，或稍有错差，势必使我国的生产建设和精神文明建设蒙受损失。慢了，也将对四化建设特别是对外贸易方面受到影响。

不彻底肃清“左”的影响，消除假、大、空、套这些余毒，重视新闻艺术，就不可能使大众传播朝气蓬勃，富有生气，富有吸引力、说服力和感染力，提高宣传效力，为“四化”服务，面向世界，面向未来。

大众传播学里有“反馈”的章节。就是说，传递的信息准确、及时、生动，使受传者在物质生产、精神生产方面收到实效，反过来又丰富了信息内容。

另一方面，如果信息有差错，不及时，或者传播方法不生动，缺少吸引力和说服感染力，也会使受者生厌而引起反作用，这也是一种“反馈”——“倒胃口”是一种结果，呕吐、恶心也是一种结果，更甚者是“食物中毒”。

所有这些，我们在“文革”十年中已有惨痛的例证。

总之，回顾过去，展望未来，都说明我国新闻改革的刻不容缓，也说明习仲勋同志两年前所提出的真、快、强、活、短“五字诀”是多么正确的方针。

（1984年9月1日上海）

关于《新闻艺术》的通信

《团结报》编者按：新闻界前辈徐铸成同志，将在今年暑期民盟中央主办的多学科学术讲座上，主讲《新闻艺术》。本报曾请他"泄露天机"，先谈谈这一讲座的设想，想来是新闻界同业所乐于知道的。

现将徐老给我们的复信发表如下：

《团结报》编辑同志：

民盟中央将主办学术讲座，嘱我也参加，题目定的是《新闻艺术》。来信问讲稿是否已完成？大体内容是什么？不少亲友也来函询及此事。

这几年，我先在香港《文汇报》，以后又先后在广州、厦门、福州、杭州、上海及江苏几个城市，谈谈我的老经验，从新闻采访、写作、编辑（标题、版面安排等）到新闻评论和人才的培养等等，都谈了一些，自己杜撰一个总题目："新闻烹调学"。钱伟长同志给我改为"新闻艺术"，希望我多补充一些内容，并稍稍加以条理化，参加这个讲座。

顾名思义，不会多涉及有关新闻宣传的基本理论问题。因为：一、这些问题，归根到底，由我们国家的性质所决定。新宪法有明确条文，并经各新闻教育机关和新闻报刊反复讨论，阐述已很清楚，二、我从来没有受过系统的新闻教育，不是"科班"出身。《大公报》在旧中国，大概也相当于一个"富连成"吧，我从20年代末期起，在那里学"艺"，从跑龙套开始，生、旦、净、末、丑，各个行当都学过练过，直到挑大梁，唱过几年压轴戏。以后，又自己组班——《文汇报》，从抗战初期到解放以后，几经改组，自以为对这套艺术，有一些体会，并有所发展。

现在，已是一个解甲的老兵了，但对新闻事业，还有浓厚的兴趣。好不容易盼到这样一个充满希望，光明闪耀的时代，总想竭尽绵力，有所贡献，而腰腿不行了，嗓子也干枯了，只能像张君秋、侯宝林等同志一样，带带徒弟，写写掌故，到大学讲坛上去谈谈心得；精神好时，也偶尔在海内外报刊，“串”演一段。这次参加讲座，也算是表达这种心愿的一个机会吧。

三中全会以来，一切讲求实事求是。短短几年，各方面已出现了新局面。国民经济从崩溃的边缘，逐步改革，以提高经济实效为中心，已经欣欣向荣，走上健康发展的道路。

我们新闻传播事业，也在蓬勃发展中，正在谋求进一步打开新局面，是不是也有一个讲求宣传实效的问题值得考虑呢？

由于电脑的发明和广泛应用，传播工具已日新月异，不仅广播和报纸的编、采、印刷工具有了新的武装，而且电视、电脑、卫星传播等新媒介日益广泛应用和不断改进，信息的传递，几乎可以做到和新闻的发生“同步”了。（按：该书已在知识出版社出版）

（1983年3月18日，

选自《锦绣河山》1986年版“传播篇”）

第五辑　专论

《文汇报》的精神

我是《文汇报》的旧人。今天《文汇报》八周年纪念，我应该说几句话。

有人说：《文汇报》是中国新闻界的彗星。这话，我只承认一半。《文汇报》起来得很快，当初创刊后，不到半年，就由一张扩展至四张，发行突破七万份，压倒当时上海销数最大的《新闻报》，俨然成为孤岛舆论界的重镇。后来，忽然因为英籍发行人克明的“变节”而玉碎了。骤起骤落，时间不过一年半，真像彗星的划空而过。但彗星是一灭不再复明，《文汇报》却必有悠远光明的前途。读者对她是那么亲切期待；新生的中国，少不了新生的《文汇报》。

我当初的加入《文汇报》，是很偶然的；因为《文汇报》刚创办，没有人写文章，我客串了几篇，报馆吃了炸弹，而仍许我维持这论调，继续写作。因此发生了兴趣。经过一度商洽后，就正式参加了。那时《文汇报》用《大公报》的机器印刷，编辑部也有一部分《大公报》的旧人，因此大家都认为她是《大公报》的化身。其实，那时我们都非常幼稚，外面的新闻布置也不够严密，只凭一般热情苦干硬干，因此有一点成就。

新闻记者的最大兴趣，就是在做出的报，有人看；说的话，能够得到广大读者的共鸣。这一点，我在《文汇报》一段时期是深深感到的。报每天飞涨，到了上午10时以后，报摊上就看不见《文汇报》。有一次，天亮编完了报回家，顺路到法国公园散散步，看到池塘四周坐着的人，每人手中的报纸，都是《文汇报》，心中有说不出的快慰和惭愧。还记得广州沦陷的一天，外国通信社谣传广东某将领被敌收买，说“银弹”打进了广州，晚报大事宣传，加上汪逆兆铭在汉口发表谈话，说中国本不愿战，随时准备谈和。一时上海人心惶惶，以为大势已去。那天我们根据常识的判断，相信中国军人绝对纯洁爱国，相信抗战必坚持到底，新闻，社论，短评，强调发挥，第二天报纸出版，社会立刻凝定下来。这一幕，可见读者这样的信赖，是做报的人终身感激不忘的。

《文汇报》的精神，就是敢说话，无私见，无党见，大家只知有报，不知有个人；我们当时的待遇都很苦，但全体同仁，都精诚合作，各人发挥全力，求事实的进步，台儿庄大捷，我们编报以外，写了许多大字传单，经理严宝礼兄也和我们一起分头到各处去张贴。我们每人要做两个人的事，编报算文章不算，后来增出晚刊，大家都不分昼夜工作，而兴趣都很高。最后英人克明暗中把报出卖，我们以全力抗争，克明和少数中国职员，要欺骗我们，分化我们，但我们编辑部二十几个人，都全部签了名，毅然登报退出，揭露他们的阴谋。把我们辛苦血泪培成的《文汇报》，忍痛打碎了，以免它落入贼手，污了清白，那时，许多同仁，出了报馆就有失业的危险，但大家绝不考虑大义所在，只求心之所安。这六年多来，文汇旧同仁分散在后方敌后各地，大都坚持岗位，继续努力，但彼此的友情，始终紧密联系，如晤一堂。

这次《文汇报》复刊，我和少数同仁因为各种关系，没有能够回去复员，而以前大部最努力最出色的同仁，都已在严宝礼兄的领导下，恢复工作，又加入了很多新闻界有经验有能力的斗士。我可以保证，《文汇报》一定日新月异，比以前更进步，更充实，成为中国新闻界的恒星北斗。

我是《文汇报》的旧人，我将和《文汇报》许多亲爱的读者，祝望她的新生。

（原载《文汇报》1946 年 1 月 25 日）

一年回忆

去年今日，《文汇报》正式复刊，我也正好在这一天赶到上海，山河重光，事业恢复，心中有说不尽的快慰。

《文汇报》于民国二十八年遭敌伪摧毁后，我不久就离开上海，几年来都在香港桂林重庆工作。而严宝礼兄留在上海，艰苦奋斗，始终没有放松《文汇报》的复兴筹备工作。民国三十二年秋，我曾冒险化装回上海一次，和宝礼兄畅谈了几天，记得有一次在八仙桥附近散步，我曾恳切地问他，《文汇报》是不是决定恢复？他说："我是有决心的，但一切要看你有没有决心。假使你没有这意思，我也只好断念了。"这一次谈话，决定了《文汇报》的前途。后来宝礼兄伴送我到张渚，一路上我们早晚研究将来事业如何恢复，人事如何处理，言论方针如何确立。我们决定要办一张绝对独立的民间报，不仅要恢复过去的光荣，而且要为中国新闻事业开辟一条新路，在民主建国的大路上，尽一点责任。宝礼兄决心尽可能留在上海，暗中布置，他说："一旦上海光复，我马上就先把文汇出版，等你回来。但发刊辞要你执笔，最好你先写好了托人带到上海来。"我当时是答应了，回到内地后，眼看抗战一时绝无结束的希望，就把这一步工作搁置了。后来湘桂撤退，内地与上海的交通更麻烦，新年写的信，也许要到中秋才能收到，宝礼兄又两度被敌人拘捕，生死莫名，恢复《文汇报》的希望，更冷下去了。

8 月 10 日，突然听到日本投降的消息，漫漫长夜，居然天亮了，我也和所有的"重庆人"一样，恨不得立刻一步赶到上海。我最关切的，第一是经过几年的阔别，上海屡遭轰炸，不知老父老母的安危如何；第二是宝礼兄的筹备复刊工作，不知究竟有无眉目。在奔走接洽交通问题的二十多天中，接到了宝礼兄两个电报，知道《文汇报》已复刊了，只是因为原有的馆址和机器都被人抢去，只能借一家小印刷所代印，每天出“号外”一小张。但无论如何，宝礼兄的支票是兑现了。

9月5日，我乘坐记者团的专机直飞南京，飞机沿着长江东下，一块块的云雾向后跑，在云雾的中间，看到底下东一块村庄，西一片城市，甜酸苦辣的思绪，一齐奔向心头。两年前的由沪返桂林，曾辗转历经十省，费了四十多天的光阴。在湘桂撤退时，又由桂林逃到重庆，出生入死，也差不多历时一月。两次旅程的艰苦危险，正像唐僧西天取经一般。现在四小时的飞行，恰似一个筋斗云又飞到了京沪，前后比照，仿佛做了一个传奇的梦。

到了南京，才知原定6日举行的受降典礼延期了。更因那时南京的空气，还非常窒息难受，马路上还有敌兵武装巡逻，出入城门都要受检查，实在令人无法忍受。于是当夜我便坐上火车到上海来。在车上，把上海所出的报纸都买了一份，看到五光十色的复员，汉奸在蜕变，汉奸报也在蜕变，最触目的是周逆佛海的“布告”，居然也皇皇刊载着。《文汇报·号外》虽然是一小张，至少通体是干净严正的。

一下火车，就呼吸到上海蓬勃兴奋的气象，满街在搭彩牌楼，国旗遍处高悬，每一家商店的门口，几乎都挂着蒋主席的照片，下面围着大堆人民，指手画脚，关切这位领袖的精神和风采。收复区人民的情绪真是天真热烈到极点了，大家张开着双手来拥抱政府，可惜他们顶礼馨香迎接的都是天上地下的英雄，把什么都接收了，只是把人心摺在冰冷的地窖里。双十节的庆祝大典，似乎就是这个高潮起伏的界线。

《文汇报》今天能够存在发展，在经营上，全靠宝礼兄的单枪匹马。在复刊之初，他运用极少数的资金，租房子，买机器，买纸张，布置工厂及安排人事。几个月中，他日夜奋斗，有时几夜都不睡觉。

旧有的财产，被“接收”得一干二净，汉伺——一单一木可资凭借，一切都要从头添置。幸而那时物价还低，大家都着眼在接收，要花钱买的机器纸张和印刷材料，几乎无人过问。宝礼兄就利用这个时机，为《文汇报》奠定了初期的经济基础。所以后来物价飞涨，我们没有受到大的威胁，等到存纸将完，在加拿大订的纸也陆续来了。

就编辑部的工作说，这一年可以分做三个时期，从复刊到去年年底是第一期，因为自己的印刷设备还未完成，一切因陋就简。储玉坤、朱云光、柯灵诸兄是主要的干部，我只是偶尔写几篇文章。今年1月到5月是第二期，宦乡、陈虞孙、郭根、金慎夫、孟秋江、张若达诸兄加入了，力量渐充实，面目也一新。我那时虽开始任总主笔的名义，事实上还负不了多少责任。因为我在《大公报》的职务没有摆脱，精神上绝对无法兼顾。5月1日起，我向《大公报》辞了职，正式在文汇负责，直到今天，算是第三期。在这期内，先后有秦柳方、寿进文、唐弢、刘火子、马季良、张锡昌诸兄。

现在我们编辑部的同事，有六十多位，可以说，全是无党无派的自由主义者，有些是《文汇报》的旧同仁，有些是我多年的朋友，有些之前还没有见过面的，但现在合作起来，全像一家人一样，精神上结成一体，工作的热情都很高，我们有一个共同的目的，就是要把《文汇报》办成一张像样的报，凭事实报道，凭良心说话。假使今天的《文汇报》还有一长可取，或者就因为这一点良善的动机和干干净净的立场。

我的离开《大公报》，有些朋友或者还不了解，当时许多小报上也有不少的推测。其实，原因很简单，我离开学校就服务新闻界，屈指算来已有二十年。二十年来，我一直在《大公报》，只有在民国二十六年年底到民国二十八年夏间的一个时期，离开大公，主持《文汇报》。《大公报》是我的家，我做报的一切知识技能，可以说全是张季鸾、胡政之两位先生训练熏陶的，我离开这个“家”，是理智和感情战斗几个月的结果。因为我这次回沪，本是奉命作上海《大公报》的复员工作，当然不许兼任别的新闻职务。而《文汇报》以前是我主持编辑的，像一盆花，从播种到发芽成株，我都亲历灌溉的工作。现在从灾难后复苏，当然不许我袖手旁观，而且，过去曾与宝礼兄有合作复兴的诺言。所以等到王芸生兄来沪，《大公报》主持有人，我便向政之先生再三恳请辞职了。

当我从重庆飞南京的途中，检讨过去，展望将来，我曾在自己历史上画了一条线。国家在抗战中再生了，作为一个报人，也应该有新的认识、新的觉醒。过去一切委曲求全，压住了感情，收敛了笔锋，为的是胜利第一。现在是胜利了，新闻检查也取消了，我们没有理由再粉饰掩盖，“为尊者讳”、“为贤者讳”，我们要向下看，不许再向上看。我们是老百姓，凡是老百姓要说的话，我们都要说，凡是老百姓的痛苦我们都要常访问，据实记载。中国的前途只有一条路，就是民主建国，而要踏上这一条路，其过程必然比抗战更加困苦艰难。全国上下，都应该向这方向努力，新闻界更应肩起领导舆论责任，向这方向迈开大步，至低限度，绝不许逆着这方向，有意无意，去拉住这时代巨轮，作负号的努力。

到上海后，我和宝礼兄、宦乡兄屡次讨论民间报的定义。我们都认为，一张真正的民间报，立场应该是独立的，有一贯的主张，而勇于发表，明是非，辨黑白，绝不是站在党派的中间，看风色，探行市，随时伸缩说话的尺度，以乡愿的姿态，多方讨好，侥幸图存。《文汇报》从创办以来，就从没有与任何党派发生关系。《文汇报》的同仁，有政治的兴趣，而绝无政治的欲望，大家都立志以新闻事业为终身的职业，绝不把她当交接权贵交接党派的工具和猎官弋利的桥梁。宦乡兄、虞孙兄、郭根兄、季良兄，过去都曾领导过一家报纸，现在大家集合在《文汇报》努力，就因为《文汇报》的先天好，可以发展我们的共同理想，把她办成一张真正独立的民间的报纸。《文汇报》今日能得到读者的重视，也许就因为我们的方向正确，假使这张报有一点长处，那都是我们全体同仁的集体创作，尤其宦乡兄、虞孙兄的经验学识，和工作态度的严肃，都使我钦佩。我是一个报界的班主，主持这个新的试验，事实上只是汇集各同仁的特长，做一点组织的工作。几个月来，在同仁的精诚合作下，尤其在几位畏友的鞭策下，我得到了很宝贵的经验和进步，是过去所没有的。

最使我感奋的，是读者的同情和鼓励，我们每一次的号召，都得到热烈的响应，每天都收到各地读者的来信，爱护关切，无微不至，常常使我们读了感激落泪。在这样的环境下，我们能够坚强成长，读者的热爱支援是最大的因素。我们绝不孤独，千千万万的读者，是我们最有力的依靠。

这一年的变化实在大，从胜利到复员，我们阅尽沧桑。回忆去年今日，也仿佛是天宝遗事了。这一年，应该是多么宝贵的黄金时间和机会，然而这千载一时的机会，不用于复兴建国，而用于自相残杀，自相残杀的结果，仅仅一年，把“四强之一”又打成十足受人支配的殖民地。军事上，政治上，经济上，处处仰人鼻息。这一年中，我们曾不断诅咒内战，呼吁和平，为政协的成功而鼓舞，为民生的憔悴而大声疾呼。可是这种呼吁，只得了造谣中伤压迫的反响，但我们绝不灰心，绝不气馁。健全的舆论，是一个民主国家必需的条件，我们虽然是一张年轻的报，同仁的能力都有限，但绝不敢妄自菲薄，而要尽我们的力量，追随全国同业，不断努力。前天看到报界前辈伍特公先生的谈话，他说：“言论自由是报纸的生命，过去我国的主要报纸都在租界上出版，虽然对于鼓吹革命，反对洪宪，抨击军阀，不遗余力，但都不足以为荣，因为一半靠租界为护身符，现在租界收回，才可以显出报纸的真精神。”又说：“政府口口声声，已许报纸有言论自由，但能发挥言论自由，和为自由而奋斗的有谁呢！”这一段话，实在给我们以极大的鼓励，我们一定要在许多前辈的启示下，为言论自由而奋斗到底。

外察国际环境，内审国内现状，也不容我们不尽职努力。这次的大战，联合国口口声声说是为正义而战，为人类的四大自由而战，为彻底消灭战争的因素而战，然而战争刚过了一年，所有对被压迫民族开的支票如罗邱宣言，联合国宣言都被撕毁了，南洋乃至整个亚洲，都在用各种方式来镇压人民的独立革命运动，外长会议、和平会议、联合国会议，赤裸裸地暴露了争取势力范围争取殖民地的搏斗。最近更高唱“第二次珍珠港事件一触即发”的危言，恢复征兵和海军示威的空气，更充塞着火药味。人类的自私，健忘和愚蠢，真令人不胜浩叹。在这样剑拔弩张的形势下，中国是最不得了的一个国家。我们本来希望，至少国际间有二十年的和平岁月，可以让我们加紧建设成一个现代化国家，足以应付任何的非常局面，但不幸战事一停，国际间的矛盾冲突，马上加速度表面化，尖锐化，使我们措手不及。所谓独立的国家，本来应该有自己的利害打算，而现在的中国呢，偏偏自己投入美苏的夹缝，使人家把我们整个看成战略基地，一切受人家的政策来支配。万一第三次大战不免于爆发，中国必然首遭牺牲，这牺牲，才真是万劫不复的牺牲。我们面临如此悲剧的命运，如何能够默尔而息，听任国家走上毁灭之路。一年已经荒唐过去了，我们全国的人民，必须尽一切的力，终止这荒唐的悲剧，把一个千钧危局挽救过来。

我们《文汇报》的努力方向是非常显明的。政治上我们要求民主，要求安定。全民宪政未实行前要求真正尊重人民的基本自由，遵循政协决定的轨道，化除纠纷，实行团结。立即停止内战，改进人民的生活。经济上我们反对官僚资本，主张扶植民族工业，尤其反对目前那种饮鸩止渴的财政政策，买办意识的经济政策。教育上我们主张普及义务教育，尊重自由研究的空气，反对党派干涉教育，要求一切党派退出学校。外交上我们主张与过去的盟友，一视同仁，密切合作，而反对做任何国的爪牙尾巴。这几点，我们相信是全国大部分人民的共同要求，我们必定始终坚持，主张不懈。凡是符合我们这主张的，我们绝对拥护，背道而驰的，我们当然反对到底。我们的脑子里，根本没有什么党派，只知国家民族的利害大义。我们绝不做任何党派的应声虫，也绝不在党派中间作乡愿，当然也绝不因为别人有相同的主张，我们就闭口不谈。我们只论是非，只辨黑白，其他都非所顾及。

最后，我还要说明几点。作为我们《文汇报》复刊一周年纪念的誓词。

第一，《文汇报》从来没有和任何党派发生关系，从创办到现在，没有受过任何方面一分钱的津贴。今后，我们必定始终保持这点清白，不论报馆或个人，必定始终守住报格和人格。

第二，个人对外有交际，但报纸对外却绝对不许讲交情。《文汇报》的一切言论记载，完全根据我们的良心和新闻信条，绝不以感情为左右。

第三，《文汇报》的同仁，绝不做官，或其他有给俸的公职。在政治未上轨道前，也绝不应选什么民意代表之类。凡有任何政治活动的，立刻离开《文汇报》。

我拉杂写了上面的一大堆，目的只在说明我们办《文汇报》的理想和宗旨，请读者根据这个坦白的直陈，来批判我们过去的报，看我们将来的报，有没有言行不符的地方。并希望我们敬爱的读者，随时纠正我们，指导我们，使我们始终站在人民的立场上，为国家的进步而努力。

（原载《文汇报》1946年9月6日）

终刊词*

《教师报》决定5月1日创刊，《文汇报》出版到这一期为止。亲爱的读者们！从今以后，我们要在《教师报》见面了！

当去年10月《文汇报》改为三日刊的时候，我们就向读者报告过：中华人民共和国教育部和中国教育工会全国委员会为了适应国家的社会主义事业飞跃发展的新情况，为了满足广大教师和教育行政干部的迫切需要，决定出版《教师报》。《文汇报》在《教师报》出版以前，决定按照《教师报》的方针任务，改进内容，为《教师报》积累经验。现在，《教师报》的筹备工作已经大体就绪，委托给《文汇报》的任务也已大体上顺利完成。因此，全国教工同志能够在自己的节日——伟大的国际劳动节，看到自己的报纸的诞生。

《文汇报》全体职工以无限欢欣鼓舞的心情庆祝《教师报》的创刊，并以能够参加《教师报》工作而感到极大的幸福。

《文汇报》创刊于1938年1月，转瞬已历十八寒暑了。十八年的时间不算长，但在《文汇报》的十八年，却也像我们亲爱的祖国所经历的那样，经历了从灾难深重到光荣幸福的奋斗过程；在解放以前那一段艰苦的岁月里，《文汇报》曾遭到当时上海租界帝国主义者的压迫，遭到日本侵略者的摧残，遭到国民党反动政权的封闭，报纸停刊的期间比出版的时间长，职工则受迫害、拘捕，或逃亡、流浪，从来没有一刻安定工作的时候。在这一段时间里，由于共产党的领导和广大读者的支持，才使《文汇报》能够在抗日战争和民

---

* 1956年4月28日，《文汇报》停刊，人员迁往北京改办《教师报》。这是作者写的终刊词。本文收入《右派分子徐铸成言论作品选》中，该书编者按指出：徐铸成对把《文汇报》改为《教师报》，非常不满意，但是他却写了如下的“终刊词”，从这里，可以看出右派分子的两面手法。

主运动中尽了一份应尽的力量。

解放以后的情况就完全不同了。在共产党和人民政府的关怀和领导下《文汇报》获得了充分的发展，特别在1952年明确以中小学教师和教育行政干部为主要读者对象后，报纸的发行数不断增长，最近每期已接近三十万份，全国各地的读者都予以热烈的支持，在团结和鼓舞广大读者积极参加国家的社会主义建设和人民教育事业方面，《文汇报》也作了一定的贡献。但是，在发展中，新的情况产生了，《文汇报》原是在上海出版的一张地方性报纸，而读者则遍于全国（近三十万份报纸中，在上海只发行约三万份），虽然中央教育部和中央其他机关经常给予大力的帮助，但在联系全国读者群众，联系全国普通教育工作的实际方面，毕竟是困难的，不仅困难，而且常常因为脱离实际、脱离群众而造成工作中的错误。因此，在教育部和中国教育工会全国委员会邀请座谈创办《教师报》的时候，我们欣然地争取参加《教师报》，以便进一步满足国家的社会主义教育建设和广大教育工作者对报纸的迫切要求。

结束《文汇报》，参加《教师报》，我们相信这个决定是完全正确的，也是广大读者所共同要求的。一切为了社会主义，是一切事业前进的指针。今天，我们国家的社会主义建设高潮正汹涌奔腾，文化建设的高潮也已不可避免地来到了，为了适应这个新的形势，教育事业必须跑步前进，作为教育工作者自己的报纸，必须及时地反映全国教育工作的基本情况，深入地宣传国家的教育政策，交流教学工作的经验，鼓舞和指导全国教师和教育行政干部，又多，又快，又好，又省地完成国家计划所规定的任务。这个艰巨而伟大的责任，显然不是《文汇报》所能担负得了的。由此可见，结束《文汇报》，创刊《教师报》，是符合国家飞跃发展的客观要求的，因而是完全正确的。

《教师报》是中华人民共和国教育部和中国教育工会全国委员会

合办的、指导全国教育工作，反映全国教育工作基本情况的综合性报纸，它将及时地反映全国教育工作（从小学到大学、从学校教育到扫除文盲工作）的基本情况，指导全国的中学教育、小学教育、师范教育、幼儿教育、工农业余教育，指导扫除文盲工作和教育工会的工作。因此，它的读者对象有中学教师、小学教师、师范学校（包括师范学院）的教师和学生，有幼儿教育工作者，工农业余教育的教师和干部、教育行政干部和教育工会工作的干部等。《教师报》的内容将是丰富多彩的，它不仅有阐明教育政策的论文，交流教育和教学工作的经验、教育工会工作的经验以及教育行政工作的经验，报道全国各地教育消息，还要结合教育工作实际，宣传唯物主义思想，批判资产阶级唯心主义思想，反映教师和学校生活，有重点有系统地报道祖国建设事业和国内外重要新闻，介绍苏联和人民民主国家的先进工作经验。它的形式将是生动活泼的，除新闻、评论和文章以外，将经常刊载教育文艺、小品文、图片、漫画，等等。我们相信，有中央教育部和中国教育工会全国委员会直接的领导，有全国教育工作者热烈的支持，《教师报》是一定能够办好，一定能够满足广大读者的要求的。

让我们热烈欢呼《教师报》的创刊吧！《文汇报》的职工，今后将在《教师报》更加努力工作，在伟大的社会主义建设和社会主义改造事业中充分发挥自己的力量，以报答广大读者十几年来对《文汇报》热情的支持和关切。我们恳切希望《文汇报》的读者，今后与《教师报》紧密联系，积极地爱护《教师报》，大家一起努力，把这张教育工作者自己的报纸办好。

敬告读者

《文汇报》今天继续出版了。

在这国庆、报庆大喜的日子，让我们向广大读者表示祝贺和感谢，祝贺一年来我们祖国社会主义事业的巨大胜利，感谢读者对《文汇报》的热烈支持。

自从《文汇报》继续出版的消息宣布后，读者的来信即如雪片飞来，迄今为止，我们已收到的来信逾七万件，都充满着对《文汇报》的关怀、鼓励和希望；对今后《文汇报》的内容，来信中也提出了很多宝贵的意见。从这里，我们得到了很大的鼓舞，吸取了前进的力量。我们把读者的意见认真地分析、讨论，最后归纳出几条，作为《文汇报》今后的编辑方针。

《文汇报》一向是一张人民的报纸，是一张知识分子的报纸。一张人民的报纸，主要应该以事实说话，以每天发生的新闻反映现实，宣扬真理。很多读者来信指出，《文汇报》过去新闻太少，而且太偏于一个方面。这样的批评是完全正确的，我们决心在今后的《文汇报》上改变这种状况。我们已作了一些具体布置，使得《文汇报》能够翔实地报道国内外的重大新闻，特别着重报道文化、科学、教育各方面的新闻。

作为一张知识分子的报纸，必须从各方面满足知识分子的要求。知识分子是热爱祖国、热爱真理的。自从中共中央提出“百家争鸣”的方针后，全国知识分子受到极大的鼓舞，学术上自由讨论的空气日益浓厚，这是十分可喜的现象。在这方面，《文汇报》将以一定的篇幅作为“百家争鸣”的论坛，并组织报道，反映各方面争论的问题，推动“百家争鸣”，以繁荣我国的学术，加速向科学进军。知识分子是热爱知识、热爱生活的。今后的《文汇报》有“笔会”、“彩色版”、“社会大学”、“教育生活”、“新闻窗”等副刊，有各种专栏，将从各方面满足读者的要求。

中国报纸有中国报纸的风格，《文汇报》也有它传统的风格，这是读者们所熟悉的。过去几年来，我们学习苏联和其他兄弟国家新闻工作的经验，有了一定的收获。今后的《文汇报》，将继续学习各方优点，保持自己的风格，内容力求丰富多彩，形式力求活泼大方。

以上所述，都是根据读者意见而确定的努力方针。在继续出版之初，当然还不可能完全做到，主要还要读者们今后经常支持我们，督促我们，指示我们。

我们的祖国正沿着社会主义的道路飞跃前进。今天普天同庆国庆节，看到我们各方面的光辉成就，也看到我们前进途中的不少困难。努力发挥我们知识分子的作用，根本改变我国知识、技术方面的落后状态，将是我国克服困难、实现社会主义工业化的一个关键。党的英明领导，党对知识分子的关切与爱护，已为我们开辟了空前广阔的前途。让我们更加奋勇地前进，向科学前进，向社会主义前进！

（原载上海《文汇报》1956 年 10 月 1 日）

徐铸成生平简表

1907年6月26日，出生于江苏宜兴。

1922年秋，入无锡省立第三师范学校。

1926年秋，入北京清华大学政治系。

1927年初，离开清华大学，到锦州、保定等地进修。

1927年秋，入北京师范大学国文系，担任国闻通信社抄写员。开始写新闻，被聘为国闻通信社和天津《大公报》记者。

1929年10月，在宜兴和朱嘉稑结婚。

1931年5月，兼编天津《大公报》副刊。

1932年初，任《大公报》武汉特派员兼驻汉办事处主任。

1936年初，到上海创办《大公报》沪版，主编二、三版。

1936年秋，《大公报》沪版停刊，被遣散。被聘为重庆《国民日报》驻沪记者。

1938年2月，加盟《文汇报》，任总主笔，负责编辑部工作。

1939年5月，《文汇报》停刊。

1939年7月，任香港《大公报》编辑主任。

1941年12月，九龙失陷，香港《大公报》停刊。参加桂林《大公报》。

1942年2月，任《大公报》桂林版总编辑。

1944年10月，桂林《大公报》停刊。到重庆任《大公晚报》主编。

1945年11月，上海《大公报》复刊，任总编辑。

1946年3月，离开《大公报》。任《文汇报》总主笔。5月，《文汇报》改版。

1947年5月，《文汇报》被国民政府查封。

1948年9月，香港《文汇报》创刊，任总编辑，社务委员会副主任。

1949 年 2 月至 5 月，离开香港。到北京，后随解放军南下到上海。

1949 年 5 月，上海《文汇报》复刊，任管理委员会主任兼总主笔。

1949 年 9 月至 10 月，参加全国政协会议和开国大典。

1951 年 3 月至 5 月，参加第一次赴朝慰问团去朝鲜。

1954 年 9 月，参加第一届全国人民代表大会。

1956 年 3 月，到北京筹办《教师报》。《文汇报》停刊。

1956 年 5 月，《教师报》创刊，任总编辑。

1956 年 10 月，《文汇报》复刊，任社长兼总编辑。

1957 年 3 月，赴京参加全国宣传工作会议。

1957 年 3 月至 5 月，任新闻工作者代表团团长出访苏联。

1957 年 9 月，被划为“右派”。

1959 年 10 月，被宣布摘去“右派分子”帽子。

1959 年至 1966 年，先后在上海市出版局、《辞海》编辑所等处工作。

1967 年至 1970 年，先后被隔离审查、批斗、监督改造。

1970 年至 1973 年，入“五七”干校。1973 年底回《辞海》工作。

1980 年 8 月，被宣布“改正”。

1980 年，《报海旧闻》、《旧闻杂忆》先后出版。

1981 年冬，被增选为全国政协委员。

1982 年至 1983 年，先后被聘为复旦大学新闻系、武汉大学新闻系教授，厦门大学教授兼新闻传播系常务委员会主任，开始从事新闻教育活动。

1982 年至 1986 年，先后写作出版《新闻艺术》、《新闻丛谈》、《风雨故人》、《锦绣河山》、《报人张季鸾先生传》等十三部著作。

1985 年 3 月至 1987 年 10 月，写作回忆录。

1991 年 12 月 22 日，在上海家中逝世。

（编者整理）

图书在版编目（CIP）数据

新闻丛谈 / 徐铸成著. 增编本 -- 北京：生活·读书·新知三联书店，2011.10
(徐铸成作品系列)
ISBN 978-7-108-03781-7

Ⅰ. ①新… Ⅱ. ①徐… Ⅲ. ①新闻学-文集①报纸编辑-文集 Ⅳ. ①G210-53①G214.1-53

中国版本图书馆CIP数据核字（2011）第142836号

责任编辑 卫 纯
封扉设计 蔡立国 崔建华
出版发行 生活 · 讀書 · 新知 三联书店
（北京市东城区美术馆东街22号）
邮 编 100010
经 销 新华书店
印 刷 北京市松源印刷有限公司
版 次 2011年10月北京第1版
2011年10月北京第1次印刷
开 本 880毫米×1230毫米 1/32 印张9.25
字 数 220千字
印 数 0,001-3,000册
定 价 33.00元